Dr Walter Fiedler

Heinz Schieke

Unmögliches Wörterbuch

Heinz Schieke

Unmögliches Wörterbuch

Polit-chinesisch für Normalverbraucher

Mit Zeichnungen
von
Rudolf Angerer

Wirtschaftsverlag Langen-Müller/Herbig

Schutzumschlag: Rudolf Angerer, Wien
Gesamtherstellung: Jos. C. Huber KG, Dießen
Printed in Germany
ISBN 3-7844-7078-5

Inhaltsverzeichnis

Vorwort

Diese »Lüsternen Lästerungen« über das Polit-, Partei- und Behördenchinesisch unserer Tage kommen nicht von ungefähr. Denn das, was hier mit loser Zunge ohne tierischen Ernst persifliert wird, ist mehr oder weniger der Niederschlag von Gesprächen mit Menschen wie Du und ich, vielleicht etwas gefärbt durch viele Begegnungen des Verfassers mit gestandenen Männern des Reviers, die kein Blatt vor den Mund nehmen und dank ihrer unverbildeten Urteilskraft dem Sprachchinesisch unserer Politiker, Funktionäre, Bürokraten, Politologen, Soziologen, Pädagogen und Psychologen zunehmend mißtrauen. Aber nicht nur sie, sondern die Mehrheit der Bürger, die nicht zufällig Politiker, Funktionäre, Ministeriale oder Erfinder immer neuer und immer unverständlicherer Wortungetüme sind, beklagen, daß sie die Sprache der Politiker, Funktionäre und Bürokraten, noch weniger die Formulierungen in Gesetzen, Verordnungen und sonstigen Rechtsvorschriften verstehen.
Es wäre jedoch unlauter zu sagen, daß nicht auch höheren Orts diese Misere erkannt worden wäre. So hat beispielsweise der Bundeskanzler durch seine kritischen Äußerungen dazu beigetragen, daß künftig Gasrechnungen für den zahlenden Konsumenten lesbar werden. Aber reicht das? Die Gesetze und Verordnungen werden deshalb nicht lesbarer und Bundestag und Länderparlamente befleißigen sich nach wie vor einer Gesetzessprache, die nur noch Fachleute (Spötter sprechen von »Fachidioten«) deuten können; abgesehen davon, blüht die Gesetzesinflation trotz gegenteiliger Versicherungen von Ministern und Politikern munter weiter.
Und seitdem die Qualität eines Parlaments unglückseligerweise an der Vielzahl produzierter Gesetze gemessen wird und nicht an der Abschaffung unnützer und überflüssiger gesetzlicher Vorschriften, sind sie auch danach. Die Bürger, für die Gesetze gedacht sind, verstehen sie nicht, Parlamentarier, die sie beschließen, immer seltener. Ihnen genügt es in der Regel, daß die in den Ausschüssen tätigen Sachverständigen die Sache abgesegnet haben. Der Fraktionszwang tut sein übriges. Beispiel: Ein früherer Finanzminister hat – was ihn ehrt – bekannt, angesichts der nicht mehr zu übersehenden Zahl sowie der Unverständlichkeit von Gesetzen und Rechtsvorschriften nicht mehr in der Lage zu sein, seine Steuererklärung abzugeben. Der steuerzahlende Bürger aber, der sich nicht kosten-

los eines steuerkundigen Ministerialen bedienen kann, muß Steuerberater beschäftigen und bezahlen.
Nun sollte daraus niemand folgern, Gesetze seien unnötig. Aber müssen es derer so viele, und müssen sie so unverständlich sein? Ist es wirklich von Nutzen, wenn unsere Gesetze, Verordnungen, Vorschriften, Erlasse usw. nur eines Jahres (Papier ist schwer) schon vom Gewicht her (in Kilogrammen versteht sich) nicht mehr tragbar sind? Wenn es schon unseren Ministern und Spitzenpolitikern – sicher mit Recht – gestattet sein muß, nicht ständig mit dem Grundgesetz unterm Arm rumzulaufen, sollte dies auch dem steuerzahlenden Bürger im Hinblick auf die angeblich zu seinem Nutz und Frommen erlassenen Gesetze und Verordnungen erlaubt sein. Hierfür spricht auch, daß das Grundgesetz mit seinen 146 Artikeln keine Gewichtsprobleme mit sich bringt, die vom Normalbürger zu beachtenden Vorschriften aber inzwischen von Gewicht und Umfang her weder unterm Arm noch auf dem Rücken getragen werden können. Der Vorschlag, den Wust von Gesetzen, Verordnungen, Erlassen usw. auf Selbstfahrlafetten zu montieren (möglichst mit Innenbeleuchtung, damit der von Albträumen heimgesuchte Bürger auch nachts den Segnungen der Gesetze nachspüren kann), ist sicher einer ernsthaften Betrachtung wert. Vielleicht könnte hierfür das Forschungsministerium und im Hinblick darauf, daß Selbstfahrlafetten nur im militärischen Bereich Verwendung finden, auch das Verteidigungsministerium eingeschaltet werden, um einer möglichen Zweckentfremdung der motorisierten mobilen Artillerie vorzubeugen.
Was nun schließlich die Formulierungskünste unserer Politiker, Funktionäre und Bürokraten angeht, werden die Bürger, wenn es so weiter geht, nicht umhin können, ständig mit einem Wörterbuch und Abkürzungsverzeichnis unterm Arm herumzulaufen,um Sinn und Unsinn der geistigen Ergüsse derjenigen zu verstehen, die sich als politische Redner, Autoren, Gesetzesmacher und Verordnungsgeber uneigennützig und in unser aller Interesse zum Wohle des Vaterlandes verzehren. Die Sache hat nur einen Haken: Ein solches Wörterbuch gibt es noch nicht. Der hier mit diesem »Wörterbuch« unternommene schüchterne Versuch dürfte bei der Formulierungsgabe unserer Politoberen, Funktionäre und Bürokraten kaum reichen, zumindest müßte es ständig ergänzt, aktualisiert und auf den neuesten Stand gebracht werden. Eine Loseblattausgabe, wie heute schon bei Gesetzessammlungen und Kommentaren die Regel, wäre eine Lösung. Auf diese Weise kämen wir einem schwedischen Vorbild nahe. So sind nämlich, einer Reuther-Meldung zufolge, die Schweden dabei, ihren Bürgern ein besonderes Wörterbuch mit 50 000 Begriffen auszuhändigen, um sie in die Lage zu versetzen, die Bürokra-

tensprache der Behörden zu verstehen (Frankfurter Allgemeine Zeitung vom 27.6.1979: »Schweden wünschen Wörterbücher für Sprache der Bürokraten«).

Nun ließe sich ein derart aufwendiges und kostspieliges Unterfangen sicher vermeiden, wenn sich die Verantwortlichen einer verständlichen Sprache bedienten. Aber das ist und bleibt wohl, nicht nur in Schweden, ein frommer Wunsch. Wo kämen wir schließlich hin, wenn jeder alles verstehen würde, was uns da täglich von hoher Warte an beglückenden Weisheiten und traurigen Wahrheiten gesagt und verordnet wird. Der Mensch lebt von der Hoffnung und viele unter uns bewältigen dieses Leben nur, wenn sie diese Hoffnung mit einem Schuß Heiterkeit verklären. Daß hierzu nicht nur die vielen Merkwürdigkeiten und Ungereimtheiten unseres politischen Alltags beitragen mögen, sondern uns auch das sprachchinesische Allerlei unserer »Politokraten« gelegentlich ein wenig lächeln läßt, ist ein versöhnlicher Gedanke.

Ganz in diesem Sinne sind diese »Lüsternen Lästerungen« gemeint, kein »erhobener Zeigefinger« also, aber doch verbunden mit der hintergründigen, um nicht zu sagen listigen Frage, ob es denn unbedingt nötig ist, weiterhin so unverständlich zu reden und zu schreiben, wie bisher.

A. Nicht ganz ernst gemeinte Erläuterungsversuche zu gängigen Begriffen des Partei-, Polit- und Behördenchinesisch

Abfedern, ausloten, flankierende Maßnahmen und Frühverrentung

Vor allem Sozialpolitiker, angeheizt durch Ergüsse kluger Soziologen und Politologen, befleißigen sich häufig einer Sprache, die nur noch Parlamentarier und einschlägige Funktionäre begreifen können. Der Normalbürger weiß damit kaum etwas anzufangen. Was soll er beispielsweise davon halten, wenn ein hoher Politiker davon spricht, es müsse »ausgelotet« werden, ob angesichts der bestehenden Arbeitslosigkeit nicht die Lebensarbeitszeit verkürzt, die schulische Ausbildung verlängert und eine »Frühverrentung« ins Auge gefaßt werden, vorausgesetzt, daß all diese im Interesse der sozialen Symmetrie durch geeignete »flankierende Maßnahmen« optimal (optimal ist immer gut) »abgefedert« werde.

Wer das auf gut deutsch zu sagen wagt, ist natürlich arm dran. Er müßte bekennen:

1. Wir können die Arbeitslosigkeit nicht in den Griff bekommen.
2. Wer Arbeitnehmer schon mit 55 »in die Rente« schickt und den Nachwuchs durch Verlängerung der Schulausbildung erst viel später in das Erwerbsleben eingliedert, gewinnt zwar Arbeitsplätze, nur bleibt offen, wie die Renten der »Frühverrenteten« finanziert werden sollen.

Natürlich wird niemand bezweifeln, daß eine Herabsetzung des Rentenalters unter gleichzeitiger zeitlicher Ausdehnung der Schulausbildung das Arbeitsplatzangebot erhöht. Nur bleibt die Frage, wer dies alles bezahlt, unbeantwortet. Denn so einfach ist es wohl nicht! Man schickt »55jährige« in die Rente und erst »20jährige« in das Erwerbsleben und damit ist alles gelaufen. Wer glaubt schon, daß dies geht? Wahrscheinlich nur Politiker kurz vor Wahlen. Und nach den Wahlen? Da bleibt nur die Einsetzung sogenannter »ad hoc-Ausschüsse«, die sich dieses Problems annehmen. Damit wird neue Hoffnung geweckt, weil der Normalbürger meint, mit »ad hoc« sei eine rasche kurzfristige Erledigung und Lösung gemeint. Daß auch dies ein Irrtum ist, weiß kaum jemand; denn »ad-hoc« bedeutet keineswegs rasch, unverzüglich, eilbedürftig, sondern schlicht »sachverständig«. Und auch mit Sachverstand lassen sich in der Regel leere Versprechungen und utopische Vorstellungen nicht lösen.

Absichtserklärung

Zu sagen, was beabsichtigt ist, ist – so sollte man meinen – eine Absichtserklärung. Nicht so bei den Politikern: Wenn Politiker von Absichtserklärungen sprechen, so sind damit in der Regel unseriöse, nicht ernst gemeinte, irreführende und unhaltbare Aussagen politischer Gegner gemeint. Im privaten Bereich sieht das ganz anders aus: Erklärt Herr X, demnächst Fräulein Y zu ehelichen (= Absichtserklärung), wird vernünftigerweise niemand auf die Idee kommen, dies sei nur ein Vorwand dafür, nicht die Absicht zu haben, in den heiligen Stand der Ehe treten zu wollen. Schwiegermütter frohlocken (vorausgesetzt, daß er der »Richtige« ist) und registrieren beglückt, »er hat sich erklärt«. Bei Politprofis ist das anders, sie legen »Absichtserklärungen« als »nicht ernst gemeinte Willenserklärungen« des politischen Gegners aus, die zu nichts verpflichten und ausschließlich dazu dienen, das Wahlvolk hinters Licht zu führen.

Administration

Ein Begriff, der schlicht Verwaltung, Behörde bedeutet, findet immer häufiger Eingang in den Sprachschatz der Parlamentarier, deren größerer Teil sich aus Beamten oder »Bediensteten« der öffentlichen Verwaltungen zusammensetzt. Eine wirkliche Vertretung des Volkes aus den verschiedenen Berufen und gesellschaftlichen Gruppen, auch was den Anteil des »schwachen Geschlechtes« angeht, findet bekanntlich nicht statt. Umso verwunderlicher, daß die im Parlament überrepräsentierten Staats- und Kommunalbediensteten (sie haben während ihrer Parlamentszugehörigkeit »Urlaub auf Ehrenwort« unter Aufrechterhaltung aller Rechte) vieles, was den Bürger stört, auf Säumnisse oder Fehler der sogenannten »Administration« abschieben. Verwunderlich deshalb, weil sie damit zur »Beschmutzung des eigenen Nestes«, jedenfalls in Bezug auf ihre frühere Tätigkeit in der öffentlichen Verwaltung beitragen. Aber auch insofern denken unsere Parlamentarier weiter. Sie wissen, daß sich der vielgerühmte »mündige Bürger« unter »Administration« nichts vorstellen kann. Somit läßt sich trefflich darauf einprügeln und man schafft sich auf diese Weise ein Alibi für eigenes Fehlverhalten in den gesetzgebenden Körperschaften. Daß die von ihnen mit zu verantwortenden Gesetze den Bürger und Steuerzahler schon wegen der Vielzahl (von der mangelnden Qualität ganz zu schweigen) in immer größere Verwirrung stürzen, ficht sie nicht an. Darüber »schweigt des Sängers Höflichkeit«. Ein zusätzlicher Effekt ist eingeplant:
Der Mann auf der Straße sagt sich, was ist das für ein »toller Kerl«, der administratives Fehlverhalten geißelt und sogar weiß, was das ist. Ob er's wirklich weiß? Oder nur sein in Politdeutsch vorgebildeter Assistent? Und wer denkt schon daran, daß der von allen beklagte Bürokratismus durch Gesetze vorprogrammiert ist, die von denjenigen erlassen worden sind, die sich nicht scheuen, die »Administration« wegen der Ausführung dieser Gesetze zu verteufeln. So wird der kleine Beamte zum Prügelknaben der Nation. Wer glaubt ihm schon, daß er nur das ausführt, was die hohen Politiker ausgeheckt haben?

Anreißen

Läßt sich bei etwas gutem Willen mit »andeuten« übersetzen. Wenn Funktionäre aller Schattierungen über etwas sprechen müssen, wovon sie nichts oder wenig verstehen, pflegen sie ihre Unwissenheit, was kein Vorwurf ist, mit der Redewendung zu überdekken, aus Zeitgründen die Problematik nur »anreißen« zu können. Was dann folgt sind Allgemeinplätze und nichtssagende Redewendungen.
Von diesem »Anreißen« ist streng zu trennen das sogenannte »Aufreißen«, ein Begriff, der der jüngeren Generation vorbehalten ist und soviel bedeutet, daß ein Mädchen für sexuelles Wohlverhalten »aufbereitet« werden soll. Hier wird deutlich, wie nur eine Silbe in unserem modernen Sprachgebrauch zu sehr verschiedenen Aussagen führen kann, wobei dahingestellt bleiben mag, wer was im Grunde lieber täte. »Anreißen« ist gut bei politisch nichtssagenden Einführungsreden, »Aufreißen« eine progressive Hinwendung zur Vorbereitung des »außerehelichen« Beischlafs. Wenn hohe Politiker wie Künstler, Filmschauspieler und Millionäre in zunehmendem Maße ihre Partner wechseln (Nomina sunt odiosa*), stellen sich noch ganz andere Fragen. Aber »das ist ein weites Feld«. Schließlich sind auch Politprofis Menschen, wenngleich sie es manchmal nicht wahrhaben wollen. Und ein hohes politisches Amt verpflichtet nun einmal zum Umdenken in vielen Bereichen, weshalb eigentlich nicht auch in Bezug auf eine frühere Partnerwahl?

Nun: Der Mensch wächst mit seinen höheren Zielen und seinen Ämtern. Das müssen gelegentlich auch Ehefrauen von hohen Politikern erfahren. Aber, so ist zu fragen, bestehen nicht Unterschiede zwischen Künstlern und Filmschauspielern, die berufsbedingt vielen Versuchungen unterliegen und Politikern, die den Bürgern moralische Selbstdisziplin predigen?

*) Namen sind verpönt

Antiautoritär

Ist ein schlimmes Wort, das insbesondere Väter und Mütter von Kindern in hohem Maße verwirrt. Da wird doch ernsthaft verlangt, die Kinder müßten schon im Kindergarten dazu erzogen werden, die Eltern als »Bezugspersonen« und »Autoritäten« nicht mehr ernst zu nehmen. Auch sei es erforderlich, die Vorstellungen der Eltern, ihren Kindern ein Höchstmaß an Berufsausbildung zu ermöglichen, als Überbleibsel einer kapitalistischen Ausbeutungs- und Ausbildungspraxis darzustellen. Schließlich sei es von Übel, wenn die Eltern versuchten, ihre Lebenserfahrungen den Kindern mitzuteilen und verständlich zu machen. Was ist daran eigentlich schlecht oder autoritär? Wie so oft wird hier wieder einmal ein Begriff in die politische Diskussion eingebracht, den kaum jemand zutreffend zu deuten vermag. Dabei zielt Autorität, richtig verstanden, lediglich darauf ab, einen auf Leistung und Tradition gestützten Einfluß auszuüben. Weshalb soll das eigentlich nicht gut sein?

Niemand verlangt in unserem freiheitlichen sozialen Rechtsstaat, daß unsere jungen Menschen in ihrer Entfaltungsfreiheit eingeschränkt werden sollen. Worauf es ankommt, ist nur dies: auf Leistung und Bewährung in Schule und Praxis kann auch in Zukunft nicht verzichtet werden. Autorität ist gar nicht so schlecht wie Antiautoritäre meinen; denn weshalb soll es verwerflich sein, wenn Eltern ihren Kindern sagen, sie sollten erst einmal etwas Richtiges lernen bevor sie alles in Grund und Boden kritisieren? Auch ist nicht einzusehen, warum es von Übel sein soll, wenn ein Vater seinem Sohn sagt, Du mußt – sei es im Studium oder in einer speziellen Berufsausbildung – etwas leisten, weil es ohne dies nicht geht und erst dann, wenn Du unter Beweis gestellt hast, daß Du etwas kannst, Kritik am Platze ist.

Um nicht mißverstanden zu werden: Kritik ist immer gut. Davon lebt unsere Demokratie. Aber sie muß auch begründet sein. Sonst ist sie »Schall und Rauch«. Daher kann Kritik nur ernst genommen werden, wenn sich der Kritiker auf eigene Leistungen berufen kann. Leider fehlt es daran oft. Mit Schlagworten wie »antiautoritär« ist es nicht getan.

Arbeitsessen

Unsere hohen Politiker pflegen immer mehr, »Arbeitsessen« zu veranstalten. Vom Sprachverständnis her könnte angenommen werden, daß sie das Essen als echte Arbeit betrachten. Sieht man sich auf den gelegentlich veröffentlichten Speisekarten an, was alles konsumiert werden muß, läßt sich nicht leugnen, daß insoweit harte Arbeit geleistet wird. Dabei spielt es keine Rolle, ob die Kosten aus dem Staatshaushalt oder den Haushalten der Kommunen bestritten werden. Der privilegierte Teilnehmer zahlt ohnehin nichts.

Im übrigen: »Arbeitsessen« wirkt immer. Auf diese Weise wird beim »mündigen Bürger« die Vorstellung erweckt, unsere Politiker und Parteifunktionäre opfern sich förmlich, um nicht zu sagen »verzehren« sich, die Belange des Volkes selbst beim Essen wahrzunehmen. Was sind wir dagegen für schwache Menschen! Wir essen, weil wir Hunger oder Appetit haben oder ganz einfach, weil es uns Spaß macht. Unsere Politiker können nicht einmal das. Sie müssen essen, ob sie wollen oder nicht, im Interesse des Volkes und der ihnen übertragenen Aufgaben; für sie ist also auch Essen Arbeit. Vielleicht ist das der Grund, weshalb viele Minister und Parlamentarier an Übergewicht leiden. Sie sind zu bedauern, und der Gesetzgeber sollte wieder einmal in eigener Sache ein Gesetz beschließen, das derart drangsalierte , übergewichtige Volksvertreter mit einer Berufskrankheitsrente bedenkt. (Vorschlag: bei 10% Übergewicht monatlich 500,-- DM und alsdann gestaffelt nach %en, z.B. bei 20% Übergewicht 1.000,-- DM monatlich – selbstverständlich steuerfrei). Wäre das nicht ein gerechter Ausgleich für die bei Arbeitsessen erlittenen Qualen? Jeder mündige, steuerzahlende Bundesbürger kann unter diesen Umständen nur noch still vor sich hin weinen, wenn er miterleben muß, welch schwere Belastungen unsere »überlastigen« Volksvertreter bei Arbeitsessen selbstlos für unser aller Wohl auf sich nehmen.

Arbeitsurlaub

Hohe Politiker, insbesondere Minister, pflegen immer mehr dazu überzugehen, Arbeitsurlaub statt Urlaub zu machen. Wenn das Wörterbuch es richtig interpretiert, bedeutet Urlaub eine mehrwöchentliche, meist bezahlte und tariflich abgesicherte Erholungszeit. So gesehen, schließen sich eigentlich Arbeit und Urlaub aus. Nicht so bei unseren Spitzenpolitikern. Bei ihnen ist Urlaub und Arbeit dasselbe. Das läßt zwei Deutungen zu:

Politiker huldigen auch im Dienst der Erholung (was bei den vielen Reisen ins Ausland naheliegt), oder sie benutzen den »Urlaub«, um endlich einmal zu arbeiten.

Beides erscheint verdächtig. Sicher wäre uns »mündigen Bürgern« besser gedient, wenn die Politiker – wie andere Arbeitnehmer auch – in dieser Zeit einmal »abschalteten« und über den Sinn und Unsinn ihres Tuns nachdächten. Vielleicht könnten sie bei dieser Gelegenheit auch einmal ein Gespräch mit denjenigen suchen, die im Grunde ihre Arbeitgeber sind, nämlich mit den steuerzahlenden Bürgern. Das ist natürlich unbequem. Wer will sich schon mit den Sorgen und Nöten seiner Wähler befassen, wenn die Wahl nicht gerade kurz vor der Tür steht?

Assoziierung

Bedeutet so viel wie vertraglicher Zusammenschluß mehrerer Personen, Unternehmen oder Staaten zur Verfolgung bestimmter gemeinsamer wirtschaftlicher Interessen.
Wer weiß das schon? Dennoch taucht dieser Begriff immer wieder in den Reden unserer Bundestagsabgeordneten und Minister auf. Was soll's? Auch wenn es die Parlamentskollegen wissen sollten, wäre es nicht besser, auf deutsch zu sagen, worum es geht? Oder soll auch insoweit der vielgerühmte »mündige Bürger« im Unklaren gelassen werden? Das Ganze erinnert an folgenden Witz:
Ein »sorgloser« Bürger sucht ein zum Hochhaus gewachsenes Rathaus mit 15 Stockwerken auf und wird dort von Zimmer zu Zimmer geschickt. Zum Schluß befragt, ob er wohl – nach mehrstündiger Bemühung – sein Anliegen habe vertreten können, antwortet er schlicht: »Das nicht, aber eines muß man denen lassen, die haben eine tolle Organisation«.
Was hat das mit Assoziierung zu tun? Vielleicht nur soviel, daß kaum jemand erkennt, weshalb, warum und inwiefern wir assoziieren müssen und sollen! Betrachtet man beispielsweise die heutige Ölkrise, wo uns die Ölscheichs ohne jede Begrenzung die Ölpreise diktieren, wird natürlich auch der einfache Handwerksmeister fragen, wieso habt Ihr Euch an höchster Stelle nicht assoziiert und durch entsprechende Verträge abgesichert? Ließen sich die unsittlichen Erpressungen nicht vorhersehen und vermeiden, zumal die Wüstensöhne ohne das technische Know how der westlichen Welt und die damit verbundenen Investitionen nicht in der Lage gewesen wären, auch nur einen Liter Öl zu fördern?

Aufgeschlossene Atmosphäre

Wenn Politiker in Pressekonferenzen oder Fernsehinterviews zum Ausdruck bringen, die Gespräche (meist mit hochgestellten Politikern) hätten in einer »aufgeschlossenen Atmosphäre« stattgefunden, ist immer Vorsicht am Platze. Es bedeutet mehr oder weniger, daß man aneinander vorbeigeredet und keine Einigkeit erzielt hat. Mit anderen Worten: außer Spesen nichts gewesen. Das wissen natürlich unsere an den Gesprächen beteiligten »Politoberen«. Nur sagen sie es nicht. Warum eigentlich nicht? Oder ist es nicht gut, die Bürger darüber zu informieren, daß – wie so häufig – bei den Sitzungen und Wortgefechten nichts oder nur wenig herausgekommen ist? Das kann man natürlich nicht! Denn der mit Steuern reichlich beglückte Bürger könnte ja kritische Fragen stellen. Zum Beispiel: weshalb dieser unsinnige Zeit- und Kostenaufwand? Hat die von vornherein eingeplante und im Nachhinein für so segensreich erachtete »aufgeschlossene Atmosphäre« irgend etwas erbracht? Sieht man von den auf Staatskosten »flankierenden Arbeitsessen« der hohen Gesprächsteilnehmer ab, wahrscheinlich nur Steine statt Brot. Na denn, es war »ein nützliches Gespräch«, so steht es dann geschrieben.

Ausbilderausbilder

Sind Ausbilder, die nach der Ausbilder-Eignungsverordnung vom 20.4.1972 (BGBl. I S. 707, geändert durch Verordnung vom 25.7.1974 – BGBl. I, S. 1571, ber.BGBl. I, S. 2325 –) Ausbilder ausbilden, die dann im Auftrage der Ausbildenden Auszubildende ausbilden. Zugegeben, das klingt reichlich verwirrt. Auf deutsch bedeutet es nur dies:
Wer künftig Lehrlinge (= Auszubildende) auszubilden beabsichtigt, muß hierzu einen besonderen Befähigungsnachweis erbringen. Hierzu sind entsprechende Lehrgänge nach der Ausbilder-Eignungsverordnung vonnöten. Die dort tätigen Dozenten (die meist noch nie einen Auszubildenden ausgebildet haben) sind »Ausbilderausbilder«. Wer das Glück hat, die Lehrgänge mit Erfolg abzuschließen, ist Ausbilder, aber nicht etwa Ausbildender. Ausbildender ist derjenige, der mit dem Auszubildenden ein Ausbildungsverhältnis (früher Lehrverhältnis genannt) eingeht, in der Regel also Unternehmer der gewerblichen Wirtschaft, Behörden, Körperschaften, Unternehmer landwirtschaftlicher Betriebe, selbständige Handwerksmeister usw.
Früher wurde die Ausbildung von Lehrlingen, sprich Auszubildenden, von tüchtigen Meistern, Abteilungsleitern, Behördenchefs usw. betrieben oder gelenkt. Damit ist es vorbei. Ausbilden darf nur noch, wer einen geprüften Ausbilder hat. Und wer hat schon einen solchen? Also können weniger »Auszubildende« ausgebildet werden.

Ausschuß

Der Begriff Ausschuß sollte vor Mißdeutungen gefeit sein, jedenfalls sind Vergleiche mit der in Produktionsbetrieben üblichen Bezeichnung »Ausschußware« fehl am Platze. Wer selbst Mitglied in Ausschüssen ist – und wer ist das nicht (?) – weiß um die Bedeutung dieser Einrichtungen. Ein Leben ohne Ausschüsse wäre undenkbar. Dies ergibt sich schon daraus, daß es kaum einen Bereich unseres politischen und gesellschaftlichen Lebens gibt, wo nicht eine Vielzahl von Ausschüssen tätig ist, angefangen von Bundestag, den Länderparlamenten und Kommunen bis hin zum letzten Kaninchenzüchterverein. Die Vielfalt und Vielzahl von Ausschüssen ist unübersehbar. Da gibt es Fachausschüsse, Beratungsausschüsse, Parlamentarische Untersuchungsausschüsse, Koordinierungsausschüsse, regionale und überregionale Ausschüsse, gemischte Ausschüsse, vorbereitende Ausschüsse, Beschlußausschüsse, Gesetzgebungsausschüsse, Haushaltsausschüsse, ständige Ausschüsse, Wahlausschüsse, Finanzausschüsse, Personalausschüsse, Kulturausschüsse, Schulausschüsse, Hauptausschüsse, Unterausschüsse, Grundsatzausschüsse, Arbeitsausschüsse, um nur einige wenige zu nennen. Nun liegt es in der Natur der Sache, daß Ausschüsse auch einen Unterbau haben müssen. Dem wird insoweit Rechnung getragen, daß Ausschüsse in der Regel sogenannte Arbeitskreise »gebären«, deren Aufgabe im Wesentlichen darin besteht, die Ausschußarbeit zu befruchten, was zusätzlich eine Vielzahl von Sitzungen erfordert.
Auf diese Weise ist sichergestellt, daß fast jeder Bürger das Glück hat, Mitglied eines Ausschusses, zumindest eines Arbeitskreises zu sein.
Nur die wenigen, vom Ausschußwesen noch nicht beglückten Bürger, pflegen die »Ausschusseritis« mit der haltlosen Bemerkung zu verteufeln:
»Fällt einem nichts mehr ein, richtet man einen Ausschuß ein!«
So geht das natürlich nicht. Man denke nur an die Parlamentarischen Untersuchungsausschüsse, die es sowohl im Bundestag als auch in den Länderparlamenten gibt und die angeblich die Aufgabe haben, Mißstände in den Parlamenten und der Regierung usw. aufzudecken, die Verantwortlichen festzustellen und auf Abhilfe zu sinnen. Da sich jedoch die Zusammensetzung der Parlamentuntersuchungsausschüsse nach der Mandatsverteilung in den Parlamenten richtet – von richterlicher Unabhängigkeit also keine Rede sein kann – kommt dabei nichts heraus. Ist beispielsweise ein CDU-Politiker das

schwarze Schaf, werden die CDU-Mitglieder des Ausschusses sein Handeln billigen, die SPD- und FDP-Mitglieder des Ausschusses mißbilligen und umgekehrt: geht es einem SPD-Mann an den Kragen, werden die CDU/CSU mißbilligen, die von der SPD und FDP alles in Ordnung finden.
Eine, wenn auch nur mehrheitliche Entscheidung, die möglicherweise Folgen nach sich ziehen könnte, findet nicht statt. Daher fällt es dem steuerzahlenden Bürger immer schwerer, den Sinn solcher Einrichtungen zu begreifen.
Andererseits sollte man deshalb Ausschüsse nicht geringachten. Schließlich gibt es noch Arbeitsausschüsse, was den Schluß zuläßt, daß dort auch gearbeitet und nicht nur debattiert wird. Außerdem hört man immer wieder, daß die Leere im Bundestag, auch bei wichtigen Debatten, ihren Grund nur darin habe, daß die geplagten Parlamentarier in den Ausschüssen präsent sein müßten und schließlich dort die Entscheidungen getroffen würden. Die Generaldebatten im Bundestag sind also nur Scheingefechte und dienen mehr oder weniger der Unterhaltung, gewissermaßen als Kontrastprogramm in Funk und Fernsehen.

Azubis

Sind, was vermutet werden könnte, keine japanischen Gastarbeiter, sondern Auszubildende, d.h. auf gut deutsch »Lehrlinge« – in der öffentlichen Verwaltung sogenannte »Dienstanwärter«. Es handelt sich also um junge Leute, die etwas lernen, das heißt, für ihren künftigen Beruf ausgebildet werden sollen. Warum lehren und belehrt werden nicht mehr für zutreffend gehalten wird und der Begriff »Lehrling« nicht mehr gebraucht werden darf, ist nicht einzusehen. Angeblich soll diese Bezeichnung abwertend sein, ein Überbleibsel kapitalistischer Jugendausbeutung, auf Deutsch, eine herabsetzende Bezeichnung für junge Menschen, die eine berufliche Ausbildung erhalten. Hier ist etwas dran, denn Lehrjahre sind nach überholter (?) Auffassung keine Herrenjahre. Damit muß Schluß sein. Wo kämen wir sonst hin?
Dennoch: Im Volksmund heißt es nach wie vor »Lehrlinge«, und der Normalbürger sowie die gestandenen Männer vor Ort, die die verantwortungsvolle und oft mühselige Aufgabe der Ausbildung bewältigen, gebrauchen nur mit Widerwillen (wenn es nicht anders geht) das Wort »Auszubildende«. Für sie sind die ihnen Anvertrauten, denen sie über das rein Fachliche hinaus selbstlos und in väterlicher oder mütterlicher Weise mit Rat und Tat zur Seite stehen, nach wie vor »Lehrlinge«, weil sie eben nicht nur ausbilden, sondern auch lehren im weitesten Sinne des Wortes. Ist es nicht gut, wenn gestandene Männer oder Frauen neben der Ausbildung auch für die ganz privaten Sorgen ihrer »Lehrlinge« ein Ohr haben?
Man muß sich wirklich fragen, was den Gesetzgeber bewogen haben mag, einen seit Jahrhunderten gebräuchlichen und gewachsenen, aber auch sinnfälligen Begriff durch eine noch dazu sprachlich unschöne Bezeichnung abzulösen. Vielleicht »weiß es nur der Wind«? Und vielleicht wissen die Soziologen, Politologen, Psychologen und Pädagogen eine Erklärung? Reife, erfahrene und im Berufsleben bewährte Frauen und Männer wissen, daß sie noch täglich dazulernen, nicht zuletzt, um auch lehren zu können. Lernen und lehren lassen sich nicht trennen. Und weshalb junge Menschen, die auszubilden sind, nicht mehr Lehrlinge sein dürfen, ist unerfindlich.

Bande / Gruppe

Die Terroristenszene hat vieles verändert, nicht zuletzt zu Mißdeutungen alter Begriffe geführt. Laut Wörterbuch handelt es sich bei Banden um organisierte Gruppen von Verbrechern, bei Gruppen um eine kleine Einheit zusammengehörender Jugendlicher, landfahrender Zigeuner, Touristen usw. Angesichts dieser an sich klaren Begriffsbestimmung fällt es schwer zu begreifen, daß – wenn auch vereinzelt – hohe Geistliche, Politiker und Literaten (Nobelpreisträger eingeschlossen) Terroristenvereinigungen, die Lorenz entführten, Drenkmann, Buback und Schleyer ermordeten, lediglich als Mitglieder einer »Gruppe« einstufen konnten, also einer Vereinigung harmloser, herumreisender Zigeuner oder Touristen gleichstellten.

Um nicht mißverstanden zu werden: Es geht keinesfalls um eine politische oder moralische Wertung, sondern ausschließlich darum, daß selbst Persönlichkeiten von Rang und Namen – aus welchen Gründen auch immer – sich offensichtlich scheuen, die Dinge beim Namen zu nennen. Und da schleicht sich Mißtrauen ein.

Berufsverbot

Es gehört zu den Überraschungen unserer Zeit, wie leicht es ist, die Begriffe zu verwirren. So wird allen Ernstes in der Bundesrepublik und sogar im befreundeten Ausland, also auch in den westlichen Demokratien, die Mär verbreitet, die Bundesrepublik verhänge über nicht »linientreue« Staatsbürger (d.h. Rechts- oder Linksradikale) ein Berufsverbot. Mit anderen Worten: Leute, die unsere demokratischen politischen Parteien ablehnen oder gar bekämpfen, sind beruflich und damit auch wirtschaftlich tot. Sie finden keine Beschäftigung. Daß aus dieser völlig abwegigen Einstellung sogar ein sogen. »Russel-Tribunal« in der Bundesrepublik tagen konnte (und zwar ohne »Berufsverbot« oder »Versammlungsverbot«), wird vermutlich später einmal als besonders hinterhältiger Trick der »faschistischen Bundesrepublik«, nämlich auf diese Weise nach außen Demokratie zu heucheln, hingestellt werden. Und es wäre nicht verwunderlich, wenn nicht nur bei uns, sondern auch im befreundeten Ausland viele kluge Journalisten in diesen Chor miteinstimmten.

Dabei geht es doch nur um dies:

Unser demokratischer und sozialer Rechtsstaat will nicht zulassen, daß diejenigen, die ihn, nötigenfalls auch mit Mitteln der Gewalt, beseitigen wollen (und dies auch offen bekennen), nicht als pensionsberechtigte Beamte eingestellt werden. Man will also, im Gegensatz zur Weimarer Republik, wo Hitler Regierungsrat in Braunschweig werden und damit die deutsche Staatsangehörigkeit erwerben konnte, verhindern, diejenigen zu fördern, die uns – um mit Lenin zu sprechen – noch mit den Stricken aufhängen, die wir ihnen liefern.

Wenn die Geschichte nicht trügt, gehörte ein früherer Bundeskanzler zu denjenigen, die in Übereinstimmung mit den Ministerpräsidenten der 11 Länder mit Hilfe eines sogen. »Radikalenerlasses« versucht haben, zu verhindern, daß Radikale von rechts und links unseren mühsam aufgebauten sozialen Rechtsstaat zerstören. Was dies mit »Berufsverbot« zu tun hat, ist unerfindlich, auch wenn einige, für den Erlaß Verantwortliche, inzwischen anderer Auffassung geworden sind und nichts dabei finden, wenn Lehrer eingestellt werden, deren erklärtes Ziel es ist, unseren sozialen Rechtsstaat zu beseitigen. Hier machen sich also hochangesehene Politiker, offensichtlich ohne es zu bemerken, die von Staatsfeinden gezielt und geschickt in Szene gesetzte Sprachverwirrung zu eigen. Sie werfen ihre früheren Einsichten und Beschlüsse über Bord, nur um sich nicht des Vorwurfs auszusetzen, »Berufsverbote« zu billigen. Dieser »salto mortale« verdeutlicht, wie sprachliche Mißdeutungen und Umdeutungen brisante politische Entscheidungen ohne sachlichen Grund beeinflussen können. Das Reizwort »Berufsverbot« hat, ohne Rücksicht auf seinen eigentlichen Inhalt, durch gezielte Propagandamaßnahmen einen Stellenwert erhalten und eine Deutung erfahren, die auch der liberalste Bürger nicht mehr zu begreifen vermag.

Denn was bedeutet im Grunde »Berufsverbot«? Doch nicht mehr und nicht weniger, als daß jemand an der Ausübung seines Berufes gehindert wird. Es wird also dem Elektromeister X wegen seiner politischen Betätigung verboten, noch Steckdosen zu verlegen. Aber wo gibt es das bei uns? Auch wäre es doch wohl abwegig, deshalb von einem Berufsverbot zu sprechen, weil sich dieser Elektromeister weigert, einen Gesellen einzustellen, dessen erklärtes Ziel es ist, seinen Betrieb zugrunde zu richten.

Natürlich gibt es auch in einem Rechtsstaat echte Berufsverbote. So sieht das Gesetz vor, Rechtsanwälten, die Gelder ihrer Mandanten unterschlagen, Lehrern die Schüler vergewaltigen oder Ärzten, die Patienten umgebracht haben, die weitere Berufsausübung zu untersagen, immer vorausgesetzt, daß dies in einem rechtsstaatlichen Strafverfahren rechtskräftig ausgesprochen worden ist.

Aber was um alles in der Welt, hat dies damit zu tun, wenn eine Behörde, so wie das Gesetz es befiehlt, die Einstellung von Beamtenanwärtern davon abhängig macht, daß sie auch für unseren freiheitlichen sozialen Rechtsstaat eintreten! Niemand zwingt einen Bewerber dazu, in den öffentlichen Dienst zu treten. Wenn er es aber will, muß er doch wohl auch die damit verbundenen Pflichten übernehmen. Wie daraus ein Berufsverbot abgeleitet werden kann, ist unerfindlich; oder würde man die DKP eines Verfassungsverstoßes bezichtigen, nur weil sie von der Einstellung eines aktiven NPD-Mitglieds Abstand nimmt?

Bilateral

Minister, Politiker und Funktionäre aller Art sprechen oft von bilateralen Verhandlungen, Vereinbarungen, Verträgen usw. Der staunende und gutwillige Bürger hört dies mit Wohlwollen und Behagen; er weiß seine Sache wieder einmal in guten Händen. Denn wenn wir schon »bilateral« miteinander verkehren, muß ja was dran sein. Daß es sich im Grunde lediglich um zweiseitige Vereinbarungen oder Verträge handelt, also Abmachungen, die zwischen zwei Partnern eingegangen werden, weiß kaum jemand. Welcher Normalbürger würde schon auf die Idee kommen, den Kauf von einem Stück grüner Seife im Tante-Emma-Laden als ein bilaterales Geschäft (sprich Kaufvertrag) anzusehen. Wenn selbst Sexologen bei eindeutigen Verhaltensweisen nicht von bilateralen Beziehungen sprechen, sondern in der Regel schlicht vom Beischlaf zweier Menschen unterschiedlichen Geschlechts, sollte uns das froh stimmen. In Zukunft wissen wir, daß sich bilaterale Auseinandersetzungen ausschließlich im politischen Bereich abspielen. Wer also mit seiner Frau Krach hat, sollte sich hüten, von einer bilateralen Auseinandersetzung zu sprechen. Es ist die natürlichste Sache der Welt. Und dabei sollte es bleiben.

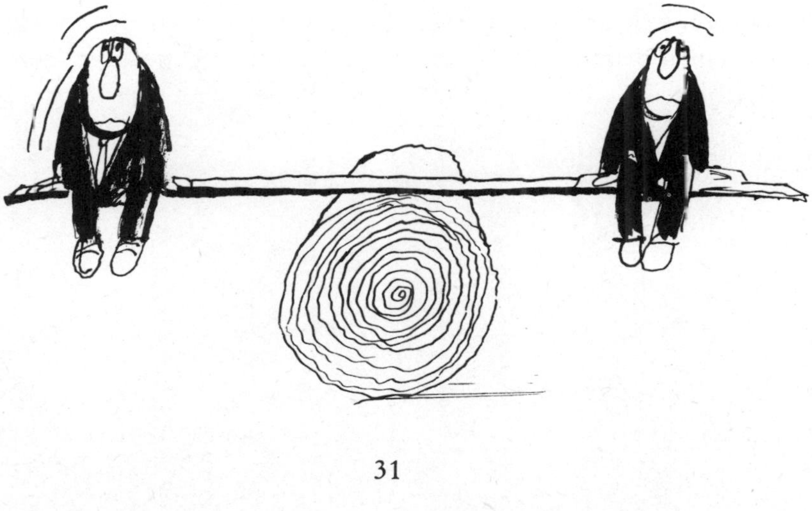

Blockbeschulung

Wer weiß schon, was Blockbeschulung ist? Viele kluge Leute wurden befragt. Niemand wußte eine rechte Antwort. Ältere Jahrgänge meinten, daß dies etwas mit den Nazis zu tun haben müsse, wo es NS-Blockwarte gab, das heißt Parteigenossen, die u.a. für die NS-Schulung ihres »Blockes«, also eines bestimmten Wohnkomplexes, zu sorgen hatten.
Nichts dergleichen. Bei »Blockbeschulung« geht es um etwas ganz anderes, nämlich um einen Berufsschulunterricht, der unter Ausklammerung der üblichen Lehrlingsausbildung (Verzeihung: während der Ausbildung Auszubildender durch Ausbilder in den Betrieben) in zeitlichen Abständen ausschließlich von den Berufsschulen erteilt wird. Diese »Blockbeschulung« dient vornehmlich der theoretischen Vervollkommnung ihrer in den Betrieben vernachlässigten »übergeordneten« Einsichten in Bezug auf den von ihnen erwählten Beruf.
Daher nimmt die »Blockbeschulung« einen hohen Rang ein. Nur so können wir die »verschulte Berufsausbildung« zu höheren Weihen führen. Denn wo kämen wir hin, wenn ein »blockbeschulter Auszubildender« im Betrieb verpflichtet wäre, seinen Arbeitsplatz sauberzuhalten oder für den ausbildenden Meister eine Flasche Coca-Cola oder gar eine Flasche Bier, was von manchen Leuten schon für kriminell gehalten wird, zu holen. Wieso, sagte doch neulich ein hoher Bildungspolitiker, es sei höchste Zeit, die »Verschulung« der Berufsausbildung weiter zu intensivieren. Man kann nur wünschen, daß unsere Bildungsfanatiker im Ernstfalle, wenn der Wasserhahn tropft, die Heizung ausfällt oder der Kühlschrank streikt, einen Handwerker finden, der weniger »verschult«, aber aufgrund seiner soliden handwerklichen Ausbildung noch in der Lage ist, den Schaden zu beheben.

Blockparteien / Parteidisziplin / Machtwechsel

Der unbefangene Leser wird unter Blockparteien den Zusammenschluß mehrerer Parteien »zu einem Block« verstehen, das heißt, einmal schließen sich die Parteien X, Y und Z, ein andermal die Parteien A und B usw. zwecks Erreichung gemeinsamer politischer Ziele zusammen. Es sind also »Ehen auf Zeit«. Partnerwechsel ist die Regel. Nicht so in der Bundesrepublik. Hier versteht man unter Blockparteien SPD und FDP, die seit fast 10 Jahren im Bund regieren. Dabei, so hat es den Anschein, geht es weniger um die Erreichung gemeinsamer politischer Ziele, vielmehr um die Erhaltung der Macht, sprich Beibehaltung von Ministersesseln und anderer hoher Posten in Regierung und Verwaltung. Apropos »Macht«: Es schockiert immer aufs Neue, wenn von hohen staatlichen Würdenträgern und Parteioberen noch heute von Verteidigung, Erhaltung oder Erringung der »Macht« gesprochen wird, und zwar anscheinend ohne jedes schlechte Gewissen.

Ältere Zeitgenossen erinnern sich nur ungern an die »Machtergreifung« im Jahre 1933 durch die Nationalsozialisten. Hitler hat diese »Machtergreifung« in seinen Reden stets als Beginn eines neuen Zeitalters gefeiert. Die Folgen sind bekannt. Mit der Machtergreifung begann die Gewalt, die absolute Herrschaft. Natürlich läßt sich der Begriff »Macht» auch weniger dramatisch in »Kraft und Einfluß« übersetzen. Nur: »Gebrannte Kinder scheuen das Feuer«! Daher ist zu fragen, weshalb in unserem sozialen Rechtsstaat diese unselige Vokabel von hohen Politikern weiter so unbefangen gebraucht wird.

Da kann auch die sogenannte Parteidisziplin nicht sonderlich beglücken. Man sehe und höre sich einmal Bundestagsdebatten an. Da kann ein Oppositionsredner noch so kluge, glänzende und überzeugende Vorschläge machen; selbst wenn sie auch der Koalition aus dem Herzen gesprochen sind, auf den Bänken des politischen Gegners regt sich keine Hand zum Beifall. Umgekehrt ist es genauso. Es herrscht eisiges Schweigen. Das ist selbst bei parteiübergreifenden Themen, so in Fragen nationaler Selbsterhaltung, der Fall. Warum eigentlich? Entspricht es nicht vielmehr der Würde des »Hohen Hauses« und ihrer vom Volk gewählten Vertreter, Gutes gut und Schlechtes schlecht zu finden, und zwar ganz gleich, wer was sagt? Sind nicht die Parlamentarier, wie es in der Verfassung heißt, nur ihrem Gewissen verantwortlich, oder geht der im Grundgesetz *nicht* verankerte »Fraktionszwang« so weit, nur die Redner der eigenen Partei (auch wenn sie noch

so großen Unsinn von sich geben) zu beklatschen, den politischen Gegner aber, auch wenn er noch so kluge Gedanken äußert, mit Schweigen und Buhrufen zu bedenken? Sind unsere Volksvertreter mit der Erringung des Mandats eigentlich verpflichtet, sich das Denken und das bei jedem normalen Menschen mehr oder weniger vorhandene kritische Urteilsvermögen abzugewöhnen?
Unseren Parteien, mit oder ohne Blockbildung, Koalition und Opposition, fällt es offensichtlich schwer, zu begreifen, daß sie für uns und nicht wir für sie da sind. Ihre Vertreter erinnern sich immer weniger daran, daß ihr Souverän und »Arbeitgeber« das Volk ist (das auch die Diäten bezahlt) und nicht die Partei oder die Fraktion.

Hierzu noch eine Anmerkung:
Es gehört schon zum selbstverständlichen Ritual, daß bei Erscheinen hoher politischer Würdenträger die Anwesenden in Beifall ausbrechen. Weshalb eigentlich? Da wir als Volk, Parteiangehörige oder Wähler im Grunde ihre Arbeitgeber sind, erscheint dies völlig unangebracht. Nicht wir, sondern sie müßten uns doch eigentlich – in äußerster Bescheidenheit, versteht sich – ihre Ergebenheit bezeugen und nicht nur am Schluß ihrer Rede mit der dürftigen Floskel enden »Ich danke Ihnen«, um damit anzudeuten, daß sie am Ende ihrer Rede (oder ihrer Weisheit?) sind und nunmehr Beifall gezollt werden darf. Wer die Kunst der Rede beherrscht, bedarf solcher Schlußformeln ohnehin nicht.

Bundesbeauftragte

Dem Gesetzgeber (Parlament) ist schon deshalb Anerkennung und Beifall sicher, weil er immer neue Posten schafft und so den Arbeitsmarkt entlastet. Damit kommt er einem weiteren dringenden Anliegen entgegen, indem er auch ausgeschiedene oder nicht ausgelastete Spitzenpolitiker und Funktionäre noch mit Ämtern beglückt, die ihnen das Gefühl der Unentbehrlichkeit vermitteln. Verdiente Politiker dieser Größenordnung, die an sich ein sorgenfreies Leben führen könnten, werden insbesondere als Kandidaten für das Europaparlament (eine gleichzeitige Mitgliedschaft im Bundestag ist unschädlich) oder zu »Bundesbeauftragten« bestellt. Was auffällt, ist, daß die Zahl derartiger Bundesbeauftragter ständig wächst. So haben wir inzwischen einen Wehrdienstbeauftragten, Wehrdienstverweigerungsbeauftragten (= Beauftragten für den Wehrersatzdienst), Berlinbeauftragten, Steinkohlenbergbaubeauftragten, Beauftragten für Ausländerfragen, Datenschutzbeauftragten usw. usw.

Über die Aufgaben und Funktionen dieser hohen Amtsinhaber weiß kaum jemand etwas; Weisungsbefugnisse haben sie wohl nicht, aber immerhin dürfen sie den Parlamenten berichten. Wie schön, zumal bei ihrer Berichterstattung kaum jemand anwesend ist oder gar zuhört, was auch einem Fraktionsvorsitzenden aufgefallen ist, der anläßlich eines Berichts des Wehrbeauftragten vor leerem Hause die Beschlußunfähigkeit des »Hohen Hauses« feststellen ließ. Beruhigend, daß wir so stramme Parlamentarier und Demokraten haben. Da auch sie älter werden, sind sie wahrscheinlich zu gegebener Zeit eines »Bundesbeauftragtenrentneramtes« nicht abhold und die weitere Bestellung von »Bundesbeauftragten« dürfte gesichert sein, so wären beispielsweise zu erwägen:

ein Bundesbeauftragter für Bundesbeauftragte
ein Bundesbeauftragter für soziale Symmetrie
ein Bundesbeauftragter für pensionierte Politiker
ein Bundesbeauftragter für gefallene Mädchen
ein Bundesbeauftragter für Gartenfreunde
ein Bundesbeauftragter für Tante-Emma-Läden
ein Bundesbeauftragter für Tierschutz
ein Bundesbeauftragter für Hausmänner
ein Bundesbeauftragter für gleichgeschlechtliche Beziehungen usw. usw., –

wobei sich – nach marktwirtschaftlichen Gesichtspunkten – die Bestellung neuer Bundesbeauftragter ausschließlich daran orientieren sollte, welche verdienten (nicht verdienenden) Politiker noch mit einem einträglichen Posten zu bedenken sind.
Daß es inzwischen auch eine Bundesbeauftragte für Frauenfragen gibt, läßt hoffen. Denn so wird es nicht mehr lange dauern, daß auch ein Bundesbeauftragter für Männerfragen und ein Bundesbeauftragter für Kinderfragen, vielleicht auch ein Bundesbeauftragter für Transvestitenfragen bestellt werden müssen. Und wäre es nicht auch zweckmäßig, einen Bundesbeauftragten für Umweltschutz, einen Bundesbeauftragten für Kernenergie, einen Bundesbeauftragten für den ruhenden und stehenden Verkehr in den Städten (ein Schuft, der Böses dabei denkt) zu bestellen? Aber dies sind nur bescheidene Vorschläge. Die Politiker wissen sicher mehr daraus zu machen. Und das läßt hoffen.

Datenschutz

Wenn man den Verlautbarungen in Presse, Funk und Fernsehen sowie den Worten der Parlamentarier Glauben geschenkt werden darf, bringt die Ansammlung von Daten (so beispielsweise im Strafregister, in der Flensburger Kartei, bei den Sozialversicherungsträgern und nicht zuletzt in den Betrieben) für uns alle so große Gefahren mit sich, daß im Verhältnis dazu Atombomben und Neutronenwaffen, selbst wenn sie sich in Händen von Terroristen oder Entwicklungsländern befänden, verblassen. Da der »mündige Bürger« in seiner unbefangenen Betrachtung nichts Schlimmes darin finden kann, wenn irgendwo aus sachbezogenen Gründen sein Geburtsdatum, Gewicht und Körpergröße, seine Haarfarbe und Kopfgröße, sein sauer verdientes Einkommen, sein Gas- und Wasserverbrauch usw. usw. gespeichert werden, weiß er nicht so recht, weshalb dies alles so ungeheuer schutzbedürftig sein soll und ihn nur ein mit Millionenaufwand in Szene gesetzter »Datenschutz« vor unheimlichen Gefahren bewahren kann.
Sicher gibt es schutzwürdige Daten, die nicht jedermann zugänglich sein sollten. Aber dafür sorgen schon bestehende Gesetze. Nur fragt man sich, ob es eines hochdotierten »Datenschutzbeauftragten«, der noch dazu Professor ist, bedarf, ganz zu schweigen von den Datenschutzbeauftragten der Länder, der Kommunen, der Betriebe und der öffentlich-rechtlichen Körperschaften. Haben wir nicht schon genug Bundesbeauftragte (z.B. den Wehrdienstbeauftragten, den Wehrdienstverweigerungsbeauftragten, den Beauftragten für Ausländerfragen, den Berlinbeauftragten, den Steinkohlenbergbaubeauftragten usw.), die bislang kaum etwas bewegt noch bewirkt haben. Wozu auch? Die bestehenden Gesetze gewährleisten bereits eine umfassende parlamentarische Kontrolle.
Schade eigentlich, daß unsere Parlamentarier noch nicht auf die Idee gekommen sind, einen »Sprachbeauftragten« ins Leben zu rufen, obwohl ihm ein ungeahntes Betätigungsfeld sicher wäre. Man denke nur daran, wie nützlich es wäre, ihn mit der Lesbarkeit neuer Gesetze zu betrauen.
Stattdessen haben wir u.a. auch einen Datenschutzbeauftragten des Bundes. Er war, das ist anerkennenswert, so einsichtig, die Mitarbeit der »mündigen Bürger« zu erbitten, ein nicht hoch genug einzuschätzendes Demokratieverständnis. Als er jedoch um die Erläuterung eines von vielen unverständlichen Datenschutz-Paragraphen gebeten wurde,

verschlug es auch ihm die Sprache. Einer konkreten Antwort aus dem Wege gehend, rechtfertigte er die Unverständlichkeit des Gesetzes wie folgt:

> *»Ihr Hinweis, bei der Abfassung des Bundesdatenschutzgesetzes (BDSG) seien nicht hinreichend allgemeinverständliche Formulierungen gewählt worden, berührt ein bekanntes und auch schon häufig von den Medien aufgegriffenes Problem. Dies besteht darin, daß dem an sich berechtigten Wunsch der Öffentlichkeit nach leicht verständlichen Gesetzen häufig das – gerade auch im Interesse der Bürger zu berücksichtigende – Bedürfnis nach möglichst lückenlosen, eindeutigen und Rechtssicherheit gewährleistenden Vorschriften entgegensteht. ›Einfache‹ Vorschriften lassen den ausführenden Behörden häufig einen großen, wiederum von vielen Bürgern heute nicht mehr gewünschten Ermessensspielraum, der erst durch die spätere, der Öffentlichkeit nicht immer bekannt werdende und nicht unbedingt allgemeinverständliche Rechtsprechung hinreichend abgesichert werden kann.«*

Nun soll niemand sagen, daß dies nicht prächtige Formulierungen sind. Nur weiß der »mündige Bürger« noch immer nicht, welche Glückseligkeiten ihm das Datenschutzgesetz verheißt.

Wie sagte doch Odenthal schon in der 223. Sitzung des Bundestages am 16.7.1952:

> *»Wir stellen – oft mit Bewunderung für die Juristen und ihre Solidarität – fest, daß ihre Mitwirkung in der Gesetzgebung so viele Unklarheiten schafft oder auch übrigläßt, daß ihren Berufskollegen draußen in der Praxis ein reiches Feld beruflicher Betätigung verbleibt. Wir sehen darin ein echtes Arbeitsbeschaffungsprogramm von Juristen für Juristen.«*

Der Datenschutzbeauftragte sollte ob dieser Einsicht frohlocken. Aber das bleibt wohl ein frommer Wunsch, zumal seine mit tierischem Ernst zelebrierten Fernsehauftritte und die in Pressekonferenzen mit erhobenem Zeigefinger ständig wiederholten Angriffe wegen angeblicher Mißbräuche auch dem unbefangensten und gutartigsten Fernsehzuschauer weismachen, er sei als »gläserner Mensch« Gefahren ausgesetzt, die alles bisher Dagewesene in den Schatten stellen.

Nun sollte man auch Professoren eine gewisse Narrenfreiheit einräumen. Andererseits: Ist es zuviel verlangt, wenn man sich einmal an der Basis umsieht und den Mann an der Theke fragt, was ihn am Datenschutz entzückt oder mißfällt?
Vielleicht ließe sich auf diese Weise vieles in vernünftigere Bahnen lenken ohne sinnlose Übersteigerung und mit dem Ziel, die Kirche im Dorf zu lassen. Und was soll man schließlich davon halten, daß sich neulich ein Landesdatenschutzbeauftragter darüber beklagt hat, die Bürger machten so wenig von ihren Rechten Gebrauch (Welt am Sonntag vom 14./15.7.1979)? Offensichtlich fällt es Datenschutzbeauftragten schwer, zu begreifen, daß die Bürger ganz andere Sorgen haben. Sie sind daran interessiert, was aus ihren Kindern wird, weshalb die Wohnungsmiete und Lebensmittelpreise, die Heizungs- und Benzinpreise enorm steigen und weshalb ihre Einkünfte nur um wenige Prozente, die der Parlamentarier aber gleich um ein Vielfaches steigen. Das ist für professionelle »Datenschützer«, die das Glück dieser Erde allein im Datenschutz sehen, zwar unverständlich, für den Mann auf der Straße jedoch nicht.

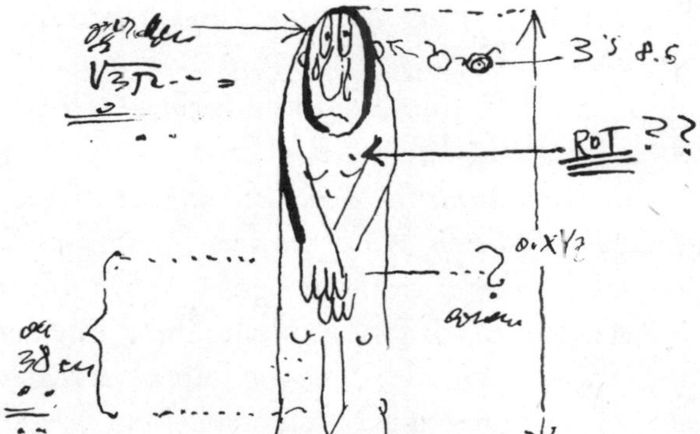

Denkanstoß

»Liebe Parteifreunde, Kolleginnen und Kollegen,
meine sehr verehrten Damen und Herren, mit diesem Hinweis wollte ich Ihnen ›natürlich‹ nur einen ›Denkanstoß‹ ›vermitteln‹.«

Bei solchen Redewendungen von Politikern und Funktionären handelt es sich meist um handfeste Forderungen, die in den Polit-, Partei- und Funktionärsgremien längst beschlossene Sache sind. Hier wird »getestet«, ob und wie sie an der Basis ankommen. Im übrigen ist das Attribut (Beifügung) »natürlich« ohnehin abwegig. Wenn etwas »natürlich« ist, wozu diese Ausschmückung? Und warum will man nur einen »Denkanstoß« geben oder irgend etwas »vermitteln«? Donnerwetter, sagen die Zuhörer, man »vermittelt« uns etwas, man gibt uns nicht etwa auf, nachzudenken (Denkanstoß), sondern vermittelt nur, informiert uns also und überläßt es völlig uns, was wir davon halten.
Nun ist nicht zu leugnen, daß gelegentlich auch Bürger »Denkanstöße« an Regierung, Parteien, Behörden usw. »vermitteln«. Nur drücken sie sich anders aus. Sie sagen, wo der Schuh drückt, und möchten z.B. wissen, weshalb, wieso, warum z.B. eine Baugenehmigung für die Neuinstallierung eines Gartenzaunes oder eines Windfangs vor der Haustür viele Monate auf sich warten läßt und »dieserhalb« unzählige Anträge (Formulare) ausgefüllt werden müssen. Und man möge doch einmal darüber nachdenken, ob es nicht einfacher geht. Die Antworten sind im besten Behördendeutsch meist vorprogrammiert:
»Wir bestätigen den Eingang Ihrer Eingabe vom... und haben davon Kenntnis genommen, daß... *(was schon völlig überflüssig ist: denn wie soll eine Behörde antworten können, wenn sie die ›Eingabe‹ nicht erhalten und nicht zur Kenntnis genommen hat?)* Nach sorgfältiger Prüfung Ihres Begehrens *(›Begehren‹ ist immer gut und erinnert mich an den Witz, wo ein Pfarrer ein männliches Schäflein auf die Einhaltung des Gebotes ›Du sollst nicht begehren Deines Nächsten Weib‹ hinweist und der Gerügte antwortet: er begehre die Frau ja gar nicht, sondern wolle nur gelegentlich mit ihr schlafen)* gestatten wir uns, darauf hinzuweisen, daß nach § ... in Verbindung mit der Verordnung ... und dem Erlaß des Regierungspräsidenten vom ... sowie unter Berücksichtigung der Ortssatzung vom ... noch nähere Ermittlungen geboten erscheinen *(›geboten erscheinen‹ wirkt und flößt Respekt ein).* Nach Abschluß unserer Ermittlungen kommen wir unaufgefor-

dert auf die Sache zurück *(was soviel bedeutet: von Erinnerungen oder Nachfragen ist abzusehen, sonst dauert es noch länger!)*«

Also lassen wir uns auch künftig »Denkanstöße« vermitteln. Wir werden trotzdem weiter fernsehen und uns das Denken weitgehend abgewöhnen. Wozu haben wir so objektive, fundierte und parteipolitisch unbeeinflußte aktuelle Sendungen wie Report, Panorama, ZDF-Magazin und Internationaler Frühschoppen? Schade eigentlich, daß diese Sendungen, von so tierischem Ernst sind. Und was besonders beängstigend ist, die sogenannten Moderatoren verstehen es, uns mit erhobenem Zeigefinger klarzumachen, wir hätten alle sämtlichst versagt. Wer sich dennoch nicht schuldig fühlt, ist nicht mehr besserungsfähig.

Der Klare aus dem Norden

Hier handelt es sich nicht – was naheliegt und durch die Alkoholwerbung jedermann weiß – um einen hochprozentigen Schnaps, sondern um den zur Zeit amtierenden Ministerpräsidenten des Landes Schleswig-Holstein, nämlich den CDU-Politiker Dr. Gerhard Stoltenberg. Es ist eigentlich erstaunlich, daß nicht seine Parteifreunde, vielmehr seine politischen Gegner diese mehr als schmeichelhafte Bezeichnung erfunden haben. Denn wer denkt schon etwas Böses, wenn er nach des Tages Müh' einen »Klaren« zur Brust nimmt. Auch verbindet sich mit klar und Norden nichts Abträgliches. Selbst »Nordlichter« sind ja nach neuester Forschung, wie man aus »Albrechts Niedersachsen« vernimmt, keine »Armleuchter«, sondern gehören zur hochqualifizierten Gattung des »Homo sapiens« (vernunftbegabter Mensch).

Daß auch insoweit Wehner (SPD) mehr politischen Instinkt als seine Parteifreunde verrät, beweist die zur Kennzeichnung Stoltenbergs gebrauchte Formulierung »Schmollmund«. Obwohl »Schmollen« (= gekränktes Schweigen) nicht unbedingt etwas Negatives zu sein braucht, wird doch wieder einmal deutlich, daß der »große Mann und Zuchtmeister der SPD« die Sprache des Volkes besser versteht als die im Parteikader nach vorn drängenden Soziologen und Politologen.

Trotz allem: Gönnen wir dem »Klaren aus dem Norden« diesen Ehrentitel, auch wenn er vom politischen Gegner stammt. Zu wünschen bleibt, er möge dem köstlichen alkoholischen Getränk alle Ehre machen. Denn wie heißt es doch so schön:

»Alkohol löst die Zunge«, und nach einem entsprechenden Konsum werden oft bittere Wahrheiten schonungslos ausgesprochen. Und etwas mehr Wahrheit kann niemandem schaden, am wenigsten unseren Spitzenpolitikern.

Der letzte Preuße

Daß man ausgerechnet FJS (= Franz Josef Strauß) als »letzten Preußen« bezeichnet, obwohl gerade er die »Nordlichter« (im Gegensatz zu Albrecht, dem Ministerpräsidenten und Strahlemann aus Niedersachsen) trotz seiner philologischen Bildung fälschlicherweise negativ interpretiert, gehört sicher zu den Geheimnissen unserer Politsprache. Also ausgerechnet ein Urbayer mit Stiernacken, Maßkrug und urbayerischer Schützenuniform wird von unseren Massenmedien unbeanstandet als »letzter Preuße« bezeichnet, und dies trotz Spiegelaffäre, Verdächtigungen im Bestechungsskandal Lockheed und letztlich bei den neofaschistischen Umtrieben in Griechenland usw.

Eine Deutung dieses Phänomens fällt schwer. Liegt es vielleicht daran, daß Strauß trotz Spiegelaffäre usw. unbestreitbar ein tüchtiger Verteidigungs- und Finanzminister war? Liegt es daran, daß er während der Großen Koalition (CDU/SPD) in den Jahren 1966 bis 1969 mitgeholfen hat, den Karren aus dem Dreck zu ziehen? Oder liegt es einfach daran, daß er aufgrund seiner hohen Intelligenz, seiner rhetorischen Begabung und seiner selbst in »Spiegel-Interviews« unbefangenen Aussagefreudigkeit ein verständliches Deutsch redet?

Wenn selbst ein Wehner, als Sachse zwar nur ein »angeheirateter« Preuße, trotz gegenteiliger Auffassung Strauß respektiert, so ist dies vielleicht ein Grund dafür, daß der »letzte Preuße« als Urbayer bestehen kann. Und wenn Wehner und Strauß im Parlament miteinander streiten, so sind dies Sternstunden unserer Demokratie und unseres demokratischen Parlamentarismus. So gesehen ist es gut, einen Bayern als »letzten Preußen« (wobei »preußisch« beileibe nicht als Kadavergehorsam zu verstehen ist, sondern i.S. Friedrichs des Großen: Ich bin der erste Diener meines Staates) zu haben und einen ehemals roten Sachsen (Herbert Wehner) als besessenen Parlamentarier und Demokraten.

Deutlich machen

Es gehört sich in unserem Politchinesisch einfach nicht, zu sagen, was man will, was notwendig ist und wie etwas besser gemacht werden kann. Man macht »deutlich«! Es verpflichtet zu nichts, aber der »liebe Parteifreund, Kollege oder Wähler« weiß, die da oben haben sich etwas einfallen lassen. Denn »natürlich« vertreten sie unsere Interessen, wenn sie etwas deutlich machen, d.h. doch wohl, sie verdeutlichen etwas, legen den »Finger auf eine Wunde« und es ist nur noch eine Frage der Zeit, die Sache in Ordnung zu bringen, vorausgesetzt, daß wir den »Deutlichmacher« wählen oder ihm zu einem einträglichen Posten verhelfen.

Wenn es hinterher sehr viel anders aussieht, so liegt das nicht am hochgehievten »Deutlichmacher« mit Pensionsberechtigung, sondern an den widrigen Umständen oder – das hört sich phantastisch an – an der »normativen Kraft des Faktischen« (auf Deutsch: Tatsachen schaffen Recht).

Sicher ist da etwas dran. Es ist nun einmal ein Unterschied, ob man in der Verantwortung steht oder nur um des Kritisierens willen etwas »deutlich macht«. Aber um alles in der Welt sollte es nicht gut sein, einfach zu sagen, was wie zu verbessern ist und verbessert werden muß und ggf. wie es finanziert werden kann. »Deutlich machen« genügt nicht. Das weiß jeder Familienvater, der aufgrund von Kurzarbeit seiner Frau erklären muß, welche Einschränkungen haushaltsmäßig durchzustehen sind. Da hilft kein »Deutlichmachen«.

»Deutlich machen« ist gut, die Realitäten sehen und daraus klare Folgerungen zu ziehen, ist besser. Der Bürger wird es, wenn auch die Parlamentarier den Gürtel enger schnallen (anstatt ohne Gegenstimmen Diätenerhöhungen zu bewilligen), verstehen und billigen.

Diäten

Wer Diät leben muß, ist gehalten, sich in seiner Lebensweise u.a. mit einer Schonkost zu begnügen, die nicht gerade geeignet ist, mit dem Essen besondere Lustgefühle zu verbinden. So gesehen müßten eigentlich die Diäten unserer Abgeordneten kaum Lustgefühle auslösen. Dem ist jedoch nicht so. Der Drang zum »Diäten gesicherten« Abgeordnetenmandat hält unverändert an, zumal aus unerfindlichen Gründen nicht nur die Betätigung im Bundestag, sondern auch die Abgeordnetentätigkeit in den Landtagen mit entsprechend hohen »Diäten« außerordentlich begehrt ist.
Von »Diät« kann also kaum die Rede sein. Schade eigentlich. Denn vielen übergewichtigen Abgeordneten würde es sicher nicht schaden, diät zu leben und »abzuspecken«. Aber das wäre wohl zuviel verlangt. Es genügt, daß die Gesundheitsministerin den »mündigen Bürger hier und heute in diesem Lande« zu mehr Zurückhaltung in ihren Essens- und Trinkgewohnheiten anhält. Die in der Mehrzahl übergewichtigen Abgeordneten des Bundes und der Länder betrifft dies selbstverständlich nicht. Insoweit gilt nach wie vor das geflügelte Wort: »Laß dicke Männer um mich sein.« So haben wir nach den letzten Landtagswahlen in Hessen und Bayern als Sieger nicht gerade unterernährte Ministerpräsidenten erlebt. Welch ein Glück! Unsere Demokratie neigt den dicken Männern zu, die, wenn man den Medizinern und Psychologen glauben darf, von Natur aus gutartig sind. Wie schön für uns alle, auch wenn Arbeitsmediziner, die gesetzlich vorgeschrieben sind, das Abspecken empfehlen. Aber das gilt wohl nicht für Ministerpräsidenten und hohe Politiker.

Effektivität, Effizienz

Wer etwas auf sich hält, und welcher Politiker oder Funktionär tut das nicht, spricht nicht mehr vom Nutzen, der Wirksamkeit oder Wirkungskraft einer Maßnahme, er spricht von Effektivität oder Effizienz oder findet dies und das effektiv, effizient bzw. ineffizient. Vor allem Nichtlateiner neigen dazu, diese Begriffe bei jeder passenden und unpassenden Gelegenheit an den Mann zu bringen. Kumpel Anton weiß allerdings nicht, wie er ein als völlig ineffizient bezeichnetes Machwerk deuten soll. Entnimmt er der Gestik und der »gehobenen Stimme« des Sprechers, hier werde wieder einmal in seinem Sinne »Tacheles« geredet, tritt bei den Zuhörern der im vorhinein geplante »Doppeleffekt« ein, sie sind überzeugt:

1. Der da oben verwendet sich für mich und meine Interessen.

2. Wenn ein Mann so klug reden kann, weiß ich meine Sache in den besten Händen.

Unbeschadet dieser in einem demokratischen Rechtsstaat durchaus zulässigen Beeinflussung wird hier eine menschliche Schwäche sichtbar, die in der Tierwelt unter »Imponiergehabe« bekannt ist. In diesem »tierischen« Bereich, was keineswegs abträglich gemeint ist, hat die Verhaltensforschung herausgefunden, daß insbesondere männliche Tiere vor der Paarung die Aufmerksamkeit des Weibchens durch Schmuckfarben (z.B. bei Fasanen) oder Drohstellungen (z.B. bei Kampffischen) auf sich zu lenken suchen.
Den Menschen als den höchstentwickeltsten »Säugetieren« ist diese Eigenschaft, wenn auch in verfeinerter Form, leider oder Gott sei Dank, erhalten geblieben. »Gott sei Dank«, weil so die Frauen, falls sie die Auswahl unter mehreren Bewerbern haben, aus dem »Imponiergehabe« der männlichen Primaten entsprechende Rückschlüsse ziehen können. Dabei kommt ihnen ihre natürliche Unbefangenheit und Klugheit zugute; sie schließen auch geistige und materielle Gesichtspunkte, also nicht nur die körperliche, potenzorientierte Lusterwartung, in ihre Beurteilung ein.
Andererseits pflegen Politiker und Funktionäre ihr Imponiergehabe auch auf Bereiche zu erstrecken, die der Tierwelt fremd sind:

Sie wollen imponieren wegen eines politischen Mandats, sie »hauen auf die Pauke«, um den Rivalen »aus dem Feld zu schlagen«. Sie diffamieren (= werten ab) auch wider besseres Wissen. Das Ziel heiligt die Mittel. Der Gedanke, auf gut deutsch zu sagen, das ist gut (= wirksam) oder dies ist schlecht, weil unwirksam, bleibt auf der Strecke. Effektivität und Effizienz ist alles. Nur so läßt es sich parlamentarisch überleben.

Eiertanz

Die Übertragung des Begriffs »Eiertanz« in unseren politischen Alltag war sicher nicht das Werk von Politikern, Funktionären oder Bürokraten; es war Volkesstimme.

Nach Brockhaus ist unter Eiertanz ein virtuoser (meisterhafter) Schautanz zwischen ausgelegten Eiern zu verstehen. Eier und Tanz spielen also die beherrschende Rolle.

Es darf angenommen werden, daß es sich bei Eiern vornehmlich um Hühnereier (gelegentlich auch »frische Bauerneier« benannt, was möglicherweise zu Fehldeutungen führen könnte) handelt. Der Zusatz »Tanz« läßt darauf schließen, daß Eier und Tanz zusammengehören. Der Tänzer muß beim »Eiertanz« versuchen, sich so zu bewegen, daß die auf der Tanzfläche verstreuten Eier keinen Schaden nehmen. Er muß also bestrebt sein, so zu tanzen, daß kein Ei beschädigt wird. Gelingt ihm das, ist er ein hervorragender Eiertänzer, weil er es verstanden hat, kein »Porzellan« zu zerschlagen.
So gesehen lassen sich in der Tat verblüffende Parallelen zu dem Verhalten unserer Politiker und Funktionäre ziehen. Sie müssen nämlich häufig zwischen dem, was sie eigentlich meinen und dem was ihre Organisation für richtig befunden hat, hin- und hertanzen. Sie sind echte Eiertänzer und sehen sich oft einer schier unlösbaren Aufgabe gegenüber. Aber hier zeigt sich, wozu ein echter Politprofi fähig ist. Er »eiertanzt«. Es gelingt ihm mühelos, einerseits die Basis zu befriedigen und andererseits den davon abweichenden Vorstellungen höheren Orts zu entsprechen.
Eine gewisse, nicht ganz reizlose Variante erfährt dieser Begriff im juristischen Bereich. Hier wird immer häufiger vom »juristischen Eiertanz« gesprochen. Nun sind Juristen zwar auch Menschen, aber, um Ludwig Thoma zu zitieren, »auch sonst von mäßigem Verstande«. Da ist sicher etwas dran. Andererseits ist ihnen die Fähigkeit nicht abzusprechen, den größten Schwachsinn für rechtens und ein noch so tiefschürfendes, sachlich berechtigtes Argument für völlig abwegig hinzustellen. Das hindert sie natürlich nicht daran, bei passender Gelegenheit genau das Gegenteil von dem mit Überzeugungskraft zu vertreten, was sie aus anderem Anlaß als der Weisheit letzten Schluß verkündet haben. Insofern unterscheiden sich Politiker eigentlich nicht von Juristen. Der »Eiertanz« gehört zu ihrem Beruf.
Da war weiland Konrad Adenauer aufrichtiger. Er scheute sich nicht, auf entsprechende

Ungereimtheiten hingewiesen, offen und ehrlich im Parlament zu antworten: Was kümmert mich mein dummes Geschwätz von gestern.
Im übrigen, auch Adenauer war Jurist, aber wahrscheinlich – Ausnahmen bestätigen die Regel – von »hohem Verstande«, auch wenn er nicht gerade über einen umfangreichen Wortschatz verfügte.
Zu welchen hehren Taten im übrigen juristische Eiertänzer fähig sind, beweist ein Urteil des OLG Düsseldorf vom 3.1.1962 (Az.: 2 Sa 921/61), worin der Begriff des »Müßiggängers« eine erstaunliche Sinndeutung erfuhr. Dort heißt es nämlich, daß derjenige »als Müßiggänger anzusehen sei, der seine Tage mit keinerlei Tätigkeit ausfüllt, die unter welchen Gesichtspunkten auch immer als noch irgendwie sinnvoll angesehen werden könnte, sondern ausschließlich Unzucht treibt«. *)
Erfahrene und kluge Frauen gerieten, wie Meinungsforscher ermittelten, ob dieser Auslegung »aus dem Häuschen«. Denn Frauen haben Instinkt, und beneidenswerterweise haben sie sich ein natürliches Gefühl für die Vorgänge des Lebens bewahrt. Ihre Reaktion war verblüffend. Wer erwartet hatte, sie würden auf den Fehler hinweisen, der darin liegt, daß Müßiggang und Unzucht wie das Gericht anzunehmen schien, nicht dasselbe sind. Weit gefehlt. Sie lächelten nur hintergründig und meinten, nach dieser Auslegung gebe es überhaupt keine Müßiggänger. Denn daß jemand ausschließlich Unzucht treibe und sonst nichts, sei unvorstellbar. Auf die Widergabe ihrer weiteren Ausführungen muß hier aus Gründen der Sittlichkeit, zumal sie mehr in den Bereich der Sexualwissenschaft gehören und die natürlichen Grenzen menschlicher Potenz ansprechen, verzichtet werden. Was den Frauen besonders mißfiel, war der Begriff »ausschließlich«, weil in der Tat – Brockhaus kann es bezeugen – ausschließlich soviel wie »nur« bedeutet und so ihre Schlußfolgerung: Müßiggang im Sinne höchstrichterlicher Rechtssprechung gibt es nicht.
Tröstlich nur, daß trotz Rechtssprechung und juristischer Auslegung der Müßiggang weiterleben wird und auch diejenigen, die sich dem Müßiggang hingeben, die Müßiggänger also, nicht aussterben werden. Um nicht mißverstanden zu werden: Müßiggang im wahrsten Sinne des Wortes ist gemeint, hingegen nicht die von Juristen ge- oder erfundene und widersinnige Auslegung des herrlichen und beneidenswerten Zustandes »Müßiggang«. Denn Müßiggang in Form von Untätigkeit, Nichtstun, auch Faulheit,

*) vgl. hierzu NJW 1962, S. 688, 1409 ff.

Muße und Beschaulichkeit ohne Arbeit, so wie diesen Begriff unsere Sprache versteht, wer könnte dies nicht guten Herzens bejahen? Arbeit und Muße schließen sich nicht aus. Ein Leben ohne Müßiggang wäre nicht lebenswert, auch wenn er, wie das Sprichwort sagt, der Anfang des Lasters sein kann. Das Leben hat seine Gefahren selbst im Nichtstun. Trotzdem bekennen sich immer mehr Bürger mit Russel zum »Lob des Müßiggangs«. Auch Richter sollten daher gelegentlich müßiggehen, ohne Lüsternheit versteht sich. Denn Müßiggänger können rein wie Engel sein.

Elitär

Es war Helmut Schmidt, der Bundeskanzler, der die haltlose, zum Teil bösartige und auch meist in einem unverständlichen Polit- und Soziologendeutsch geäußerte Kritik von jungen unausgereiften Besserwissern, meist Studenten, Jusos oder Judos, als elitäres Geschwätz bezeichnet hat.
Nun kann »elitär« eine zweifache Bedeutung haben und im positiven Sinne auch als »auserlesen« übersetzt werden. Einer »Elite« anzugehören, kann eine Auszeichnung sein; so wird man z.B. die Mitglieder der Max-Planck-Gesellschaft oder eine Vereinigung von Nobelpreisträgern als Elite bezeichnen können. Bei den Mitgliedern unserer Parlamente ist dies schon schwieriger.
»Elitär« kann aber auch abwertend als hochmütig und überheblich gedeutet werden. Und in diesem Sinne hat wohl Schmidt mit Recht das bezeichnet, was an Erklärungen, Resolutionen und hochgestochenen Forderungen von Studentenverbänden und Jugendorganisationen verbreitet worden ist.

Schade eigentlich, daß heute »elitär« nur noch im negativen Sinne gebraucht wird. Fehlt der Mut, sich noch zur Elite zu bekennen, die sich durch Können, Sachkunde und geistige Überlegenheit auszeichnet? Denn wie können wir als kleines, mit Bodenschätzen wenig gesegnetes Land noch bestehen, wenn wir unsere geistigen Fähigkeiten im Kampf ums Überleben nicht voll einsetzen. Ohne Elite im besten Sinne ist das nicht zu machen.

Emanzipation

Eine Meinungsumfrage auf dem »Ku'damm« in Berlin, auf der »Kö« in Düsseldorf und auf der Limbecker Straße in Essen, aber auch im Zentrum von Bottrop hat »Erstaunliches« zutage gefördert. Nur wenige der befragten Frauen wußten damit etwas anzufangen. Viele meinten, es handele sich um etwas »Unanständiges«, also »Sex oder so«. Andere neigten zu der Auffassung, dies hinge irgendwie mit »Entwicklungshilfe« zusammen. Es gab auch Stimmen, die darauf hinausliefen, Emanzipation habe etwas mit den »Grünen« oder »Bunten« zu tun, also mit der Forderung nach mehr Naturverbundenheit, nach Anbau von Gemüse und Obst ohne Zuhilfenahme giftiger Spritzmittel oder mit der Ablehnung von Atomkraftwerken.
Nur wenige der weiblichen Befragten wußten den Begriff richtig einzuordnen, nämlich in dem Sinne, daß Emanzipation die Befreiung aus einem Zustand der Abhängigkeit und eine rechtliche und gesellschaftliche Gleichstellung der Frau mit dem Mann bezweckt. Diese sprachlich an sich einwandfreie Deutung wurde von den meisten Frauen nur mit Erheiterung registriert. Ihnen entrang sich ein hintergründiges Lächeln mit dem Hinweis, das wäre ja ein tolles Stück, wenn sie zu Hause nicht mehr »das Sagen« hätten. Mein Mann mag zwar, so war aus dem Munde der Frauen zu hören, weiter darüber befinden, wer der nächste Bundespräsident oder Bundeskanzler wird, und wer demnächst in Bonn oder Düsseldorf regiert. Aber ansonsten: Das wäre ja noch schöner!
Wenn das Alice Schwarzer wüßte!?

Entspannung durch Annäherung

Es war, wer erinnert sich nicht an Egon Bahr, der im Hinblick auf die Ostverträge dieses Schlagwort von der Entspannung durch Annäherung geprägt hat. Nun ist nicht zu verkennen, daß diese Formulierung unerhört eindrucksvoll ist. Schließlich kann sich darunter jedermann etwas »Handfestes« vorstellen. Zweisamkeit in enger Tuchfühlung, was eine entsprechende »Annäherung« voraussetzt, ist sicher gut zur »Entspannung«.
Wir nähern uns also dem auserwählten Partner (sprich Sowjetunion = UdSSR), und die Entspannung wird nicht ausbleiben. Die Frage ist nur, wie diese Annäherung bewirkt werden kann. Im »zwischenmenschlichen Bereich« ist das verhältnismäßig einfach. Mann und Frau, die Feuer gefangen haben und auf einem Sofa oder einer Bank sitzen, verringern allmählich den zwischen ihnen bestehenden Abstand. Sie rücken aufeinander zu. Und alles Weitere – Endziel: Entspannung – ergibt sich fast von selbst, vor allem wenn man nicht ohne Sympathie füreinander ist.
Wie soll das aber im »politischen Bereich« zwischen zwei Staaten wie der UdSSR und der Bundesrepublik Deutschland geschehen, die von völlig unterschiedlicher politischer und gesellschaftlicher Struktur sind? Soll die Bundesrepublik Deutschland z.B. die Herrschaft des Proletariats und die Planwirtschaft oder die Sowjetunion die freie Marktwirtschaft, Freizügigkeit und den Parlamentarismus einführen? Oder beide von jedem etwas? Da sind wohl Zweifel nicht ganz auszuschließen.
Man sieht, so einfache Begriffe, auch wenn sie noch so schön und eindrucksvoll erscheinen mögen, können täuschen, wenn sie auf politische Tatbestände übertragen werden. Aber was macht das schon? Schließlich kommt es darauf an, eine Politik durchzusetzen, die, würde man sie beim Namen nennen, wahrscheinlich so nicht durchsetzbar wäre.

Er hat sich um das Vaterland verdient gemacht

Es ist fast zur Regel geworden: Der Hauptredner des »Hohen Hauses« (Bundestag)beendet seine Rede aus Anlaß des Ablebens eines hohen Politikers mit dem Satz: »Er hat sich um das Vaterland verdient gemacht.«Nun gehört es sicher zu den Weisheiten der Antike, daß man über »Tote nur Gutes reden soll« (de mortius nil nisi bene). Die Todesanzeigen in unseren Tageszeitungen bestätigen dies in eindrucksvoller Weise. Menschen, die man gestern noch verachtet und beschimpft hat, werden zu Engeln. Daß diese weise Einsicht (die Gründe sind nicht schwer zu deuten) auch im politischen Bereich hehren Ausdruck findet, läßt hoffen. Auch Politiker sind Menschen, denen anscheinend nichts Menschliches fremd ist. Nur sollte eine Anregung erlaubt sein: Wäre es gelegentlich nicht besser, von veralteten Redensarten Abschied zu nehmen und statt dessen ein gutes, bescheidenes und dem zu »Ehrenden« angemessenes, persönliches Wort zu finden? Hohle Phrasen wirken auf die Dauer abstoßend. Ist es nicht bedrückend, an die vielen Reden und Anzeigen während des 2. Weltkrieges zu denken, in denen der sogenannte Heldentod von Soldaten mit der Phrase verklärt wurde, sie seien auf dem Felde der Ehre gefallen. Wer selbst das große Sterben in Rußland miterlebt hat, kann sich nur wundern, daß auch heute noch – wenn auch auf eine politische Oberschicht beschränkt – Lüge und Pathos nicht ausgestorben sind. Und wenn inzwischen das »Hohe Haus» noch dazu übergegangen ist, einen scheidenden Bundespräsidenten mit dem Spruch zu verabschieden, er habe sich um das Vaterland verdient gemacht, bleiben Zweifel . . .

Es gibt keine Alternative

Unser politischer Alltag wird, wenn man hohen Politikern glauben darf, in zunehmendem Maße von der traurigen Feststellung beherrscht, es gäbe keine Alternative. Da wird beispielsweise von höchster Warte verkündet:

zur Ostpolitik,
zur Entspannungspolitik,
zur Energiepolitik,
zur Berlinpolitik,
zur Familienpolitik,
zur Steuerpolitik,
zur Westpolitik usw. usw.

gäbe es keine Alternative.

Darüber hinaus wird von hohen Politikern im Brustton der Überzeugung festgestellt, es gäbe auch keine Alternative

zur jetzigen Regierung,
zu den öffentlichen Rundfunk- und Fernsehanstalten,
zu einem humanen Strafvollzug,
zur Terrorbekämpfung,
zur Entschärfung des Straßenverkehrs usw. usw.

Das klingt aus dem Munde hoher Regierungs- und Parteivertreter natürlich sehr eindrucksvoll, insbesondere dann, wenn der Regierungssprecher diese Weisheiten in Pressekonferenzen verkündet, zumal er dies in einer Weise darzustellen versteht, daß man als kleiner Fernsehzuschauer oder Radiohörer den Eindruck gewinnen muß, so und nicht anders ist das. Der ernste Blick des dozierenden Regierungssprechers (immerhin im Range eines Staatssekretärs mit Besoldungsgruppe B 11 (= 12.000,-- DM im Monat, ohne Nebeneinkünfte) und die belehrende Art der Darstellung tun ein übriges. Der diesen Ergüssen lauschende Bürger ist entzückt. Donnerwetter, sagt er sich, der Mann hat Recht, da gibt es wirklich keine Alternative.
Kritische und daher nicht immer gern gesehene Bürger, die darauf hinweisen, daß die

Verneinung jeglicher Alternativen völliger Unsinn sei, werden mit Mißtrauen betrachtet. Es hilft ihnen nicht, wenn sie – in äußerster Bescheidenheit versteht sich – darauf hinweisen, daß »Alternative« ja gerade die Entscheidung zwischen mehreren Möglichkeiten bedeute und es nach den Erfahrungen des täglichen Lebens schließlich immer mehrere, zumindest aber zwei Entscheidungsmöglichkeiten zu einer Sache gäbe und weshalb dies bei Politikern nicht gelten solle. Welcher Hausfrau fällt es beim Kauf von Waschmitteln schon ein, zu sagen, zum »Weißen General« oder dem »Riesen« gäbe es keine Alternative. Sie probiert es aus und entscheidet sich. Politiker sind da offensichtlich von anderer Art. Vielleicht nur vergleichbar mit einem zu allem entschlossenen Ehewilligen, für den es zu Frieda, der Auserwählten, keine (noch nicht) Alternative gibt. Denn Liebe macht blind. Versucht man Politiker mit diesem Beispiel aus der Reserve zu locken, kommt nichts heraus.
Die Erfahrung lehrt: Solch kritische Fragen sollte man Politikern nicht stellen. Sie haben – und das ist ihr Schicksal – keine Alternative!

Eskalation, eskalieren

Obwohl diese Begriffe nicht mehr und nicht weniger als Steigerung, steigern oder Ausweitung, ausweiten und eine stufenweise, immer stärkere Steigerung bedeuten, wird von Politikern immer häufiger von Eskalation und eskalieren gesprochen. Eigentlich schade, weil über 80% unserer sogenannten »mündigen Bürger« (sprich Wähler) nicht wissen, was eigentlich unter »Eskalation« zu verstehen ist. Aber es hört sich schon gut an, wenn ein hochdotierter Politiker ausruft: »Es gibt keine Alternative – eine Eskalation, die zum kalten Krieg führt, muß verhindert werden!«
Wie primitiv würde es dagegen klingen, wenn derselbe Politiker sagte: »Wir können die Sache nicht durch weitere Forderungen überspitzen (Wehner pflegt in derartigen Fällen von »Draufsatteln« zu sprechen), wir haben nur diese Möglichkeit, weiter miteinander auszukommen, um den Frieden zu bewahren.«
Also »eskalieren« wir auch fernerhin. Wer so spricht, verrät politischen Scharfsinn.

Es war ein nützliches Gespräch

»Nützliche Gespräche« finden vorwiegend in fernen Ländern statt. Da fahren z.B. Abgeordnete des Bundestages und der Länderparlamente, Minister aller Schattierungen des Bundes und der Länder, Staatssekretäre und andere hohe Ministeriale, aber auch Stadträte, Bürgermeister usw. auf Kosten der »öffentlichen Hände« (sprich Steuerzahler) nach Thailand, Australien, Afrika, Süd- und Nordamerika, Israel, aber auch in die sozialistischen Länder (UdSSR, China, Polen, Ungarn, Rumänien, Jugoslawien, Tschechoslowakai), um an Ort und Stelle den Parlamentarismus, die Infrastruktur (= wirtschaftlicher und organisatorischer Unterbau einer hochentwickelten Wirtschaft), die öffentlichen Verkehrsmittel, soziale Einrichtungen und vieles mehr zu studieren.
Nach anstrengenden Wochen in die heimatlichen Gefilde zurückgekehrt, verkünden sie den an den Flugplätzen wartenden Journalisten von Presse, Funk und Fernsehen, wie nützlich dies alles gewesen sei. Natürlich war es nützlich, zumindest für die Reisenden. Denn wer kann sich schon solche Unternehmungen privat leisten? Oder will man ernsthaft behaupten, man habe in Honkong oder Sambia wertvolle Erkenntnisse für den U-Bahnbau in Wanne-Eickel, Castrop-Rauxel oder Zuffenhausen gewonnen? Das könnte allenfalls auf »Ortsbesichtigungen« von »öffentlichen Häusern« (nicht zu verwechseln mit »öffentlichen Händen« oder »öffentlichen Körperschaften«) in Bankok zutreffen, wenn man davon ausgeht, daß wir insoweit noch »Entwicklungsland« sind. Aber, so fragt sich der unbefangene Betrachter, müssen wir wirklich in punkto »Sex« noch etwas hinzulernen?

Fachidioten

»Fachidioten« sind Menschen, die aufgrund ihrer Ausbildung, ihrer Fähigkeiten und ihrer Erfahrung von »ihrem Fach« sehr viel verstehen, wie im Bereich der Bildung, der Technologie, der Wirtschaft, der Finanzen, der verschiedenen Geisteswissenschaften usw. Im Gegensatz hierzu wissen Politiker und Funktionäre von alledem nichts oder nur wenig, auch wenn sie häufig darüber reden.
Nun haben Fachidioten die Eigenheit, daß sie ihr spezielles Gebiet, welches sie beherrschen, als das einzig »Wahre und Wesentliche« anzusehen geneigt sind. Diese Gefahr besteht bei Politikern nicht, weil ihre Fachkenntnisse im allgemeinen gering sind. Sie brauchen daher die Fachidioten. So entsteht eine Symbiose (= Zusammenleben verschiedener Lebewesen zu gegenseitigem Nutzen), die recht nützlich sein kann.
Die Vorstellung, daß ein Fachminister in seinem Fach bewandert sein sollte, erscheint daher abwegig. Dies kommt zwar gelegentlich vor, aber die Ausnahmen bestätigen die Regel. Wie wäre es sonst zu erklären, daß jemand heute als Finanzminister, morgen als Verteidigungsminister oder ein bislang gestandener Innenminister übermorgen als Außenminister tätig wird. Auch kann es offensichtlich nur von Schaden sein, wenn ein Verteidigungsminister Soldat war, ein Finanzminister seine Steuern berechnen kann, ein Innenminister Jurist ist, ein Sozialminister Sozialversicherungsbeiträge zahlt, ein Landesvater (Ministerpräsident) Frau und Kinder hat und ein Familienminister eine große Familie unterhält.

Faschistoid

Faschistoid kommt von Faschismus, dem von Mussolini eingeführten Herrschaftssystem in Italien (1922 – 1944), das ein nach dem Führerprinzip organisierter, nationalistischer, antiliberaler und antikommunistischer Staat war.
Wird jemand als »faschistoid« eingestuft, wäre demnach zu folgern, daß er nationalistisch, antiliberal und antikommunistisch eingestellt, allenfalls noch – dem Sprachgebrauch der DDR folgend – als Vertreter des Finanzkapitals in westlichen kapitalistischen Industrieländern anzusehen ist.
Diese abgesicherte Auslegung hat jedoch in der Politsprache unserer Tage einen ganz anderen Klang. »Faschistoid« ist im Gegensatz zu »kommunistisch« zum Schimpfwort geworden, als Bezeichnung für einen Menschen, der eigentlich kein Mensch mehr ist. Der Kommunist dagegen, auch wenn er offen verkündet, unseren sozialen und demokratischen Rechtsstaat mit allen Mitteln (auch mit denen der Gewalt) stürzen zu wollen, ist, so hat es jedenfalls den Anschein, durchaus gesellschaftsfähig.
Aber es klingt ja so schön, den politischen Gegner als faschistoid zu bezeichnen, und wer könnte sich dem schon entziehen? Von Kommunisten zu sprechen, ist weniger aufregend. Organisationen dieser Art haben wir ja schließlich genug und noch dazu verfassungsrechtlich unangefochten: DKP (Deutsche Kommunistische Partei), EAP (Europäische Arbeiter Partei), KBW (Kommunistischer Bund Westdeutschlands), KPD/ML (Kommunistische Partei Deutschlands / Maoisten Leninisten), UAP (Unabhängige Arbeiter Partei), VL (Vereinigte Linke) usw. Rechts und links sind eben 2 Paar Schuhe, obwohl uns, den »mündigen Bürgern«, beide nicht passen.

Feministinnen

Sind Menschen weiblichen Geschlechts, die es sich zum Ziel gesetzt haben, die bestehende üble Männerherrschaft durch die der Frau abzulösen. Sie wissen offensichtlich mangels Erfahrung nicht, daß dieses Problem – Ausnahmen bestätigen die Regel – längst gelöst ist und der Schuß leicht nach hinten losgehen könnte: Die Männer wachen durch solches Gerede auf, wollen emanzipiert werden, dem Ehejoch entrinnen und endlich Freiheit genießen. Sie könnten auf die Idee kommen, nach Gleichberechtigung zu streben. Welcher Mann, aus egoistischen Gründen versteht sich, wäre nicht dafür? Aber ihre Frauen, die würden dann wohl ganz andere Saiten aufziehen.

Festschreiben / Fortschreiben

Begriffe, wie »festlegen«, »feststellen«, sind gängig und jedermann verständlich. Neu ist, daß Politiker (Funktionäre aller Art eingeschlossen) immer mehr davon reden, irgendetwas müsse »fortgeschrieben« oder »festgeschrieben« werden.

Wer glaubt, auf eine bedauernswerte Bildungslücke gestoßen zu sein, weil er sich unter fest- oder fortschreiben nichts vorstellen kann, irrt.

Befragt man Abgeordnete, die ständig etwas »fest-« oder »fortschreiben« und es ja wissen müßten, bleiben klärende Worte meist aus. Schließlich muß man verstehen, daß kritische Fragen ohnehin ungern beantwortet werden, und daß der berühmte Dialog zwischen Bürgern und Abgeordneten nur kurz vor Wahlen stattzufinden pflegt.

So ist der nach Aufklärung strebende Bürger wieder einmal ganz auf sich selbst angewiesen, zu deuten, was die Politiker möglicherweise mit »fest- und fortschreiben« ausdrücken wollen. Naheliegend wäre:

- Wer etwas »festschreibt«, beharrt auf dem Bestehenden.
- Wer etwas »fortschreibt«, beharrt zwar auch auf dem Bestehenden, nur meint er, daß das Bestehende »im Wandel der Zeit« fortzuentwickeln, auf den neuesten Stand zu bringen ist.

So einfach ist das also!? Und warum sagt man das nicht, sondern »schreibt fest oder fort«?

Nun denn, wo kämen wir hin, wenn alle alles verstünden? Und was würde wohl der Bürger denken, wenn ihm einfach bedeutet wird: Es bleibt alles beim alten, basta! Nein, so kann sich ein Politiker nicht »artikulieren« (= ausdrücken), er »schreibt fest« oder »fort«.

Filzokratie

Ist eine geniale Wortschöpfung unserer Tage. Sie gehört daher zu den wenigen, die sicher nicht von Politikern und Funktionären oder ihren Ghostwritern erfunden worden ist. Denn mit dem Begriff »Filzokratie« wird ein Zustand beschrieben, der nicht nur die unsachgerechte, weil ausschließlich nach Parteizugehörigkeit ausgerichtete Besetzung hoher und gut bezahlter »öffentlicher Ämter« geißelt – sei es im Staat, in Kommunen, Rundfunkanstalten, Landesbanken usw. –; er umschrreibt auch die unselige Verquickung von Partei- und Staatsamt, die darauf hinausläuft, daß der Amtsinhaber nicht mehr frei, d.h. ausschließlich dem Gemeinwohl und seinem Gewissen verpflichtet, handeln kann. Er muß Rücksicht nehmen auf diejenigen, die ihn in Amt und Würden gebracht haben, weil er schließlich – falls es ein Posten auf Zeit ist – in seinem Amt bestätigt werden möchte; er muß auch darauf bedacht sein, seine Amtszeit zu einträglichen Geschäften zu nutzen, weil seine berufliche Qualifikation im freien Wettbewerb nur selten zur Existenzsicherung ausreicht. »Nehmen ist seliger denn geben« bestimmt sein Handeln. Er benutzt also sein Amt zur Erreichung finanzieller Vorteile. So wird er, was menschlich verständlich ist, zum waschechten »Filzokraten«. Das Amt wird »Mittel zum Zweck«. Er muß auf vielen Hochzeiten gleichzeitig tanzen. Er muß der Partei dienen, er muß das Amt repräsentieren, und er muß sehen, wie er »sein Schäfchen ins Trockene bringt«.
Im Grunde genommen leben wir also in einer Filzokratie. Denn jedermann weiß,daß bei der Besetzung von Spitzenpositionen im Bereich der »öffentlichen Hand« nicht vornehmlich Sachkunde, Intelligenz, Organisationstalent, Durchsetzungsvermögen und persönliche Tugenden gefragt sind, der politische Anstrich hingegen entscheidend ist.
So bleibt uns nur übrig, mit der Filzokratie zu leben. Sie wird ständig wachsen. Sie dringt weiter vor, selbst in Bereiche, die bisher unberührt geblieben sind.
Schließlich gibt es Fachidioten, die noch einigermaßen erträglich »das Haus bestellen«.
Die Menschheit hat gelernt, mit der Atombombe zu leben. Sie wird auch die »Filzokratie« verkraften. Ein Gutes hat die Sache:
Unsere Kinder werden (falls dies überhaupt noch im Unterricht geschieht?) nicht mehr darüber nachzudenken haben, was Aristokratie, Plutokratie, Theokratie, Autokratie und Demokratie sind. Sie werden es einfacher haben:
Filzokratie deckt alles ab. Sie ist das Gebot der Stunde.

FJS

Es gehört zu den Merkwürdigkeiten unseres politischen Lebens, daß es nur einen Spitzenpolitiker in unserem Lande gibt, der sich im Hinblick auf seine Person einer weitgehend bekannten Abkürzung rühmen kann:

FJS = Franz Josef Strauß

(Vorsitzender der Christlich Sozialen Union, in früheren Zeiten auch Atomminister, Verteidigungsminister, Finanzminister und neuerdings noch Kanzlerkandidat der CDU/CSU im Jahre 1980).
Eine Erklärung hierfür fällt schwer. Allein die Tatsache, daß er heiß geliebt, kalt gehaßt, vielfach verteufelt oder auch hochgelobt wird, ist keine Begründung. Auch das ihm anheimgefallene Prädikat als »letzten Preußen« gibt wenig her. Nun würde niemand auf die Idee kommen, den Bundespräsidenten als BP (zumal eine Verwechslung mit einer Mineralölfirma nicht auszuschließen wäre) oder den Bundeskanzler mit BK (der amtlichen Abkürzung für »Berufskrankheit«) zu bezeichnen. Auch WS (Walter Scheel) oder HS (Helmut Schmidt) sind als Abkürzungen nicht gebräuchlich.
Wohl aber »FJS«! Ist es die Erinnerung an Kaiser Franz Josef, Seine Majestät Kaiser Wilhelm (SM) oder ganz einfach die Urwüchsigkeit und Einmaligkeit dieses »preußischen« Urbayern, der in seiner Person soviel Licht und Schatten, Ernst und Humor, Intelligenz und Volkstümlichkeit miteinannder verbindet?
Oder handelt es sich nur um einen faulen Werbetrick?
Wie dem auch sei, ohne»»FJS« wären wir um eine sinnvolle Abkürzung (die selten genug ist) ärmer. Nun wäre es sicher ungerecht, demgegenüber den »Klaren aus dem Norden« (Stoltenberg), den Zuchtmeister der SPD (Wehner), den Strahlemann aus Niedersachsen (Albrecht), Schmidt-Schnauze (Helmut Schmidt) und »Papa Heuß« (der erste Bundespräsident) nicht im gleichen Atemzuge zu nennen. Daß demgegenüber »Der schwarze Riese« (Kohl), der »Kleine Professor« (Biedenkopf), die »rote Heidi« (ehemalige Jusovorsitzende und jetzt im Europaparlament), verblassen, kommt nicht von ungefähr und hat sicher viele Gründe.

Flagge zeigen

Die meist an den politischen Gegner gerichtete Forderung, endlich »Flagge zu zeigen« (in eine ähnliche Richtung weist die Aufforderung »Roß und Reiter zu nennen«), gibt Rätsel auf.

Ältere Zeitgenossen werden sich in diesem Zusammenhang möglicherweise an ihre Arbeitsdienstzeit im 3. Reich erinnern, wo sie allmorgendlich nach dem Genuß von »Muckefuck« (= kaffeeartiges Getränk einschließlich Sodaeinlage), in Reih' und Glied angetreten, in strammer »Habacht-Stellung« das heilige Ritual des »Flaggenhissens« über sich ergehen lassen mußten. Das von einem Feld- oder Oberfeldmeister verkündete Kommando lautete: »Heißt Flagge!« Weshalb es »heißt« und nicht »hißt« heißt oder hieß, wer mag das schon verstehen.

Was bleibt, ist ein ungutes Gefühl in bezug auf Flaggen überhaupt. Nun sind Flaggen an sich nichts Unanständiges, sondern an Leinen befestigte Fahnen, die sich hoch- und niederziehen und bei traurigen Anlässen »auf Halbmast« setzen lassen. Das jeweils Richtige bestimmen heute »per Erlaß« die Innenminister.

Während nun die Begriffe, wie »Flagge streichen« (= man gibt auf) und »unter falscher Flagge segeln« (= Täuschungsmanöver), nicht nur im Wörterbuch verzeichnet sind, sondern auch der »Mann auf der Straße« versteht, fehlt es an einer eindeutigen begrifflichen Deutung des »Flaggezeigens«. Flaggen sind schließlich dazu da, gezeigt zu werden. Welchen Sinn sollten sie sonst haben? Flaggen, eingerollt im Keller verwahrt, erscheinen schon von ihrer Funktion und Zweckbestimmung her wenig sinnvoll.

Es blieb unseren Politikern vorbehalten, insoweit völlig neue Vorstellungen zu entwikkeln. Mit der Aufforderung, »Flagge zu zeigen«, verbinden sie den Anspruch, endlich die Wahrheit zu sagen oder »die Katze aus dem Sack zu lassen«. Das würde zwar jeder verstehen, aber zu fordern, »Flagge zu zeigen«, noch dazu, wenn das Fernsehen eingeschaltet ist.

Welch große Bedeutung beispielsweise der Bundesminister des Innern (z.Zt. ein Minister, der im Augenblick seine vornehmste Aufgabe darin sieht, die gute alte Milchflasche wieder zu Ansehen zu bringen und die derzeitigen sogenannten »Einwegbehälter« zu verbieten) dem Flaggehissen (nicht nur Flaggezeigen) beimißt, zeigt der folgende per

Schnellbrief vom 20.3.1979 – V I 7 – 111 062 – 1/3 – allen Behörden zur Kenntnis gebrachte Erlaß:

> *»Entsprechend der Entschließung (64) 16 des Ministerkomitees des Europarates bitte ich, wie in den Vorjahren, auch am 5. Mai 1978 (Europatag) die Dienstgebäude des Bundes zu beflaggen. Soweit möglich ist, neben der Bundesdienstflagge auch die Flagge des Europarates zu setzen; dabei gebührt der Europaflagge die bevorzugte Stelle. Sie ist mithin – vom Innern des Gebäudes oder der Anlage mit Blick zur Straße gesehen – rechts zu setzen.«*

Daß die Ausführung dieses Erlasses trotz aller Perfektion auch zu Schwierigkeiten geführt hat, sei nicht verschwiegen.
So ergaben sich beispielsweise nahezu unlösbare Probleme bei Behörden, deren Amtsgebäude an Kreuzungen oder im Schnittpunkt von zwei oder drei Straßen liegen. Denn das, was mit Blick zu einer Straße rechts war, erschien mit Blick auf die andere Straße als links usw. In diesen Fällen blieb den Behördenchefs nur ein Ausweg: Sie ordneten einen stündlichen Flaggenwechsel an.

Flexibilität, Relevanz und Transparenz

Welcher Politiker kann es sich schon leisten, so hat es jedenfalls den Anschein, nicht von Transparenz, Relevanz und Flexibilität zu sprechen. Der Bürger registriert dieses je nach Stimmungslage, Bildungsgrad oder angesichts trüber Erfahrungen mit der Obrigkeit mit Entzücken, Mißfallen, Unsicherheit oder gar mit Entsetzen. Kritische Leute fragen, weshalb denn Politiker nicht auf deutsch sagen, was sie meinen und wollen. Denn, so ihre Sorge, nicht jeder Bürger ist mit Fremdwörtern vertraut. Auch sollte ihnen nicht zugemutet werden, ständig mit einem Fremdwörterbuch unterm Arm herumlaufen zu müssen. Daß Flexibilität lediglich Beweglichkeit, Relevanz Wichtigkeit und Transparenz Durchsichtigkeit bedeuten, den Politiker ficht es nicht an. Er pocht weiterhin auf Flexibilität, Relevanz und Transparenz. Das hört sich dann so an:

Der Innenminister:

»Ich werde dafür sorgen, daß beim Abhören von Telefongesprächen künftig mehr Transparenz obwaltet« (obwalten ist immer gut – es läßt an Naturereignisse denken).

Der Energieminister:

»Es kommt darauf an, daß wir in der Energieversorgung ein hohes Maß an Flexibilität beweisen, d.h. Energie schon, aber nicht um jeden Preis«. (Weshalb sagt er nicht, daß eine warme Stube künftig wesentlich von der Nutzung der Kernenergie abhängt?).

Der X-, Y-, Z-Minister:

»Wir können die 80iger Jahre nur überstehen, wenn wir verstehen, die wirklich relevanten Probleme unseres sozialen und wirtschaftlichen Lebens anzupacken und zu lösen« (warum sagt er nicht: Dies und das ist wichtig und läßt sich nur meistern, wenn wir »Klotzen statt Kleckern«?).

Nun ließen sich die Aussagen dieser Art beliebig fortsetzen. Schließlich gibt es keinen Minister (und davon haben wir im Bund und den Ländern insgesamt 114), der nicht wiedergewählt werden möchte und uns daher alle Glückseligkeiten dieser Erde verheißt, vorausgesetzt natürlich, er bleibt. Gelegentliche Unmutsäußerungen aus ministeriellem Munde, gar mit der Drohung des Rücktritts verbunden, sind, um es juristisch auszudrükken, keine ernstzunehmenden Willenserklärungen.

Frustration

Wir sind enttäuscht, fühlen uns zurückgesetzt, man verweigert uns bewußt oder unbewußt die Befriedigung von Bedürfnissen, kurz und gut: wir werden »frustriert«. So die Sinndeutung, die uns das Wörterbuch vermittelt.

Wer die Probe aufs Exempel macht und zu erforschen versucht, ob und inwieweit die »Frustration« um sich gegriffen hat, wird sein blaues Wunder erleben. Hört man sich bei Verwandten oder Bekannten um, ob auch sie »frustriert« seien, sind die Ergebnisse »frustrierend«. Sie vermuten Hinterhältiges, geben ausweichende Antworten oder schweigen. Das stimmt nachdenklich. Denn welchen Sinn soll es haben, wenn höheren Orts ständig von »Frustration« gesprochen wird, die Masse der Angesprochenen jedoch nur gelegentlich enttäuscht ist und von Frustration, die auch vielfach als Gemütskrankheit angesehen wird, nichts wissen will.

Wozu also weiter »frustrieren«? Sagen wir, wo »der Schuh drückt«. Die deutsche Sprache ist von einer beneidenswerten Vielfalt. Weshalb sollen wir sie nicht nutzen; sie zu kultivieren und nicht zu »frustrieren«, ist schon des Schweißes der Edlen wert.

Genossen

Es gehört zu den vielen Ungereimtheiten unseres politischen Alltags, daß der Begriff »Genossen« noch nicht völlig ausgestorben ist. In der SPD wird davon, insbesondere von jungen, unerfahrenen »Genossen«, noch reichlich Gebrauch gemacht. Kein neuer Satz, der nicht mit »liebe Genossinnen und Genossen« beginnt. Gequälte Gesichter auf der Bank der anwesenden Spitzenpolitiker sagen alles.
Genossen gibt es eigentlich nicht. Denn die SPD ist keine Genossenschaft. Weder eine mit beschränkter oder unbeschränkter Haftung noch eine Einkaufs- oder Verkaufsgenossenschaft, sondern nach dem Parteiengesetz von 1967 eine, in ihrer rechtlichen Ausgestaltung, einem eingetragenen Verein nachgebildete Vereinigung von Bürgern. So heißt es dort in der an Klarheit nicht zu überbietenden üblichen Gesetzessprache in § 2 wie folgt:

»Parteien sind Vereinigungen von Bürgern, die dauernd oder für längere Zeit für den Bereich des Bundes oder eines Landes auf die politische Willensbildung Einfluß nehmen und an der Vertretung des Volkes im Deutschen Bundestag oder in einem Landtag mitwirken wollen, wenn sie nach dem Gesamtbild der tatsächlichen Verhältnisse, insbesondere nach Umfang und Festigkeit ihrer Organisation, nach der Zahl ihrer Mitglieder und nach ihrem Hervortreten in der Öffentlichkeit eine ausreichende Gewähr für die Ernsthaftigkeit dieser Zielsetzung bieten«.

Die Angehörigen einer Partei sind also schlicht Mitglieder, und zwar auch dann, wenn sie weiblichen Geschlechts sind. Selbst Frauen sind demzufolge Mitglieder und nicht etwa Mitgliederinnen (Parallelen zu Ministerinnen sind fehl am Platze).
Aber um alles in der Welt fragt man sich, warum sind es dennoch keine Mitglieder, sondern Genossinnen und Genossen, obwohl sie doch ein Mitgliedsbuch haben, auch Mitgliedsbeiträge zahlen und nicht etwa einen Genossenschaftsbeitrag leisten.
Aufschlußreich erscheint auch, daß sich selbst die Angehörigen handelsrechtlicher Genossenschaften untereinander keineswegs mit Genossen anzureden pflegen. Das wäre ja noch schöner, wenn der Einzelhändler X den Konkurrenten an der Ecke mit »Genosse« anspräche, nur weil beide der »EDEKA-Einkaufsgenossenschaft« angehören.

Nun gehen sicher die Uhren bei politischen Parteien anders. Und wenn schon: Warum gibt es nur bei der SPD Genossen und nicht auch bei der CDU und FDP?
Denkbar wäre, daß diese unschöne und nicht gerade ansprechende Anrede historische Gründe hat.
Aber selbst wenn das so ist, ein Unbehagen bleibt; man möchte eben nicht überall und zu jeder Zeit mit Genosse angesprochen werden, nur weil eine Mitgliedschaft in der SPD besteht. Hoffentlich kommen die »Grünen« nicht auf die Idee, ihre Mitstreiter »grüne Apostel« zu nennen oder schlicht »Grüne« oder »Bunte«, obwohl es recht eindrucksvoll sein könnte, wenn der »Obergrüne« seine Versammlungsteilnehmer mit »liebe Grüne« begrüßte. Dazu wird es aber wohl nicht kommen, weil unter »grün« nicht nur eine bestimmte Farbe verstanden wird, sondern auch soviel wie unreif. Man sieht wieder einmal, unsere deutsche Sprache kann – und das macht sie so reich – sehr doppelsinnig sein.

Um auf die »Genossen« zurückzukommen:
Auch gestandene »Genossen« haben es nicht gern, in Parteiversammlungen von jungen »Genossen« als »Genosse« tituliert zu werden. Sie halten es auch nicht für glücklich, wenn sie von ihrer Hausgehilfin mit Genosse angeredet und geduzt werden, nur weil auch sie zufällig der SPD angehört. Dieses Unbehagen breitet sich im übrigen auch dann aus, wenn sich im Fernsehen vor einem Millionenpublikum Kabinettskollegen duzen. Mit dem »Du« verbindet sich noch immer etwas Besonderes. Abgesehen von familiären Bindungen (Verwandtschaft, Schwägerschaft) drückt das »Du« echte Freundschaft aus, es verpflichtet. Es ist jedenfalls nicht zu erkennen, daß es dem Ruf nach »mehr Demokratie wagen« nützt, wenn jeder jeden duzt.
Letztlich und schließlich hat es aber auch seine Tücken, die Anrede »Genosse« allein auf eine bestimmte Parteizugehörigkeit zu begrenzen. Man braucht sich nur der schnarrenden Stimme Hitlers zu erinnern, der seine Zuhörer mit »Parteigenossen und Volksgenossen« anzusprechen pflegte. Welch ein Irrsinn: Als ob ein ganzes Volk eine Genossenschaft bilden könnte. Und auch in der DDR und UdSSR ist immer von »Genossen« die Rede. Sind da nicht Verwechslungen unausweichlich?
Wäre dies nicht Grund genug, Genossen Genossen sein zu lassen? Wir können auch ohne Genossen leben, – Gott sei Dank! Die SPD ist inzwischen zu einer, auch von bürgerlichen Kreisen angesehenen und wählbaren Volkspartei geworden. Dazu paßt es nicht, daß man sich mit einem linkspolitisch angehauchten Juso duzen muß. Daher, liebe Genossin-

nen und Genossen, weshalb nicht von Mensch zu Mensch statt von Genosse zu Genosse miteinander reden? Auch Nichtparteimitglieder sind Menschen.
Daß diese Vorbehalte nicht ganz von der Hand zu weisen sind, verdeutlicht eine Broschüre der SPD mit dem Titel

»Parteiarbeit
Handbuch für die Arbeit in sozialdemokratischen Ortsvereinen –
Mitglieder werben – Vertrauensarbeit«

Dort wird nämlich in sehr behutsamer Weise versucht, neuen Mitgliedern dieser großen Volkspartei verständlich zu machen, weshalb sie künftig »Genossinnen und Genossen« sind. Der von der Parteizentrale vorgegebene Text hört sich dann so an:

»Lieber Genosse...!

Sicher wirst Du über diese Anrede erstaunt sein. Deshalb zunächst eine Erklärung: Wir Sozialdemokraten haben eine mehr als 100jährige Geschichte. Über diesen langen Zeitraum hinweg hat sich in unserer Partei von Mensch zu Mensch und von Generation zu Generation ein besonderes Zusammengehörigkeitsgefühl entwickelt.

Die Anrede »Genosse« ist Ausdruck dieses Zusammengehörigkeitsgefühls, das unsere Mitglieder in der Zeit der Sozialistengesetze, der Verbote unserer Partei, im Kampf für die sozialdemokratischen Grundwerte Freiheit, Gerechtigkeit und Solidarität entwickelt haben. Du wirst sicherlich nichts dagegen haben, daß wir Dich jetzt so ansprechen, weil wir Dich jetzt zu uns zählen dürfen...

Mit freundlichen Grüßen

Weshalb eigentlich dieser Eiertanz? Die Zeit der Sozialistengesetze ist – Gott sei Dank – vorbei. Und die SPD ist eine große staatstragende Volkspartei geworden. SPD ja – aber »Genosse« muß das sein?

Gestatten Sie mir noch ein Wort der Klarstellung

Diese Redewendung hat sich im Bundestag und in den Landtagen immer mehr eingebürgert. Damit wird, sicher mit Recht, unterstellt, daß die vorangegangene, meist vom Manuskript abgelesene Rede unklar war und alle Klarheiten beseitigt hat. Sicher verbirgt sich dahinter auch gelegentlich ein rhetorischer Gag. Einmal klingt es gut, noch ein Wort der Klarstellung anzufügen, und zum anderen wird der Eindruck erweckt, der Vortragende würde nunmehr endlich in freier Rede zur Sache kommen, das Wesentliche zusammenfassen und Farbe bekennen. Damit wird eine Aufforderung an die zufällig anwesenden Abgeordneten bezweckt, nämlich, mit dem Lesen der Frankfurter Allgemeinen Zeitung, des Spiegels oder Sterns, der Süddeutschen Zeitung, der Frankfurter Rundschau, des Vorwärts oder Bayernkuriers aufzuhören und den Worten des Redners zu lauschen.

Aber die Erwartung trügt zumeist. Die »alten Hasen« wissen, daß das »Wort der Klarstellung« wenig klarstellt und mehr vernebelt. Im übrigen weiß man ja ohnehin, was der Redner sagen wird. Denn auch das »Wort der Klarstellung« ist sorgfältig vorformuliert. Und nur wenn Schmidt, Strauß oder Wehner in die Debatte eingreifen, weiß man, da kommt wirklich etwas. Das Studium der Zeitungen und Zeitschriften wird unterbrochen, die »Hinterbänkler« lauschen den Ausführungen ihrer »Vorderbänkler«.

Reden ist eben eine Gabe, die nur wenige beherrschen. Sie ist und bleibt hohe Kunst. Schade nur, daß auch glänzende Redner immer nur Beifall ihrer eigenen Fraktion erhalten.

Gewichtung

Gewichte können ungleich verteilt sein. Wer wüßte das nicht? Auch hält es kaum jemand für anstößig, wenn derselbe Sachverhalt je nach Interessenlage eine unterschiedliche Beurteilung und Wertung erfährt. Nur meint jeder, die Gewichte seien zu seinen Ungunsten verteilt. Alle fühlen sich »untergewichtet«, d.h. benachteiligt. Das ist menschlich verständlich.

Bei den Politikern ist das anders: Sie »gewichten«, d.h. sie sprechen davon, es müsse endlich eine »ausgewogene Gewichtung« erreicht werden. Wo kämen wir sonst hin, wenn wir es an der richtigen »Gewichtung« fehlen ließen? Es fällt schwer, zu begreifen, was das ist. Soll mit diesem Wortungetüm gesagt werden, daß etwas wichtig ist, Vorrang haben muß, wenn auch entgegengesetzte Interessen verständlich und vorhanden sind? Da ist sicher etwas dran. Man »gewichtet« also, d.h. legt das Für und Wider auf eine Waage und je nachdem, wohin sich das Pendel bewegt, ergibt sich die »Gewichtung«, auf deutsch: wohin die Reise gehen soll.

Es kann natürlich auch Nachteile haben, wenn jede bedeutsame politische Entscheidung nur »gewichtet« wird. So werden sich fortschrittliche, zukunftsweisende und von der Mehrheit abgelehnte oder kritisch beurteilte Maßnahmen kaum durchsetzen lassen. Ein Mann wie Ludwig Erhard z.B., der 1949 mit seiner Währungsreform »ohne Gewichtung« (gewichtige gesellschaftliche Gruppen waren dagegen) den Sprung ins kalte Wasser wagte, wäre bei einer »ausgewogenen Gewichtung« auf der Strecke geblieben. Wir müßten vielleicht noch heute mit Bezugsschein leben, nach Kartoffeln anstehen und den Kauf eines Autos oder die Anmietung einer angemessenen Wohnung als »Zukunftsvision« betrachten.

»Gewichten« ist sicher gut, der Mut zu einer unpopulären Entscheidung, die trotz gegenteiliger »Gewichtung« richtig ist, besser.

Gipfelgespräch, Gipfeltreffen

Der mündige Bürger wird in den Massenmedien Presse, Funk und Fernsehen immer wieder mit der Meldung überrascht, es habe ein Gipfelgespräch oder Gipfeltreffen stattgefunden. Nun werden Bergsteiger diese Meldungen meist mit Erstaunen vernehmen, weil sie wissen, daß hohe Politiker nicht gerade zu denen gehören, die hohe Berge besteigen. Das wäre ja auch zuviel verlangt. Schließlich verzehren sie sich täglich damit – die weitgehend unversteuerten Diäten und Gehälter werden ja nur widerwillig entgegengenommen (?) –, ständig für uns dazusein und unsere Interessen zu vertreten. Wie könnten sie also noch Zeit finden, Berge zu besteigen und dort politische Gespräche zu führen.

So bleibt es nicht aus, wenn sich politisch interessierte Bundesbürger über Gipfelgespräche und Gipfeltreffen ihre eigenen Gedanken machen. Daß sich gelegentlich Spitzenpolitiker (nicht Gipfelstürmer) zusammenfinden, um Gedanken auszutauschen und wichtige Dinge zu besprechen, sieht jedermann ein, auch wenn die Ergebnisse keinen Höhenrausch auslösen. Aber allein die Gewißheit, daß wieder etwas zu unser aller Nutz und Frommen geschieht, hat sein Gutes. Deshalb kann man nur wünschen, daß weiter »gegipfelt« wird. Schließlich sind es »nützliche Gespräche«. Denn wer spricht und »gipfelt«, schießt nicht. Und das ist schon viel wert.

Harmonisierung

Mit der Einführung dieses Begriffs ist unseren Politikern und Bürokraten ein großer Wurf gelungen.

Denn wer ist schon gegen Harmonie, gegen eine wohltuende innere und äußere Übereinstimmung? Wer strebt schließlich nicht nach beglückendem Einklang und seliger Eintracht?

Insbesondere der der Musik zugeneigte Bürger wird, wenn hohe Politiker von Harmonisierung sprechen, frohlocken. Er sagt sich, Donnerwetter, was sind das für prächtige Leute, die nun auch auf diesem Gebiet aktiv werden. Auch Bürger, die der Musik weniger zugetan sind, triumphieren: Harmonisierung, das ist doch etwas. Vielleicht denken sie im geheimen an die von Beate Uhse verkündete Harmonie im Ehe- oder Lasterbett, die weniger Verruchten vielleicht an die in Moralpredigten verbreiteten Vorstellungen über die Segnungen ehelicher Zweisamkeit.

Sieht man näher hin, haben sich die Politiker dieses so ansprechenden Ausdrucks aus ganz anderen Gründen bemächtigt. Sie beabsichtigen weder unsere Interessen im musikalischen Bereich, noch unsere Wünsche und Vorstellungen in der Intimsphäre zu bereichern. Ihr Anliegen ist von anderer Art:

Mit Harmonisierung meinen sie die Korrektur von Gesetzen und Verordnungen, die, zwar von ihnen selbst beschlossen, endlich aufeinander abzustimmen sind. Es müssen also »Harmonisierungsgesetze« erlassen werden.

Würden sie dem Bürger sagen, wir haben uns geirrt oder nicht bedacht, daß die von uns beschlossenen Gesetze zu einem heillosen Wirrwarr führen, müßten sie sich die kritische Frage gefallen lassen: »Weshalb habt ihr das nicht vorausgesehen?« Solche Fragen sind natürlich unangenehm.

Hier hilft die »Harmonisierung«. Der Bürger weiß zwar nicht »weshalb, wieso und warum«. Aber da auch er für Harmonie ist, wird er es gutheißen. Unsere Politiker sind schon pfiffige Leute. Persilwerbung und Werbeslogans, wie »Saubermann«, »Der weiße Riese«, »Weißer geht's nicht« usw., haben sie zu nutzen vermocht. Sie »harmonisieren«. Es ist ja so schön, in Harmonie zu leben. Wer könnte dagegen sein?

Hearing

Eine völlig neue Erfindung unserer demokratischen Gesellschaftsordnung ist das »Hearing«, d.h. auf gut deutsch die »öffentliche Anhörung«. Auf diese Weise soll sichergestellt werden, daß alle »relevanten« Gruppen (ein vorzüglicher Begriff für Vereinigungen, die in unserem Staate hohen Einfluß haben), insbesondere vor neuen Gesetzesvorhaben Gelegenheit erhalten, ihre Vorstellungen darzulegen und vor mißlichen gesetzlichen Reglementierungen zu warnen, gegebenenfalls auch Vorschläge zu unterbreiten. Das ist, wer könnte daran zweifeln, sicher eine gute Sache. Weniger gut ist die Erkenntnis oder gar die Erfahrung, daß ein solches »Hearing« im wesentlichen nur Alibifunktionen hat. Die Weichen sind meist längst gestellt. Auch noch so aufwendige Hearings ändern nichts an der Sache. Andererseits vermitteln Hearings den Befragten ein Glücksgefühl hohen Grades. Sie fühlen sich geehrt. Schließlich hat man sie angehört. Und sie haben den ganzen Reichtum ihrer Kenntnisse ausbreiten können. Wem ist dieses Glück sonst schon vergönnt? Allein das rechtfertigt Hearings. Hearings schaffen Freunde. Und Freunde kann man nicht genug haben.

Hier und heute in diesem Lande

Im Fersehen, im Rundfunk oder in der Presse wird von Politikern immer wieder die Formulierung gebraucht »hier und heute in diesem Lande«. Diese Redewendung paßt immer. Sei es, daß der Politiker über sich oder seine Partei frohlockt oder er den angeblichen Unfug, von politischen Gegenern verzapft, mit bewegenden Worten geißelt. Das klingt dann so:

1. *Liebe Parteifreunde, meine sehr geehrten Damen und Herren! Wieder einmal haben wir trotz vieler Widerstände vermocht, »hier und heute in diesem Lande« sicherzustellen, daß...*
2. *Liebe Parteifreunde, meine sehr geehrten Damen und Herren! Wieder ist es der uneinsichtigen Opposition »hier und heute in diesem Lande« gelungen, unseren fortschrittlichen Vorstellungen »Knüppel zwischen die Beine zu werfen!«*

Nun wird kein vernünftiger Mensch auf die Idee kommen, die jeweiligen Äußerungen beträfen nicht Zustände unseres Landes, es sei denn, man unterstellt, die Reden seien so konfus und unverständlich, daß man sie auch auf die USA, Chile, Kuba, Indien oder die UdSSR beziehen könnte. Für so schlecht sollte man die Ausdrucksweise unserer Politiker auch wieder nicht halten. Daß man gelegentlich rot anläuft (aus Scham?), wenn sie im Fernsehen zu Wort kommen, ist so tragisch nicht. Aber, so drängt sich die Frage auf, weshalb immer der Zusatz »hier und heute in diesem Lande«? Nun gehörte Kohl (CDU) zu denen, die diesen Begriff bis zur Weißglut strapaziert haben. Inzwischen hat er sich nicht nur eine neue kleidsame Brille verpassen lassen, sondern auch diese nichtssagende Redewendung aus seinem Sprachschatz verbannt.

Es gibt also auch Positives im Hinblick auf unser »Politdeutsch« zu berichten. Der Slogan »hier und heute in diesem Lande« gehört der Vergangenheit an, jedenfalls bei Politikern der Spitzenklasse. Auf Kreisebene wird er noch einige Zeit weiterleben.

Hinterbänkler

Sind Abgeordnete des Bundestages, aber auch der Landtage, die, auf den »hinteren Bänken« plaziert, nichts zu sagen haben. Ihre wesentliche Aufgabe besteht darin, bei Abstimmungen anwesend zu sein und nach Weisung ihrer Fraktion abzustimmen. Reden dürfen sie nicht. Das könnte ja ins Auge gehen. Ob und inwieweit sie in den Fraktionssitzungen zu Wort kommen, ist unbekannt. Schließlich finden diese Sitzungen »unter Ausschluß der Öffentlichkeit« statt.

Im Parlament gilt, wie auf dem Hühnerhof, eine strenge »Hackordnung«. Die Etablierten (Politoberen) sitzen vorn, das Fußvolk hinten. Und reden darf nur, wer vorn sitzt. Wesentliche Aufgabe der Hinterbänkler ist es, Beifall zu zollen, wenn einer aus den eigenen Reihen spricht.

Die Frage, ob es unter diesen Umständen sinnvoll ist, soviele Abgeordnete zu haben, scheint zwar berechtigt; aber vieles, was im Grunde berechtigt ist, ist nun einmal – so spielt das Leben – nicht sinnvoll.

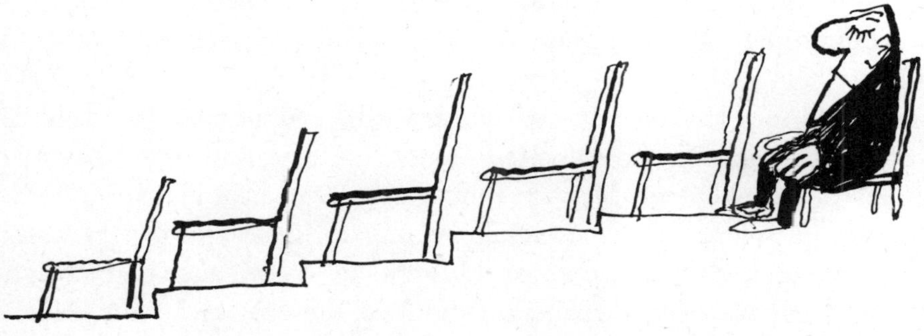

Hohes Haus

Wenn ein Bundestagsabgeordneter seine tiefschürfenden Ausführungen mit der Anrede »Hohes Haus« einleitet, läuft es einem kalt über den Rücken. Er sagt nicht »hochverehrte Kollegen« oder »liebe Kollegen«, nein er wendet sich gezielt und bewußt an das »Hohe Haus«. Er verbindet damit offensichtlich die Erwartung, daß seiner Rede ein hoher Stellenwert beigemessen wird.
Nun fällt es, rein sprachtlich gesehen, nicht schwer, den Begriff »Hohes Haus« zu deuten. Es ist ein Gebäude mit vielen Stockwerken, das hoch hinausragt. So gesehen wäre die Bezeichnung »Hohes Haus« für den »langen Eugen« (auf den früheren Bundestagsabgeordneten Eugen Gerstenmeier als Erbauer bezogen), ein Silo für die Unterbringung von über 500 Bundestagsabgeordneten, treffend. Demgegenüber ist das Bundeshaus, wo die Parlamentarier tagen und ständig Gesetze produzieren, von bescheidener Art, sieht man von dem übergewichtigen Bundesadler ab, der die Stirnseite des Bundeshauses ziert. Es hat nur zwei Stockwerke.
So betrachtet, erscheint es unangebracht, den niedrigen und unschönen Zweckbau Bundeshaus mit »Hohes Haus« anzusprechen.
Im übrigen ist es ohnehin sinnwidrig, ein Haus, ob hoch oder tief, anzureden. Soll damit angedeutet werden, daß man letztlich gegen eine Wand spricht? Denn Häuser bestehen ja nun einmal, wenn man vom Dach absieht, aus Wänden. Da ist sicher etwas Wahres dran.

Andererseits sollte man nicht verheimlichen, daß es anderswo, und zwar in einer durchaus ernstzunehmenden Demokratie, ein Repräsentantenhaus gibt. Man muß aber wohl hinzufügen, daß dieser Begriff Mißdeutungen weitgehend ausschließt, weil die sprachliche Verbindung zwischen Haus und Repräsentanten eine klare und eindeutige Aussage zuläßt.
Bei der Anrede »Hohes Haus« hingegen werden Mißverständnisse geradezu heraufbeschworen. Nun ist es nicht selten, daß alte Freunde, die sich nach langer Zeit wiedertreffen, in den Ausruf ausbrechen: »Na, wie geht es Dir, Du »altes Haus«?«. Nun wäre es wohl unangemessen, solche spontane Gefühlsregung auf unser »Hohes Haus« zu übertragen, zumal es ja noch gar nicht so alt ist. Hoffentlich kommt auch dann, wenn der seit langem geplante Neubau steht, niemand auf die Idee, die »Insassen« mit »Neues Haus«

anzusprechen. Zudem sollte man verhindern, daß Landtagsabgeordnete in den Rausch verfallen, sich mit »Kleines Haus« anzureden.
Und wie wäre es, wenn im Bundestag nicht mehr die Anrede »Hohes Haus«, sondern »Hohe Volksvertreter« Eingang fände. Schließlich war schon in früheren Jahrhunderten von »Hohen Fürsten« die Rede. Ein historischer Anknüpfungspunkt ist also gegeben und der berechtigten Kritik an unserem mangelnden Geschichtsbewußtsein wäre etwas Wind aus den Segeln genommen.
In diesem Zusammenhang noch ein Wort zu den Zwischenrufen der »Hohen Volksvertreter« im »Hohen Hause«.
Seitdem Bundestagsdebatten in Funk und Fernsehen direkt übertragen werden, kann sich der »mündige Bürger« nicht nur an »vorprogrammierten Reden« der Parlamentarier ergötzen (sie werden zu 95% abgelesen, die Texte sind mit »großkalibrigen« Schreibmaschinen geschrieben und daher leicht lesbar), sondern auch an spontanen Zwischenrufen derjenigen, die nicht das Parteibuch des jeweiligen Redners besitzen (oder noch nicht).

Wenn Zuhörer und Zuschauer an diesen Zwischenrufen besonderen Anteil nehmen, so ist das nicht verwunderlich. Denn hier leuchtet gelegentlich noch Intelligenz und Schlagfertigkeit auf. Und manch gekonnter Zwischenruf hat es vermocht, Dürftigkeit und Haltlosigkeit abgelesener Reden zu entlarven. So gehören gekonnte, geistvolle und den Kern der Sache treffende Zwischenrufe zum »Salz in der Suppe«. Verraten sie noch Humor, ist ihr Wert in unserer parlamentarischen Demokratie von hohen Graden. Zielen derartige Zwischenrufe aber mehr auf eine Beleidigung oder Diffamierung des politischen Gegners ab und bedienen sich Abgeordnete einer unschönen »Fäkaliensprache«, wird unserer Demokratie ein schlechter Dienst erwiesen. Harte politische Auseinandersetzungen müssen sein. Davon lebt unsere Demokratie. Unsachliche und beleidigende Äußerungen stoßen ab. Das gilt auch für Zwischenrufe im Parlament. Ob das »Hohe Haus« diesen Ansprüchen genügt, läßt sich nur an den Zwischenrufen vergangener Jahre messen: nämlich ob Geist oder Ungeist, Individualität oder Primitivität die Szene beherrschen. Wie die folgenden Zwischenrufe einzuordnen sind, muß dem Urteil des Lesers überlassen bleiben:

»Haben Sie Bandwürmer?«
(Wehner zum Abgeordneten Biehle im Bundestag am 27.3.1974)

»Sie sind ein Schwein, wissen Sie das nicht?«

(Wehner zum Abgeordneten Wohlrabe im Bundestag am 21.5.1974)

»Ich habe schon Urteile gesehen, in denen für Ehebruch 50 Mark Geldstrafe verhängt wurde. Ich bin der Meinung, auch das muß zu falschen Auffassungen über die Institution der Ehe führen, wenn Ehebruch ›preislich‹ so etwa auf die gleiche Ebene gestellt wird wie falsches Parken.«

(Ehmke in der 230. Sitzung des Bundestages am 7.5.1969)

»Zur Abwechslung will ich Ihnen heute einmal aus dem autonomen Reichstagsrecht von 1903 folgende Bestimmung vorlesen. § 45, das ist die Substanz unseres jetzigen § 37:
Die Redner sprechen von der Rednertribüne oder vom Platze. Den Mitgliedern des Reichstages ist das Vorlesen schriftlich abgefaßter Reden nur dann gestattet, wenn sie der deutschen Sprache nicht mächtig sind.«

(Gerstenmaier in der 139. Sitzung des Bundestages am 1.12.1967)

Wenn dem so ist, scheint sich der Verdacht zu bestätigen, daß nur noch wenige Abgeordnete der deutschen Sprache mächtig sind. Denn die meisten lesen ab, leider! Nun wird verständlich, weshalb es so dringlich war, einen Bundesbeauftragten für Ausländerfragen zu bestellen. Warum eigentlich keinen Sprachbeauftragten?

Höherdienungsprinzip und Bundesverdienstkreuz

Wer vermag schon das »Höherdienungsprinzip« mit der Verleihung von Bundesverdienstkreuzen in Zusammenhang zu bringen? Beiden Begriffen ist lediglich gemeinsam, daß in ihnen verwandte Worte wie »dienen« bzw. »Verdienst« vorkommen. Nun könnte sich dadurch eine Verbindung ergeben, daß Orden vorwiegend erdient werden. Böse Zungen sprechen zwar von »erdienert« und bei höheren Ordensrittern gar von »erdinnert«, was wohl nicht ernst gemeint ist, zumal Orden gelegentlich auch für Verdienste verliehen werden. Aber dies allein erklärt noch lange nicht, welche Rolle dabei das »Höherdienungsprinzip« spielt. Und daß es eine Rolle spielt und sogar eine sehr wichtige, sollte angesichts der Unwissenheit unserer Bürger auch aus Gründen der Staatsraison gebührend gewürdigt werden.

Doch das ist eine lange Geschichte. So muß man zunächst wissen, daß Bundesverdienstkreuz nicht Bundesverdienstkreuz ist, es vielmehr Bundesverdienstkreuze ganz verschiedener Qualität gibt, angefangen von der Volksausgabe bis hin zur Superklasse. Daß dies kaum jemand weiß, ist kein Vorwurf. Denn welcher gebeutelte, fragebogenausfüllende, über Steuererklärungen brütende Normalbürger hat schließlich Zeit und Muße, die einschlägigen tiefschürfenden Vorschriften über die Verleihung des Verdienstordens zu lesen, als da sind:

a) Erlaß des Bundespräsidenten vom 7. September 1951 (BGB1. I S. 831),
b) das Gesetz über Titel, Orden und Ehrenzeichen vom 26. Juli 1957 (BGB1. I S. 844),
c) das Statut des Verdienstordens der Bundesrepublik Deutschland vom 8. Dezember 1955 (BGB1. I S. 749) und
d) die Ausführungsbestimmungen vom 20. Dezember 1966.

Und so wird der nicht »ordenssüchtige« Normalbürger auch nicht wissen, daß der »Verdienstorden der Bundesrepublik Deutschland« nach Art. 2 des Ordensstatuts in folgenden Ordensstufen verliehen wird:

a) die Verdienstmedaille,
b) das Verdienstkreuz am Bande (international »Ritterkreuz«),

c) das Verdienstkreuz 1. Klasse (international »Offizierskreuz«),
d) das Große Verdienstkreuz (Halskreuz)
(international »Komturkreuz«),
e) das Große Verdienstkreuz mit Stern (international »Großoffizierskreuz«),
f) das Große Verdienstkreuz mit Stern und Schulterband
(international »Großkreuz 2. Klasse»),
g) das Großkreuz,
h) die Sonderstufe des Großkreuzes (nur für Staatsoberhäupter).

Nun wird jeder Einsichtige verstehen, daß es Unterschiede geben muß. Wo kämen wir sonst hin? Schließlich macht es einen Unterschied, ob ein Mitglied der freiwilligen Feuerwehr unter Einsatz seines Lebens Menschenleben rettet oder sich ein »unterbezahlter« Minister (?) zum Wohle des Vaterlandes verzehrt. Dennoch, und das läßt hoffen, sehen die Ausführungsbestimmungen zum Ordensstatut vor, daß ohne Ansehen der Person jeder klein anfangen muß, was die Ordenskanzlei des Bundespräsidialamtes – und damit kommen wir zur Sache – mit dem schönen Begriff »Höherdienungsprinzip« umschreibt und so erläutert:

Das Höherdienungsprinzip bedeutet, daß als Erstauszeichnung grundsätzlich keine höhere Stufe als das Verdienstkreuz am Bande verliehen wird.

Eine bei der Ordenskanzlei des Bundespräsidialamtes gehaltene Rückfrage, wie es sich dann erkläre, daß hohe »Politfürsten« gleich mit höheren Ordensstufen beglückt würden (also unter Ausklammerung des »Höherdienungsprinzips«), wurde wie folgt beantwortet:

Bei Inhabern der höchsten politischen Staatsämter besteht eine Sonderregelung, wonach diese mit einer höheren Ordensstufe beginnen können, wenn sie das Amt eine Reihe von Jahren innehaben. Diese Regelung wird seit jeher praktiziert. Aber auch bei Bundesministern erfolgt eine Auszeichnung nur, wenn entsprechende Anregungen des Herrn Bundeskanzlers dem Bundespräsidenten unterbreitet werden.

Wer könnte ob dieser Weisheit nicht frohlocken? Nun wissen wir auch, weshalb die frühere »First Lady« von dem neuen Bundespräsidenten (ohne »Höherdienungsprinzip«) sofort mit dem großen »Dingsbums« ausgezeichnet worden ist. Daß sie »de jure« kein

»höchstes politisches Staatsamt« bekleidet hat, wer fragt danach? Oder hat sie doch? Macht man sich insoweit die Weisheit zu eigen, daß Männer nur das sind, was die Frauen aus ihnen machen und letztlich sie das Sagen haben? Wenn dem so ist, war es eine kluge Entscheidung des neuen wanderlustigen Präsidenten, der im Gegensatz zu seinem sangesfreudigen Vorgänger (»Hoch auf dem gelben Wagen«) auf Schusters Rappen und einem motorisierten Klo im Gefolge durch die Lande zieht.
Um nicht zum »Kritikaster« zu werden und in dem Bestreben zum Ordenssegen bzw. Ordensregen einen positiven Beitrag zu leisten: Wäre nicht zu erwägen, zu den bereits gesetzlich festgelegten 8 Ordensstufen eine 9. hinzuzufügen:

Das Großkreuz (Stern und Schulterband eingeschlossen)
mit Innenbeleuchtung auf Selbstfahrlafette.

Diese Stufe würde sich insbesondere für bereits ausgezeichnete und noch auszuzeichnende Fußballkicker und Bundestrainer anbieten; schließlich müssen sie in großen Fußballstadien und sonstigen Arenen auftreten, wo die Gefahr besteht, daß die vom Bundespräsidenten im Interesse des »Gemeinwohls« (so steht es in den Ordensstatuten) verliehenen Orden – schon wegen der Entfernung zu den Zuschauern – nicht in der gebotenen Weise zur Geltung kommen.
Auch könnte ernsthaft erwogen werden, die Innenbeleuchtung, was technisch ohne weiteres möglich ist (schließlich gibt es leistungsfähige Taschenbatterien), auch auf andere Orden der Superklasse auszudehnen. Auf diese Weise könnten z.B. die jährlich vom Bundeskanzler veranstalteten Gartenparties eine ungeahnte optische Bereicherung erfahren. Daß der Bundeskanzler selbst als Hanseat keine Orden trägt, sondern sich mit der Prinz-Heinrich-Mütze begnügt, sollte kein Hinderungsgrund sein.
Was bei aller Liebe zum Ordenssegen und Ordensregen betrübt (bisher sollen rd. 100.000 Orden verteilt worden sein, davon 22% an Beamte, obwohl sie nur 13% der Arbeitnehmerschaft ausmachen), ist, daß auch hier die Männer weit an der Spitze liegen. Wen wundert's? Oder haben Sie schon einmal gehört oder gelesen, daß eine Hausfrau und kinderreiche Mutter, die frühzeitig Witwe geworden ist und unter schwierigsten Verhältnissen und großen Entbehrungen mehrere Kinder großgezogen hat, diese Ehre zuteil geworden ist? Oder, daß eine tüchtige Krankenschwester oder eine bis an die Grenzen ihrer Leistungsfähigkeit beanspruchte berufstätige Ehefrau und Mutter, die zugleich den Haushalt führt, die Kinder und den Mann betreut, ausgezeichnet worden wäre? Sind wir,

von Annemarie Renger (Bundestagsvizepräsidentin), Antje Huber (Ministerin), Liese-lotte Funke (Ministerin) abgesehen (die bereits die höchsten Weihen der Superklasse des Verdienstordens empfangen haben), wirklich so arm an tüchtigen Frauen?
Natürlich läßt sich darüber streiten, ob noch so hohe »Verdienste« unpolitischer Frauen mit denen eines Beamten vergleichbar sind, der 40 oder 50 Jahre dem Vaterland gedient hat, was in der Regel für auszeichnungswürdig gehalten wird (obwohl er ohne das geringste Berufsrisiko durchaus angemessen bezahlt worden ist, von den hohen »wohlerworbenen« Pensionsansprüchen ganz zu schweigen). Auch wären wohl Vergleiche mit hochbezahlten Fußballkickern und Bundestrainern u.a. Spitzensportlern, über die sich bereits der Ordenssegen ergossen hat – schließlich kickten und ritten sie für Deutschland –, fehl am Platze.
Auch läßt sich trefflich darüber streiten, ob Orden überhaupt ein geeignetes Mittel sind, Verdienste (nicht im Sinne von Verdienen, sondern im Sinne herausragender Leistungen) zu würdigen. Die bisherige Verleihungspraxis gibt zumindest zu Zweifeln Anlaß.

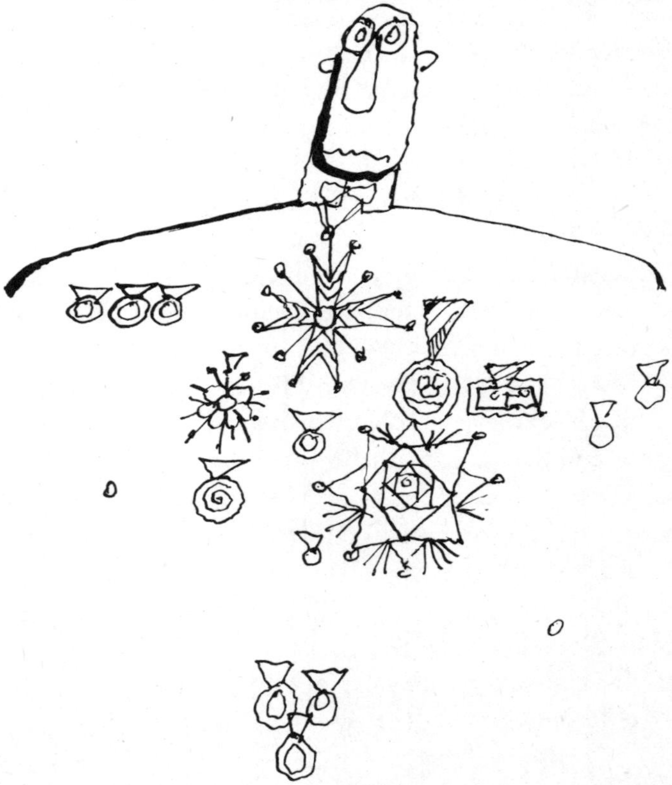

Humanisierung der Arbeitswelt

Es gibt wohl niemanden »hier und heute in unserem Lande« (wo denn sonst?), der nicht begriffen hätte, daß wir alles tun müssen, um die trotz vieler technischer Verbesserungen nach wie vor bestehenden Mängel in der Arbeitsplatzgestaltung zu beheben. Schließlich verbringt der arbeitende Mensch, sieht man vom Schlaf ab, die Hälfte seines Lebens am Arbeitsplatz.

Dennoch bestehen Zweifel, ob es der Sache nützt, ständig mit dem Wort von der »Humanisierung der Arbeitswelt« hausieren zu gehen. Arbeit war und ist immer eine Last. Arbeit als Lust zu empfinden, wird niemand bewerkstelligen können; sie im Rahmen des Möglichen nicht zur Tortur werden zu lassen, ist unser aller Aufgabe. Fröhliche und zufriedene Menschen leisten nicht nur mehr, sondern tragen auch mit zu unser aller Wohl bei. Das weiß auch jeder vernünftige »Boß«.

Bleiben wir also auf der Erde, und bemühen wir uns, Arbeitsbedingungen und das Betriebsklima stets und ständig zu verbessern. Das läßt sich nicht reglementieren. Die neuerdings von Sozialpolitikern gebrauchte Formulierung von der »Humanisierung der Arbeitswelt« ist kein Ersatz für Einsicht und soziales Engagement derjenigen, die es angeht. Der kleine Handwerksmeister oder der Unternehmer eines Klein- oder Mittelbetriebes, der die meiste Zeit seiner Arbeitskraft mit komplizierten Steuererklärungen und dem Ausfüllen von Formularen verbringen muß, hat es – schon aus zeitlichen Gründen – schwer, über die »Humanisierung der Arbeitswelt« nachzudenken, zumal er sich darunter kaum etwas Handfestes vorstellen kann.

Würde man ihm im verständlichen Deutsch sagen, wie zum Nutzen seiner Arbeitnehmer und zu seinem eigenen Vorteil dieses oder jenes verbessert werden kann, und daß damit möglicherweise noch Steuererleichterungen verbunden sein können, wäre der Sache mehr gedient. Nüchterne, sachbezogene und verständliche Hinweise, wie das Bestehende gerade in bezug auf unsere tägliche Arbeit besser gemacht werden kann, brächten mehr! So einfältig sind die, die es angeht ja gar nicht, als daß sie mit leeren Schlagworten zur Einsicht gebracht werden müßten.

Ich würde sagen –
Ich würde meinen –
Ich könnte mir denken

Wenn hohe Politiker – sei es in Presse, Funk oder Fernsehen – interviewt werden, befleißigen sie sich in ihren Antworten immer der »Möglichkeitsform«. Weshalb eigentlich? Nur weil sie zu nichts verpflichtet, und man auf diese Weise immer noch ein »Hintertürchen« offenhält? Gestandene Männer vor Ort sind da von anderer Art. Sie sagen, was sie meinen und denken.
Warum soll das im politischen Bereich nicht vernünftig sein? Wir als Wähler und »mündige Bürger« wollen doch von unseren Vertretern in Klarschrift wissen, was sie wirklich und nicht »möglicherweise« meinen und denken. Wozu also diese auch sprachlich nicht glücklichen Formulierungen?
Wer politische Ämter übernimmt – niemand wird dazu gezwungen –, sollte kundtun, was er meint und denkt, nicht, was er meinen und denken würde. Ist das wirklich zuviel verlangt? Das Leben hat nun einmal seine Risiken. Auch Politiker sollten ihnen nicht ausweichen. Alles auf dieser Erde hat seinen Preis!

Imperatives Mandat

Fragen Sie einmal im Revier einen Kumpel an der Theke, was er von dem »Imperativen Mandat« halte. Da dies, wie jedermann weiß, nichts mit Fußball zu tun hat, macht sich Argwohn breit. Und erst wenn in »fröhlicher Eintracht« noch ein Pils genehmigt worden ist, läßt sich weiterreden. Dabei muß man sich allerdings als Fragesteller dem Verdacht aussetzen, mit dem »Imperativen Mandat« eine der üblichen Schweinereien ins Gespräch bringen zu wollen. Der Einwand, es gehe beim »Imperativen Mandat« ausschließlich darum, daß ein gewählter Mandatsträger nur noch im Sinne seiner Partei oder Organisation zu stimmen habe, wird meist mit Kopfschütteln bedacht. Das wäre ja noch schöner, erhält man zur Antwort, wenn nicht jeder das Recht hätte, allein nach seinem Gewissen zu urteilen und abzustimmen. Nun bezweifle mal einer, unsere Kumpel wüßten nicht, was Demokratie ist. Sind da Funktionäre und Mandatsträger aus anderem Holz geschnitzt?

Indoktrination

Wen befällt nicht ein leises Frösteln, um nicht zu sagen Unbehagen, wenn im Parlament von einer unerträglichen Indoktrination die Rede ist. Und wer könnte bei derartigen Erklärungen leugnen, nicht ein Gefühl der Unsicherheit und Schuld zu empfinden. Die Frage, haben wir etwas falsch gemacht und zur Indoktrination beigetragen, ist gegenwärtig. Forscht man tiefer und stellt fest, daß mit Indoktrination lediglich Beeinflussung und Durchdringung gemeint ist, läßt sich aufatmen. Schließlich ist es nichts Unanständiges, jemanden beeinflussen zu wollen. Das tun wir ja täglich. Wer versucht es nicht? Selbst betagte Ehemänner versuchen es bei ihren Frauen, wenngleich meist ohne Erfolg. Denn Frauen lassen sich nur schwer beeinflussen. Sie kennen uns viel zu gut und haben einen natürlichen Instinkt dafür, daß hinter solchen Beeinflussungsversuchen meist Vorstellungen stehen, die sie – aus weiser Einsicht – für abwegig und ungut halten.

Angesichts solcher Erkenntnisse fällt es schwer zu begreifen, weshalb in den Parlamenten noch immer von Indoktrination geredet werden muß.

Infrastruktur

Wer als Mann auf der Straße, Nichtakademiker und Normalbürger erstmals von Infrastruktur hört, hat das ungute Gefühl, um mit dem früheren Finanzminister Apel zu sprechen, »mich tritt ein Pferd«. Da erklärt doch tatsächlich ein Funktionär oder Politiker im Brustton der Überzeugung, es sei höchste Zeit, die »Infrastruktur« zu verbessern. Besitzern von Infrarotheizungen schwant »Fürchterliches«. Sie überkommt das ungute Gefühl, wieder einmal auf etwas hereingefallen zu sein, was technisch noch nicht hinreichend ausgereift ist und sind nahe daran, ihre Infrarotheizung außer Betrieb zu setzen, obwohl die vorsorglich befragten Lieferanten versichern, daß eine weitere Benutzung völlig gefahrlos sei.
Wer sich, hierdurch aufgescheucht, näher mit dem Problem der Infrastruktur befaßt, erfährt dann, daß damit lediglich der notwendige wirtschaftliche und organisatorische Unterbau einer hochentwickelten Wirtschaft zu verstehen ist. Kommunalpolitiker reagieren auf derartige Fragen meist freundlich und geraten schier »aus dem Häuschen«, weil sie auf diese Weise endlich einmal Gelegenheit finden, ihre hehren Ziele zu verkünden, nämlich den Ausbau des Verkehrsnetzes, den Bau von Bädern und Freizeitheimen, Altenbegegnungsstätten, die Errichtung von Freizeitzentren aller Art, die Anlegung von Radfahrwegen usw.

Kaum jemand bezweifelt, daß dies eine gute Sache ist. Aber, so fragen die Bürger, warum sagt man uns das nicht gleich?

Innere Führung

Nicht nur Politiker, Funktionäre und Bürokraten sind neuer unverständlicher Wortschöpfungen fähig. Auch hohe Militärs wollen offenbar nicht zurückstehen. So erfanden sie den Begriff der »Inneren Führung«. Und ohne dies, so meinten sie, sei die ganze Bundeswehr nichts wert. Damit waren die Weichen gestellt. »Innere Führung« über alles, sonst geht nichts.

Aber, so fragen alte Soldaten des 2. Weltkrieges und viele jüngere Bürger, die nicht das »Glück« hatten, ihre Haut in Rußland zu Markte tragen zu müssen, was ist das, was soll's und haben wir deshalb den 2. Weltkrieg verloren, nur weil die Segnungen der »Inneren Führung« gefehlt haben? Und wären wir besser davon gekommen, wenn die im Nachkriegsdeutschland so fortschrittlichen Generale wie Graf Baudissin, Kielmansegg, Maizière usw. bereits während des Krieges für die »Innere Führung« eingetreten und sie praktiziert hätten? Schließlich waren sie während des Krieges nicht kleine Kanoniere oder Grenadiere, sondern schon Offiziere mit hohem Rang und dekoriert mit hohen Auszeichnungen der NS-Wehrmacht.

Des Rätsels Lösung ist einfach. »Innere Führung« ist im Grunde nichts Neues, sondern ein alter Hut. Neu ist nur dieser Begriff, der bei näherer Betrachtung nicht mehr und nicht weniger bedeutet, als daß der Erfolg militärischer Operationen nicht nur von taktischen und strategischen Planungen der Generalstäbler, sondern auch vom Geist und dem Einsatzwillen der Truppen abhängt. Und dazu ist erforderlich, daß angefangen vom Unteroffizier, Offizier und Truppenführer soldatische Tugenden wie Kameradschaft, Selbstlosigkeit, Gehorsam, Treue, Mut, Verantwortungsbereitschaft und Entscheidungsfreude nicht nur verkündet, sondern vorgelebt werden. Diese Prinzipien, heute unter dem schwachsinnigen Begriff »Innere Führung« neu entdeckt, sind im Grunde uralt und schon von Scharnhorst und Gneisenau als unerläßliche Voraussetzung für eine erfolgreiche Truppenführung erkannt worden. Deshalb ist schwer verständlich, wie hochqualifizierte Offiziere der Bundeswehr, den Bundeswehrbeauftragten eingeschlossen, diese auch in jedem Betrieb – wenn auch in abgewandelter Form – geltenden Führungsgrundsätze mit einem neuen, schwer verständlichen Schlagwort versehen mußten.

Man sieht: Selbst hohe Militärs neigen in unserer pluralistischen Gesellschaftsordnung zu

begrifflichen »Eiertänzen«. Hauptsache, es kommt an und die Massenmedien, Presse, Funk und Fernsehen, haben Stoff.
Um nicht ungerecht zu sein: Natürlich mußte in einer modernen Armee, die nach dem 2. Weltkrieg unter der verständlichen Einstellung des »Ohne mich« aufzubauen war, einiges neu motiviert werden: so wurde der »Bürger in Uniform« und einige auf den Zeitgeist zugeschnittene ethische Formen erfunden, die Verteidigung des Vaterlandes durch Bewahrung der freiheitlichen Grundordnung ersetzt und die Würde des Menschen als ein von den Streitkräften im Rahmen der »Inneren Führung« zu wahrendes Grundrecht herausgestellt. Daß dies alles nur alter Wein in neuen Schläuchen ist, weiß jeder, der den letzten Krieg an der Front mitgemacht hat. So schlecht war das, was heute unter »Innerer Führung« herausposaunt wird, damals nicht. Was schlecht war, waren die politische Führung und die rücksichtslosen militärischen Führer, die nicht den Mut hatten, auf Beförderungen und Orden zu verzichten und blind der politischen Führung folgten. Demgegenüber war die »Innere Führung« in der Truppe bis zuletzt und bis zum bitteren Ende intakt, sogar noch – von Ausnahmen abgesehen – in der Gefangenschaft.

Innovation

Es war der frühere Wirtschaftsminister Friderichs, inzwischen Vorstandssprecher der Dresdner Bank, der diesen Begriff erstmalig in den politischen Alltag einbrachte. Nun zählte Friderichs schon immer zu den Politikern, die wußten, worauf es ankommt. Sonst wäre er sicher nicht der erste Mann der Dresdner Bank geworden, was darauf schließen läßt, daß er über hohe Sachkunde verfügt. Private Großbanken pflegen nämlich im Gegensatz zu »Staatsbanken«, ihre Manager und Aufsichtsgremien ausschließlich nach Fähigkeiten und Leistungen auszuwählen. Im Gegensatz zu Helaba z.B. (Hessische Landesbank) können sie Milliardenverluste nicht zu Lasten der Steuerzahler in ihre Bilanz einstellen. Auch wäre es bei privaten Großbanken unvorstellbar, die Besetzung der Aufsichtsgremien nach parteipolitischen Gesichtspunkten vorzunehmen. Nicht zuletzt deshalb sollte Friderichs nachgesehen werden, daß er uns die »Innovation« (= Entwicklung neuer Ideen und Techniken) zu einer Zeit beschert hat, als er noch Politiker von hohem Rang war und darauf bedacht sein mußte, ganz einfache, im Grunde bejahenswerte Vorstellungen durch nicht jedermann verständliche Formulierungen zu verwissenschaftlichen.

Es ist zu fragen, ob unsere Politiker im Grunde nicht besser beraten wären, wenn sie uns in »deutsch«, in einer Sprache also, die auch ein »Nichtakademiker« oder »Nichtlateiner« verstehen kann, darüber aufklären würden, wie wir unseren Ideenreichtum und unsere technische Überlegenheit mit äußersten Anstrengungen einsetzen können, um auch in den 80er Jahren bestehen zu können. Jedermann würde das für gut und richtig halten. Mit »Innovation« aber ist das anders. Da stellt sich Mißtrauen ein. Schließlich will man wissen, was gemeint ist. Und noch gibt es Menschen, die kein Abitur haben und trotzdem (oder gerade deshalb?) in hervorragender Weise dazu beitragen, unser Leben in Wohlstand und sozialer Sicherheit zu gewährleisten. Es ist, gelinde gesagt, ein beklagenswerter Irrtum, eine »elitäre« schulische Ausbildung mit Abiturabschluß für hochwertiger zu halten als eine solide handwerkliche Ausbildung.

Institutionalisieren

Es gehört zu den Wahnvorstellungen unseres sozialen Rechtsstaates, insbesondere der Ministerialbürokratie, alles und jedes zu »institutionalisieren«, d.h. in eine feste und starre Form zu bringen. Daß damit dem freien Spiel der Kräfte und der Entfaltungsfreiheit kein Dienst erwiesen wird, ficht die Ministerialen nicht an. Sie brauchen ein Betätigungsfeld, oder – wie es neulich die Frankfurter Allgemeine Zeitung (FAZ vom 31.7.1978) treffend formuliert hat – die »von Arbeitslust unterbeschäftigten Ministerialbeamten« (wer könnte dem widersprechen?) nutzen die Reglementierungsfreude der Parteien, um alles und jedes zu institutionalisieren und zu reglementieren. Was dabei herauskommt, ist bekannt. Selbst hohe Politiker wissen davon und sprechen es gelegentlich aus. Weshalb sie diesem Wahnsinn dennoch nicht Einhalt gebieten, ist ihr Geheimnis. Hier versagt jeder Erklärungsversuch.

Vielleicht haben sie keine Zeit, die Vorträge ihrer Ministerialen kritisch zu betrachten. Vielleicht möchten sie sich auch mit den hohen Ministerialen nicht anlegen, weil diese über mehr Sachkunde verfügen und möglicherweise über eine »große Hausmacht« in der einschlägigen Partei. Wie wäre sonst der »Runderlaß des Innenministers des Landes Nordrhein-Westfalen vom 23.3.1977 betr. Belohnung für die Bergung und Sicherung von Wasserleichen« zu erklären, der bis ins einzelne festlegt, wann und unter welchen Voraussetzungen die Bergung von Wasserleichen oder Teilen davon mit 25,-- DM bis maximal 100,-- DM zu belohnen ist, wobei streng unterschieden wird, ob die Bergung einfach, schwierig oder gar gefährlich war. Auch wird im einzelnen geregelt, wie die Prämien zu verteilen sind, wenn an der Bergung mehrere beteiligt sind. Dann soll das Maß ihrer Mühewaltung entscheidend sein.

Wer kann bei diesem »traurigen« Runderlaß noch ernst bleiben? Müßte hier nicht von »Amtswegen« eine psychiatrische Untersuchung der Verfasser eingeleitet werden? Aber wer beißt sich schon selbst in den Schwanz?

So laßt uns weiter institutionalisieren und reglementieren. Ein Glück, daß die Ehe- oder Lotterbetten davon noch nicht betroffen sind. Es wäre nicht auszudenken, wenn sich ein nicht ausgelasteter Ministerialbeamter auch insoweit noch neuer Gesetzesinitiativen befleißigen müßte.

Die Idee, den Gesetzeswahn und die unsinnige Institutionalisierung durch eine drastische

Verringerung hoher Ministerialratsposten einzudämmen, ist von entwaffnender Logik. Dies nicht so sehr wegen der Einsparung von Gehältern, wohl aber mit Blick darauf, daß weniger Gesetze produziert und weniger »institutionalisiert« würde. Aber das bleibt wohl ein frommer Wunsch. Nicht weniger, sondern mehr Ministeriale ist der Zug der Zeit. Wie wäre es sonst zu erklären, daß wir neben »normalen« Staatssekretären auch noch »parlamentarische« Staatssekretäre haben, und neben Bundesministern auch noch sog. »Staatsminister«. Angesichts der augenblicklichen Arbeitsmarktmisere sollte ernsthaft erwogen werden, weitere Stellen zu schaffen, so z.B. Oberstaatssekretäre (das erfordert schließlich die Hierarchie; denn wenn wir schon zwei Staatssekretäre in jedem Ressort haben, muß es doch auch einen »Ober« geben).

Integrieren

Immer wieder ist von Politikern aller Schattierungen zu hören, irgend etwas müsse integriert, d.h. eingefügt und eingeordnet werden. Fragt man den Mann an der Theke in einer Eckkneipe im Revier, ob er sich nach Wechsel seiner Arbeitsstelle schon integriert habe und wenn ja, wie, breitet sich Mißtrauen aus. Er hat zwar eine feste Meinung vom Profifußball, vom außerehelichen Beischlaf usw. Aber integriert werden, das will er nicht. Sicher vermutete er dahinter etwas, was ihm später zum Nachteil gereichen könnte. Und erst wenn ihm die »tiefere« Bedeutung der Frage auseinandergesetzt wird, ist er wieder friedlich und ganz der »Alte«.

Man sieht, Fremdwörter können verwirren. Damit soll nichts gegen deren Verwendung in sachkundigen Ausschüssen gesagt werden, insbesondere dann nicht, wenn sie nur schwer übersetzbar und allgemein verständlich sind.

Äußerungen von Politikern aber richten sich meist – und das sollten sie wohl auch – an breite Bevölkerungskreise. Vielleicht könnte daher etwas mehr Bedacht auf Allgemeinverständlichkeit genommen werden. Die große Kunst fähiger Politiker besteht ja gerade darin, schwierige Themen und Sachverhalte auch den Frauen und Männern an der Basis klarzumachen, denen Fremdwörter nicht geläufig sind und die, was nicht zu übersehen ist, oft vielmehr gesunden Menschenverstand mitbringen als sich Politologen, Soziologen, Psychologen und Pädagogen träumen lassen.

Judos, Jusos, Schwusos

Viele Bürger, die politisch noch unverbildet sind, verwechseln diese Begriffe mit der aus dem Japanischen herrührenden Sportart der Selbstverteidigung, bei der es darauf ankommt, den angreifenden Gegner »aufs Kreuz zu legen«. Diese Deutung ist jedoch verfehlt, wenn auch naheliegend. Nach unserem Sprachgebrauch handelt es sich bei »Judos« um Jungdemokraten und bei »Jusos« um Jungsozialisten. Es sind Nachwuchsorganisationen der FDP (Judos) und der SPD (Jusos).

Gemeinsam ist ihnen, daß die Mutterparteien (FDP und SPD) nicht allzuviel von ihnen halten und ihnen weitgehend »Narrenfreiheit« einräumen. Sie werden erst dann aufmerksam (z.T. mit Parteiausschluß) und aktiv, wenn Repräsentanten dieser Jugendorganisationen nicht nur alles und jedes in Frage stellen (dagegen läßt sich ja in einer freiheitlichen Demokratie nichts sagen), sondern einen völligen Wandel des Bestehenden anstreben, und zwar »ohne Rücksicht auf Verluste«.

Da hört natürlich auch die Gemütlichkeit bei der SPD und FDP auf. Wer will schließlich die DKP links überholen und sein Wählerpotential unnötig aufs Spiel setzen? Judos und Jusos sind da wohl unbefangener. Sie sind für Vergesellschaftung und staatliche Investitionslenkung. Warum auch nicht?! Schließlich fehlt ihnen die Erfahrung, welch »hohen Genuß« es bedeutet, mit Bezugscheinen nach einem Pfund Kartoffeln anstehen zu müssen und Südfrüchte nur nach Wochen des Verzichts »per Zufall« erwerben zu können.

Auch insofern bewahrheitet sich die alte Erkenntnis: Erfahrung läßt sich nicht weitergeben.

Neuerdings gibt es auch eine Vereinigung, die sich den eindrucksvollen Namen »Schwusos« (= schwule Sozialisten) zugelegt hat. Sie wurde 1979 anläßlich des »Homolulu-Kongresses« in Frankfurt ins Leben gerufen, was die SPD nicht sonderlich entzückte. Im Gegenteil. Sie hat, was verständlich ist, abgewinkt und sich dagegen verwahrt, mit dieser Gruppe in Verbindung gebracht zu werden.

Konfrontation

Wir werden ständig und stets mit etwas »konfrontiert«, d.h., wenn man dem »Duden« glauben kann, widersprechenden Meinungen oder Sachverhalten gegenübergestellt, und zwar mit dem Ziel, mögliche Widersprüche tunlichst auszuräumen. Wer könnte leugnen, daß dies eine gute Sache ist. Aber da haben unsere Politiker offenbar eine ganz andere Meinung. Sie »konfrontieren« sich stets und immer mit einer anderen Partei oder deren Vertretern, die ihnen im Moment nicht genehm sind. Ob der Bürger etwas mit dieser »Konfrontation« anfangen kann, ficht die Politiker nicht an, Hauptsache »Konfrontation«. Das ist schließlich etwas, was man in Partei- oder Wahlversammlungen geißeln kann. Man baut einen »Kaventsmann« auf und hat jemanden, auf den man nach Herzenslust einschlagen kann. Denn nichts ist einfacher, als einen politischen Gegner zu erfinden, einen uneinsichtigen, von allen guten Geistern verlassenen Zeitgenossen, der gegen alles ist, oder ganz einfach ein geschlechtsloses »Monstrum«, das, jeder Einsicht abhold, den größten Unsinn verbreitet.

Ist dieser »Kaventsmann«, meist als negativer Vertreter einer nicht genehmen Partei oder Vereinigung, »aufgebaut«, läßt sich trefflich »vom Leder ziehen«. Der unbefangene »mündige Bürger« sagt sich: »Wie, so etwas gibt es? (obwohl eigentlich gar nicht vorhanden), dann aber weg damit«.

Die »Konfrontation« feiert Triumphe. Der »Kaventsmann« aber ist unschuldig. Schließlich ist er nach Duden nur ein beleibter und begüterter Mann, ein männliches Prachtexemplar.

Konsens

Unsere Politiker, Parteioberen und Funktionäre aller Art geraten in ihren Reden geradezu in Verzückung, wenn sie die Notwendigkeit preisen, ein Konsens aller Demokraten in dieser oder jener Frage sei vonnöten. Auch die Zuhörer sind beglückt. Sie haben das Gefühl, damit werde ihnen wieder einmal mehr Demokratie und mehr Gerechtigkeit zuteil. Erklärt man ihnen dann, »Konsens« bedeute nur eine sinngemäße Übereinstimmung von Wille und Willenserklärung zweier Vertragspartner, werden sie unwillig. Wozu, fragen sie, erzählt man uns denn ständig davon? Wer weiß das schon? Für Politiker ist das unwichtig. Sie werden auch weiterhin von Konsens sprechen. Schließlich gibt es wenige, die nach dem Sinn fragen.

Kontrastprogramm

Unsere öffentlichrechtlichen und daher konkurrenzlosen Fernsehanstalten (ARD, ZDF) verstehen darunter eine so unterschiedliche Programmgestaltung, daß der Fernseher die Möglichkeit hat, zu wählen, z.B. zwischen Krimi und Operette, zwischen politischen Magazinen und Unterhaltungsfilmen, zwischen Rockmusik und Ausflügen ins Tierleben usw. Sieht man sich daraufhin die Programme an, wird man sein blaues Wunder erleben: auf allen Kanälen zur gleichen Zeit entweder seichte Unterhaltung oder das Gegenteil davon. Wie sagte doch Frankenfeld seligen Angedenkens in einer Fernsehsendung »Musik ist Trumpf«: Dieses sogenannte »Kontrastprogramm« sei mit der Bestellung eines Gastes in einem Restaurant vergleichbar, der Bratkartoffeln mit pommes frites verlangt.

Niemand wird ihm widersprechen. So ist es in der Tat. Hat der geplagte Zuschauer einmal Zeit »fernzusehen«, so am Freitag- oder Samstagabend, wird ihm selten etwas zur Erbauung geboten. Und wählen kann er schon gar nicht; auf allen Kanälen der gleiche Schwachsinn. Politische Belehrung über alles Mögliche, so was in Chile oder Argentinien nicht mehr hingenommen werden kann, in Kuba aber hervorragende Perspektiven eröffnet; von fortschrittlichen Vorstellungen in der UdSSR, CSSR, VR Polen, Rumänien, Ungarn ist die Rede und den angeblich sozialfeindlichen Umtrieben im eigenen Lande. Dabei hätte sich der nach Entspannung dürstende Bürger doch viel lieber das Fernsehballett oder einen Krimi angesehen.

Nun, unsere Fernsehoberen wissen wahrscheinlich besser, was uns gut tut. Sie wissen ja ohnehin alles viel besser. Dafür werden sie schließlich bezahlt, und gar nicht so schlecht! Das Alles-viel-besser-wissen bezieht sich auch auf die Politik. Hier sind wir den Fernsehjournalisten, die uns mit erhobenem Zeigefinger belehren, hilflos ausgeliefert. Ihre Moralpredigten erzeugen auch bei den aufgeschlossensten und gutartigsten Fernsehzuschauern meist ein Gefühl der Schuld, obwohl sie wirklich nichts dazu können, daß in Afrika gemordet und in Argentinien die Fußballweltmeisterschaften stattgefunden haben.

Da haben die Sportjournalisten schon mehr auf der Pfanne. Allein ihre Kleidung verrät sportliche Dynamik. Wer meinen sollte, sie trügen deshalb so enge Hosen (weil »herausgewachsen«) und keine Jacken und Krawatten, weil sie so schlecht bezahlt würden, kennt die Verhältnisse nicht. Die Gehälter sind durchaus ansprechend, von Nebenverdiensten ganz abgesehen, wovon normale Sterbliche nur träumen können. So werden Sportereignisse häufig zu Büchern, deren Autoren meist Sportjournalisten des Fernsehens sind. Das kann zwar gelegentlich »in die Hosen gehen«, z.B. dann, wenn die Sportler der Bundesrepublik versagen. So wurden die schönen Bücher über die Fußballweltmeisterschaft in Argentinien zu »Ladenhütern« einsamer Klasse. Trotzdem ist für Trauer kein Anlaß. Schließlich gibt es noch die kommerzielle Werbung, die es sich etwas kosten läßt, wenn ein Fernsehmann die Vorteile »grüner Seife«, von »Trimm-Dich-Geräten« oder den Genuß von Brennesselsaft anpreist. Dabei spielt es keine Rolle, daß diese hochintelligenten Leute z.B. bei Länderspielübertragungen lediglich mitteilen, wer gerade den Ball hat. Da sage einer, dies seien nicht treffliche Leute und unsere öffentlichrechtlichen und verbürokratisierten Fernsehanstalten nicht das einzig Richtige. Und, so ist zu hören, die zusätzliche Schaffung privater Fernsehkontrastprogramme sei der Anfang vom Ende.

Konzertierte Aktion

Wer weiß schon noch, was sich mit diesem musikalisch kaum deutbaren Begriff verband. Es war Schiller, ein kluger Finanz- und Wirtschaftsminister der Jahre 1966 bis 1972, der unter diesem Begriff eine Einrichtung ins Leben rief, die alle gesellschaftlich und wirtschaftlich wichtigen Gruppen mit dem Ziel vereinte, gemeinsame Vorstellungen zum Wohle unseres Gemeinwesens zu entwickeln. Das hat auch gut funktioniert. Weshalb es heute nicht mehr an dem ist, obwohl es sicher nützlich wäre, ist zwar nicht einzusehen, aber was hilft's. Die hohen Politiker und Funktionäre müssen es ja schließlich wissen. Der Mann an der Basis begreift ohnehin nicht, daß das, was gestern noch gut war, heute nichts mehr taugt. Es ist schon schwer, sich im Wandel der Zeit noch einigermaßen zurechtzufinden. Und auch musikalisch verbrämte Schlagworte haben anscheinend keinen Ewigkeitswert. Denn die konzertierte Aktion ist tot. Da ergeht es Beethoven, Mozart, Brahms, Wagner, Bach, Verdi, Tschaikowski usw. doch besser. Ihre Musik wird noch in Jahrhunderten Bestand haben, wenn niemand mehr weiß, was unter einer »Konzertierten Aktion« zu verstehen ist.

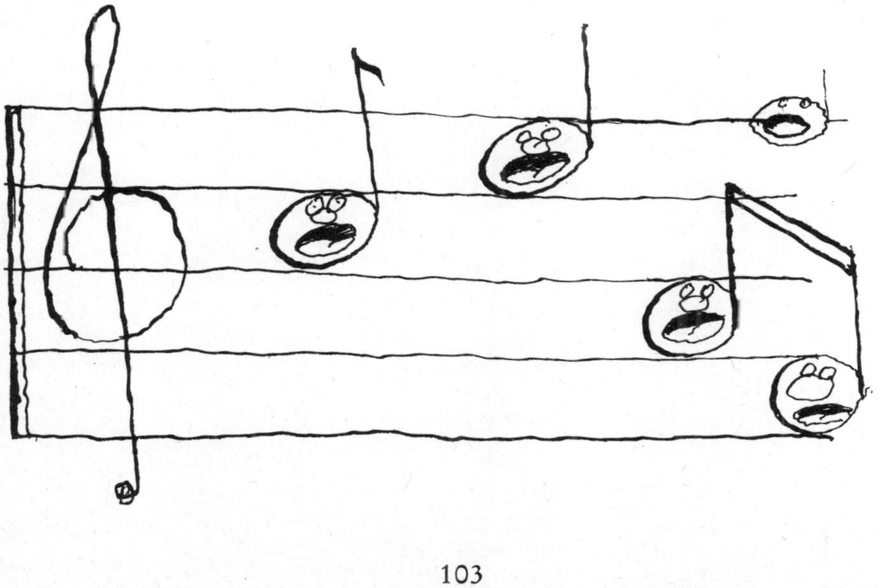

Kooperation

Wer nichts für »Kooperation«, also Zusammenarbeit, übrig hat oder nicht bereit ist zu »kooperieren«, ist schlecht dran. Er verrät einen großen Mangel an politischer Einsicht, weil er offenbar nicht erkannt hat, daß es ohne Zusammenarbeit in unserer komplizierten Welt nicht geht. Gutartige und vernünftige Menschen werden daher die Notwendigkeit von Zusammenarbeit bejahen. Was stört, ist die bei jeder passenden und unpassenden Gelegenheit beschworene Formel von der glückseligmachenden Kooperation. Schaut man tiefer, stellt sich heraus, daß dieser Begriff ursprünglich nur die Zusammenarbeit (auch Aufgabenteilung) zwischen verschiedenen Wirtschaftspartnern meint. Aber über solche kleinlichen, wenn auch sprachlich zutreffenden Auslegungen sind Politiker und Funktionäre längst hinaus. Sie kooperieren alles und jedes. Der Zuhörer lauscht mit Wohlbehagen. »Kooperation« ist ja schließlich etwas. Und die da oben, die uns dies verheißen, werden es schon wissen. Außerdem klingt es so schön. Sicher ist es nichts Unanständiges, obwohl Verwechselungen mit anderen Fremdwörtern nicht auszuschließen sind. Vielleicht macht es sogar müde Männer munter?! Und auch das wäre schließlich nicht von Übel.

Kooperative Gesamtschule

Während, was Umfragen ergeben haben, die Bürger Zusammenarbeit (Kooperation) für nützlich halten, waren die Eltern nicht sehr begeistert, ihre Kinder einer »Kooperativen Gesamtschule« anvertrauen zu sollen. Sie stiegen daher in Nordrhein-Westfalen auf die Barrikaden, setzten einen Volksentscheid durch und die »Kooperative Gesamtschule« ab. Ernsthafte Politiker, die dieses Schulsystem erfunden und mitgetragen hatten, waren hinterher der Meinung, es handele sich lediglich um ein Mißverständnis. Die Eltern hätten gar nicht gewußt, welche Segnungen eine solche Neuerung zu Nutz und Frommen ihrer Kinder mit sich gebracht haben würde. Da ist sicher etwas dran.
Nur fragen viele Eltern, weshalb sagt man dies nicht auf gut deutsch? Denn wer weiß schon, was unter einer »Kooperativen Gesamtschule« zu verstehen ist und weshalb Gymnasien, Real- und Oberrealschulen nicht mehr zeitgemäß sind. Vielleicht liegt es daran, daß die »Kultus- und Wissenschaftsminister« unsere Muttersprache Deutsch nicht mehr beherrschen oder verlernt haben?
Dies wäre zwar betrüblich, aber keineswegs ungewöhnlich. Schließlich gibt es bei uns Familienminister, die keine Familie haben, Ministerpräsidenten, die, obwohl unverheiratet, dennoch Landesväter sind, Justizminister, die noch nie im Gefängnis waren, Wirtschaftsminister, die noch nie einen Betrieb geleitet und Finanzminister, die noch nie die Segnungen der Steuergesetze am eigenen Leib verspürt haben. Auch gibt es Verteidigungsminister, die es gerade zum Gefreiten gebracht oder nicht einmal gedient haben.

Daher sollte man auch gegenüber unseren Schulexperten Nachsicht üben. Sie wissen ohnehin oft nicht, was sie tun. Letztlich hat die Abkürzung »Coop-Schule« nur zu Mißverständnissen geführt. So meinten durchaus aufgeschlossene Mütter von schulpflichtigen Kindern, sie wüßten überhaupt nicht, weshalb »Co op« nicht gut sei. Immerhin könnten sie in derartigen Geschäften recht gut und günstig einkaufen.
Was aber nun wirklich unter einer »Kooperativen Gesamtschule« zu verstehen ist, hat auch der Verfasser nicht zu ergründen vermocht. Gespräche mit Experten haben ihn so verwirrt, daß er sich nicht in der Lage sieht, auch nur den Versuch einer verständlichen Auslegung zu unternehmen, zumal es inzwischen eine Vielzahl von Schulsystemen und Schularten gibt, so u.a.

Grundschulen, Hauptschulen, Regelschulen, Oberschulen, Gesamtschulen, Realschulen, Oberrealschulen, Gymnasien, Integrierte Gesamtschulen, Berufsschulen, Fachschulen, Hochschulen, Mittelpunktschulen, Sonderschulen, Fachhochschulen, Weiterbildende Schulen, Verwaltungsschulen, Volkshochschulen usw. usw.

Kreativität

Kreativ zu sein weist auf eine seltene Gabe hin, nämlich über Schöpferkraft zu verfügen, schöpferisch wirken zu können. Nur wenige, begnadete Menschen sind ihrer teilhaftig. Um so ärgerlicher, wenn auch dieser Begriff immer mehr Eingang in unsere Politsprache findet, obwohl in der Politik – seit Plato – kaum etwas Neues oder gar »Schöpferisches« geboten wird. Man begreift daher nicht recht, daß uns Politiker und Funktionäre ständig von der Notwendigkeit »kreativen Handelns« zu überzeugen versuchen, wenn die davon sprechen, wie wichtig »Kreativität« sei und es an der Zeit wäre, den kreativen Handlungsspielraum auszuweiten.
Sicher haben sie recht, wenn auch nur wenige verstehen, worum es geht. Und des Beifalls, insbesondere von Frauen, dürfen sie gewiß sein. Frauen denken dabei unterschwellig an »Kreationen« und verbinden damit neue Modeschöpfungen von Dior, die ihnen je nach Aussehen und Körpergewicht ge- oder mißfallen. Aber sie haben wenigstens, im Gegensatz zu vielen Männern, greifbare Vorstellungen. Die begriffliche Abwandlung zu »Kreativität« stört sie nicht. Sie kennen die Richtung, und das genügt. Auch gelingt es ihnen, ihre Männer, die ohnehin für mehr Kreativität sind (schließlich war davon in der Wahlversammlung die Rede), davon zu überzeugen, daß die umwerfenden neuen Kreationen aus Paris die Anschaffung neuer Garderobe unumgänglich machen. So hat jeder etwas von mehr Kreativität: die Frau durch den Erwerb neuer Kreationen, der Mann, weil er sich wieder einmal bestätigt sehen kann, und, wenn auch ungewollt, durch den Kauf neuer Kleider kreatives Handeln praktiziert.

Lauschangriff

»Der Lauscher an der Wand hört seine eigene Schand« ist ein altes, deutsches Sprichwort, das – im Gegensatz zum Partei-, Polit- und Behördenchinesisch unserer Tage – keiner Erklärung bedarf. Jedermann weiß, worum es geht. Wer lauscht, wird gelegentlich sein blaues Wunder erleben. Und das ist gut so. Er weiß dann endlich, woran er ist und für welch üblen Zeitgenossen man ihn hält. Das kann heilsam sein.
Wenn aber im politischen Bereich von verdammungswürdigen »Lauschangriffen« die Rede ist, so sträubt sich das Gefieder von Leuten, die Deutsch sprechen, Deutsch reden und Deutsch verstehen. Denn: Lauschen ist ein rein passives Verhalten. Man legt das Ohr an die Wand, um aus Neugier, vielleicht auch aus unsittlichen Motiven herauszuhören, was die Nachbarn gerade treiben oder worüber sie sich unterhalten. Kein vernünftiger Mensch würde dies als Angriff ansehen. Wer angreift, versucht den Gegner, meist unter Anwendung von Gewalt, kampfunfähig zu machen. Lauschen und Angriff sind also gegensätzliche Begriffe.
Nicht so in der Politik, wenn es sich um zweifelhafte, von der Verfassung möglicherweise nicht abgedeckte Abhörmaßnahmen handelt, die staatlicherseits unter Inanspruchnahme der verschiedenen »Abwehrorganisationen« (Militärischer Abschirmdienst, Bundesnachrichtendienst, Verfassungsschutz) ergriffen werden, um politisch verdächtige Zeitgenossen mittels sogenannter »Wanzen« abzuhören. In diesen Fällen handelt es sich also um sogenannte »Lauschangriffe«, obwohl die »Lauschangreifer« nur wissen möchten, ob der Verdächtige eventuell plant oder dabei ist, unseren sozialen Rechtsstaat zu beseitigen.

Solches als einen »Lauschangriff« zu bezeichnen, ist sprachlich gesehen absoluter Unsinn. Ob man vorbeugt, legitim oder nicht, ist eine andere Frage, aber von Angreifen kann wohl keine Rede sein.
Hier wird, sicher gezielt und nicht ohne Vorbehalt, versucht, mit gekonnten Schlagworten (man erinnere sich nur an die Bezeichnung »Berufsverbot«) unseren sozialen Rechtsstaat zu ruinieren. Schade nur, daß selbst hochangesehene Politiker diesen Begriff vorurteilsfrei übernehmen. Haben sie kein Gespür dafür, daß sie sich damit in die Hände der Gegner begeben?

Law and order

Erstaunlich, daß dieser aus dem Englischen kommende Begriff, der nicht mehr und nicht weniger als »Gesetz und Ordnung« bedeutet, zu harten parteilichen Auseinandersetzungen geführt hat und noch immer führt. Während die einen meinen, daß darauf unsere freiheitliche demokratische Rechtsordnung beruhe, meinen die anderen, unter diesem Deckmantel verberge sich das Bestreben von Reaktionären, nazistische Unterdrückungsmethoden neu zu beleben. Der Bürger hat sich – wenn gelegentlich auch mit Grollen – längst damit abgefunden, daß Gesetze dafür da sind, sie zu beachten und einzuhalten. Er weiß es auch zu schätzen, wenn ihn die Organe des Staates, vornehmlich die Polizei, vor Übergriffen von Rechtsbrechern schützen. Im Gegenteil, für ihn ist die Polizei trotz aller Abwertungsversuche von Extremisten, die – wie Zuhälter und Verbrecher – die Polizeibeamten als »Bullen« zu titulieren pflegen, noch immer »Freund und Helfer«.

Daß es zu den unverzichtbaren Voraussetzungen eines demokratischen Rechtsstaates gehört, den von den gewählten Volksvertretern erlassenen Gesetzen auch Gehör zu verschaffen und diese durchzusetzen, ist die natürlichste Sache der Welt. Dies durch den Gebrauch von Fremdwörtern zu vernebeln, mag unter engstirnigen parteipolitischen Gesichtspunkten gelegentlich nützlich sein. Im Endergebnis aber ist es schädlich. Hitlers Unrechtsstaat ist ein Beispiel dafür. Wozu also dieses Parteigezänk? Schließlich wollen alle demokratischen Parteien, daß die mehrheitlich beschlossenen und nach demokratischen Spielregeln zustandegekommenen Gesetze beachtet und angewendet werden. Auch kritische Bürger stellen dies nicht in Frage. Daß die Parlamentarier nur aus Lust und Tollerei Gesetze machen, liegt zwar bei manchen Vorschriften nahe; dennoch wäre es sicher ungerecht, die Einsicht unserer Bürger und ihr Verlangen nach einem geordneten Staatswesen zu unterschätzen. Sie nehmen selbst gesetzlichen Schwachsinn in Kauf, wenn im übrigen unsere freiheitliche Grundordnung keinen Schaden nimmt, zumal rechtstaatlich gewährleistet ist, daß gegen alles und jedes Rechtsmittel gegeben sind und jede den Bürger belastende Entscheidung (Verwaltungsakt) durch unabhängige Richter überprüft werden kann. Nicht zuletzt deshalb wurde der Begriff »Rechtsmittelstaat« geboren.

Was dem gutartigen und mündigen Bürger mißfällt ist nur, daß unsere Ordnungshüter, die Polizisten also, durch die von manchen Politikern begierig aufgegriffenen Schlagworte (Verhältnismäßigkeit der Mittel, Berufsverbot usw.) völlig verunsichert werden.

Wenn also, wie beispielsweise in Gorleben (wo Versuchsbohrungen wegen der Lagerung oder Wiederaufbereitung von Brennelementen im Rahmen der friedlichen Nutzung der Atomenergie durchgeführt werden) oder in Essen (wo Strauß vom Recht der Redefreiheit Gebrauch machen wollte) Chaoten und Extremisten auf Bäumen sitzend urinierten, sollte eigentlich die Gemütlichkeit aufhören.
Und was heißt schon »Verhältnismäßigkeit der Mittel«? Sollen unsere nicht gerade überbezahlten Polizeibeamten alles über sich ergehen lassen? Und weshalb dürfen sie eigentlich nicht – jedenfalls wurde dies von einigen Gazetten gerügt – die urinierenden Chaoten von den Bäumen herunterholen? Sollen sie, nur um das Prinzip von der »Verhältnismäßigkeit der Mittel« zu wahren, nur zurückpinkeln dürfen, was schon in Ansehung der jedermann geläufigen physikalischen Gesetze kaum »zielgruppengerecht« zu verwirklichen wäre?

Lebensqualität

Es war Willy Brandt, der diesen Begriff ins Leben gerufen hat und nicht zuletzt deshalb im Jahre 1972 einen hohen Wahlsieg verzeichnen konnte. Er hat auch den »mündigen Bürger« erfunden. Es läßt sich nicht leugen: Hier spricht nicht nur ein Politiker hohen Grades, sondern auch ein Politiker mit Erfindungsreichtum. Er hat erfaßt, was das Volk will, nämlich mehr Lebensqualität, auch wenn sich darunter kaum jemand etwas vorstellen kann.

Aber, und das war bei dieser Wortschöpfung wohl einbezogen, wer könnte nicht für Qualität sein. Wer ein Kleid, einen Anzug oder Unterhosen kauft, möchte qualitativ hochwertige Erzeugnisse haben. Die Übertragung des Qualitätsbegriffs auf die Niederungen der Politik war also längst überfällig. Und wenn hiervon auch noch unser Leben günstig beeinflußt wird, so ist das schon eine gute Sache. Jedermann ist davon angetan und sagt sich, wer so etwas will, ist unser Mann

Indes, es rief auch Kritiker auf den Plan. Als diese Verheißung von mehr Lebensqualität hohe Wellen schlug, erschien eine Karikatur in Form einer Bildserie von Köhler in der Frankfurter Allgemeinen Zeitung; sie stellte einen völlig aus dem Häuschen geratenen »mündigen Bürger« (sprich: deutscher Michel mit Zipfelmütze) dar, der mit veitztanzähnlichen Gebärden über die ihm in Aussicht gestellte höhere Lebensqualität zu frohlokken schien, im letzten Bild jedoch in zweifelnder Pose – die Zipfelmütze hatte die Form eines Fragezeichens angenommen – fragt: »Und was is'n das – mehr Lebensqualität?« Nun war das sicher nicht ganz ernst gemeint.

Dennoch hat sich bei der Verkündung von mehr »Lebensqualität« auch Mißtrauen breitgemacht. Niemand zog in Zweifel, daß dahinter ein berechtigtes Anliegen steht. Nur wurde gefragt, ob es nicht besser ist, unseren Wählern zu sagen, worauf es ankommt und woran sie sind, also zu erklären: »Du kannst nicht alles haben, entweder – oder!« Aber mehr »Lebensqualität« zu fordern ohne Gegenleistung und ohne darauf hinzuweisen, welcher Verzicht damit verbunden sein könnte, ist einfach zu wenig. Schließlich wollen wir alle mehr Komfort; wir möchten morgens duschen oder baden (evtl. auch lauwarm, selbst wenn es Herbert Wehner nicht gefällt), auch Radio hören usw. und empfinden all diese Annehmlichkeiten nicht unschön. Im Gegenteil, schließlich sind wir für mehr Lebensqualität.

Lehrerschwemme (Akademikerschwemme)

Noch vor wenigen Jahren waren Lehrer Mangelware. Auch Juristen waren stark gefragt. Selbst Absolventen der Hochschule von Bremen fanden gelegentlich noch einen Arbeitsplatz, wenn auch mit Vorbehalt. Schließlich besteht bei sachkundigen Leuten ein verständliches Mißtrauen gegen Studenten, die »aufgrund fortschrittlicher Erkenntnisse« nicht mehr »durchfallen« können und allein durch ihre politische Einstellung zur Elite der Nation aufrücken.

Das ist nun anders geworden. Lehrer und Juristen gibt es mehr als genug. Niemand weiß, am wenigsten unsere Bildungspolitiker, was nun geschehen soll. Sie sagen, eine Akademikerschwemme müsse in Kauf genommen werden. Schließlich komme es vorrangig darauf an, allen jungen Menschen den Weg zum Hochschulstudium zu ermöglichen. Ob sich ihnen später ein geeignetes Betätigungsfeld bietet, sei von untergeordneter Bedeutung. Die Aufzucht eines akademischen Proletariats ist also einkalkuliert. Ob man der jungen Generation, die schließlich einmal arbeiten, ihr Brot verdienen und eine Familie gründen will, damit einen Gefallen tut, sei nicht so wichtig. Also »Akademikerschwemme« über alles! Ein Unternehmer, der noch irgendetwas produziert, was durch neue Techniken überflüssig und unnötig geworden ist, müßte sich, wenn er nicht Konkurs anmelden will, umstellen. Das tut er natürlich auch. Schließlich will er überleben.

Unsere Bildungspolitiker sind davon weit entfernt. Sie produzieren weiter Lehrer, Juristen, Soziologen, Politologen, Psychologen auch wenn keine oder eine nur sehr begrenzte Nachfrage besteht. Kosten spielen keine Rolle. Was heißt schon Verschwendung von Steuergeldern?!

Die Frage, was diese z.T. sicher recht intelligenten Leute nach Abschluß ihrer Ausbildung tun sollen, bleibt unbeantwortet.

Nun ist es zwar ein Genuß, von Taxifahrern befördert zu werden, die in Fragen der Soziologie, Politologie, Psychologie oder der Jurisprudenz (Rechtswissenschaft) bewandert sind (Gespräche dieser Art haben schon viele Einsichten vermittelt); nur erhebt sich die Frage, ob dies Sinn einer akademischen Ausbildung ist. Leichte Zweifel stellen sich ein. Es gibt noch viele Berufe, in denen junge, intelligente und arbeitsfreudige Menschen einen sicheren und aussichtsreichen Arbeitsplatz finden könnten. Aber was soll schließlich ein kleiner oder mittlerer Unternehmer mit einem »hochgebildeten« Politologen, der alles und jedes in Frage stellt, ständig protestiert, aber keine Steckdose reparieren kann.

Übrigens hat sich in letzter Zeit zur Überraschung der Kultusminister herausgestellt, daß trotz Lehrerschwemme freie Stellen nicht besetzt werden können, weil sich viele Lehrer weigern, einen Ortswechsel vorzunehmen. Wäre es daher nicht angebracht, wenn die Eltern mit schulpflichtigen Kindern in die Wohnorte der umzugsunwilligen Lehrer umziehen?

Leistungsgesellschaft, Leistungsprinzip

Die Begriffe »Leistungsgesellschaft« und »Leistungsprinzip« werden häufig mit recht abwertenden Deutungen bedacht. Der unbefangene, im Beruf stehende und ständig beruflich geforderte Zeitgenosse wird unter »Leistungsgesellschaft« nichts Abträgliches sehen. Er weiß, daß er sich ständig bewähren muß, und das ist oft ein »hartes Brot«. Aber er besitzt auch in aller Regel ein gewisses Selbstverständnis, das ihn befähigt, den beruflichen und sonstigen Anforderungen des Lebens zu genügen. Das Gerede von »Leistungsgesellschaft« und »Leistungsprinzip« ist ihm fremd. Er weiß auch, daß er durch ansprechende Leistungen vorankommen kann. Er wäre nur dann sauer, wenn unter Umgehung des Leistungsprinzips die Sprossen seiner Erfolgsleiter aus unsachgemäßen, nicht leistungsgerechten Gründen »abgebrochen« würden.
Solange Betriebe und Unternehmer Leistungen honorieren, ist alles in Ordnung. Das akzeptieren auch die Leute vor Ort. Sie wollen leistungsorientierte und erfolgreiche Unternehmer, fachlich geeignete »Vorgesetzte« und tüchtige Vorarbeiter, die etwas können. Dann läuft alles wie von selbst.
Wer dies alles nun mit einem negativen Beigeschmack versieht und »Leistungsgesellschaft« und »Leistungsprinzip« als Überbleibsel einer kapitalistischen Vergangenheit hinstellt, kann nur das Wirtschaftssystem der Ostblockstaaten wollen:

- Kaffee, Tee, Schokolade nur gegen Bezugsschein,
- westliche Güter (Liebe eingeschlossen) nur gegen Deutsche Mark (West),
- Hotelbuchungen usw. in harter Währung.

Es ist kein Geheimnis, daß man in einem Ostblockstaat für harte Deutsche Mark an jeder Ecke das Vier- bis Fünffache des amtlichen Wechselkurses erhält.
So gesehen wird natürlich jeder nachdenklich, der das Glück hat, einmal etwas von den Errungenschaften sozialistischer Nachbarländer aus eigener Anschauung zu erfahren. Er streicht die Segel und sagt sich, dann schon lieber »Leistungsgesellschaft« und »Leistungsprinzip«, von der oft verteufelten Wohlstands- und Wegwerfgesellschaft ganz zu schweigen.

Lernprozeß

Es gehört zu der besonderen Gabe gewisser Rundfunk- und Fernsehjournalisten (auch Politiker neigen gelegentlich dazu), uns nicht nur mit moralischen Allgemeinplätzen zu beglücken, sondern auch auf die Notwendigkeit eines »Lernprozesses« hinzuweisen. Nun weiß jeder vernünftige Mensch, daß wir nie auslernen. Wozu also diese »moralsaure« Hinwendung, die bei näherer Betrachtung nur soviel bedeutet, daß wir zu Anschauungen und Verhaltensweisen bewegt werden sollen, die uns bisher fremd waren. So wird uns z.B. weisgemacht, wir müßten mit unseren Kindern ein antiautoritäres Verhältnis pflegen. Wir müßten lernen, daß auch Systemveränderer, die unsere freiheitlich soziale Grundordnung beseitigen wollen, einen legitimen Platz im öffentlichen Dienst, mit Pensionsberechtigung versteht sich, zu beanspruchen haben. Auch gehört es zu diesem Lernprozeß, endlich zu begreifen, daß uns sozialistische Länder in vielen Dingen voraus sind. Und schließlich solle uns aufgehen, daß Kapitalismus eine ganz üble Sache sei, die nur der Ausbeutung der Arbeitnehmer diene. Wo kommen wir hin, wird schließlich verkündet, wenn wir nicht endlich lernen, dem üblen Konsumterror zu Leibe zu rücken. Offenbar gehört es sich einfach nicht, ein Eigenheim, eine Waschmaschine, einen Fernseher und ein Auto sein eigen zu nennen. Natürlich läßt sich viel für eine sachgerechte Sozialisierung ins Feld führen:

- Weshalb ein Eigenheim für nur eine Familie, obwohl vielleicht Platz für zwei ist?

- Weshalb ein eigenes Auto? Wäre da nicht ein Gemeinschaftsauto auf gesellschaftlicher Basis solzialer?

- Und auch Farbfernseher und Waschmaschinen werden ja ohnehin nicht voll genutzt. Weshalb nicht entsprechende Gemeinschaftseinrichtungen?

Natürlich ist da etwas dran. Aber wer will das schon, von Judos und Jusos abgesehen, die noch nicht im Berufsleben stehen und keine Familie haben?

Lustgewinn

Wen befällt nicht eine große Unsicherheit, wenn Soziologen und Psychologen mangelnden »Lustgewinn« beklagen? Wer davon nicht betroffen ist und weder Soziologie noch Psychologie studiert hat, ist aller Sorge ledig. Er ist in bezug auf »Lustgewinn« unbefangen und hält Lust nach wie vor für eine gute Sache: Lust zur Arbeit, zur Liebe, Lust zum Schwimmen, zum Lesen, Lust zu Gartenarbeiten, zur Taubenzucht oder ganz einfach Lust zum Nichtstun.

Nun sei nicht verhehlt, daß es auch Leute gibt, die nicht einen Mangel, sondern ein Zuviel an »Lustgewinn« kritisieren. Sie müssen es ja wissen. Nun sehen aber weder weibliche noch männliche Bürger einen triftigen Grund, den »Lüsten« nicht mehr oder weniger zu frönen. Selbst »Lüsternheit« (vom Begriff Lust abgeleitet) sollte daher nicht verboten werden, auch wenn Alice Schwarzer von verdammungswürdigen Lustobjekten spricht, nur weil Illustrierte nackte Damen abgebildet haben und nicht auch nackte Männer (was Gott sei Dank inzwischen geschehen ist). Frönen wir trotzdem weiter der Lust! Sie macht das Leben lebenswert für Frauen und Männer. Die Menschheit muß mit der Atombombe leben. Das ist schon traurig genug.

Marsch durch die Institutionen

Es waren weitsichtige Systemveränderer, die als Ausweg aus ihrer Ausweglosigkeit ihren Anhängern rieten, den »Marsch durch die Institutionen« anzutreten, d.h. den freiheitlichen, sozialen Rechtsstaat zu unterwandern. Wer sich eine kritische Einstellung bewahrt hat, wird feststellen, daß der »Marsch durch die Institutionen« inzwischen Erfolge gezeigt hat. Nicht nur in Funk und Fernsehen, selbst in der sogenannten bürgerlichen Presse, in Schule und Kindergarten hat der »Marsch durch die Institutionen« Früchte getragen. Systemveränderer aller Schattierungen von ganz links bis ganz rechts sind inzwischen gut bestallte Beamte mit Pensionsberechtigung. Zu hoffen ist, daß sie nicht die Kuh schlachten, die ihnen reichlich Milch gibt. Aber diese Sorge ist wohl unberechtigt. Es sind ja intelligente Leute. Also werden sie sich nicht den Ast absägen, auf dem sie sitzen. Man sieht, der Marsch durch die Institutionen ist letztlich für alle segensreich.

Mengenlehre

In Unterhaltungen mit Eltern, die schulpflichtige Kinder haben, taucht immer wieder der Begriff »Mengenlehre« auf. Die Eltern sind völlig verunsichert. Sie machen aus ihrem Herzen keine Mördergrube und halten die vielgerühmte Mengenlehre für baren Unsinn. Weshalb Mengen und die Lehre davon solch negative Willensäußerungen auszulösen imstande sind, verwirrt den unbefangenen, mit schulpflichtigen Kindern nicht gesegneten Betrachter zutiefst. Schließlich gibt es eine Menge von Menschen, Säugetieren, Vögeln usw., aber auch eine Mennge von (meist unverständlichen) Gesetzen und Vorschriften, eine Menge von Unsinn, Unverständnis, eine Menge von Vorurteilen usw. Und so läßt sich folgern, ist es ja nicht ungewöhnlich, daß man sich damit befaßt, also dieses lehrt. Daher erscheint die Unsicherheit, Bedrücktheit und die z.T. offen zutage tretende Gegnerschaft vieler familienfreudiger, kinderreicher Gesprächspartner nicht recht verständlich. Weshalb in aller Welt haben sie etwas gegen die »Mengenlehre«, wo doch gerade Eltern eine Menge vom Lernen und Lehren halten. Schlägt man allerdings ob dieser Ungereimtheiten in einem namhaften Lexikon nach, wo »Mengenlehre« als Untersuchung besonders der unendlichen Mengen (z.B. aller ganzen Zahlen, aller Punkte einer Strecke) beschrieben wird, wächst das Verständnis für die aufgebrachten und geplagten Eltern. Sie tröstet es kaum, wenn ihnen von modernen Bildungssachverständigen versichert wird, die Mengenlehre sei im wesentlichen das gleiche, was wir Älteren früher unter »Algebra« hätten erlernen müssen, nämlich die Lehre von den Beziehungen zwischen mathematischen Größen und Regeln, denen sie unterliegen; um es kurz zu sagen, daß $2 \times 2 = 4$ ist. Doch damit, so die Auffassung leidgeprüfter Eltern, könne man der Mengenlehre nicht beikommen. Schließlich sei ihnen nicht fremd, daß $2 \times 2 = 4$ ist. Aber was ihnen die Mengenlehre an unverständlichen Dingen darbiete, habe damit nichts zu tun, obwohl es im Ergebnis auf dasselbe hinauslaufe. Auch die Mengenlehre könne nicht daran rütteln, daß $2 \times 2 = 4$ ergibt.

Das Betrübliche sei, daß sie ihren Kindern in der »Mengenlehre« nicht mehr hilfreich zur Seite stehen könnten, es sei denn, sie besuchten zuvor einen länger dauernden Abendkursus, der sie im Schnellverfahren in die Grundlagen, und dann, in weiteren Aufbaukursen, auch in die tieferen Geheimnisse der Mengenlehre einführt. Volkshochschulen und andere Einrichtungen verzeichnen mittlerweile einen regen Zulauf von Eltern – trotz

Streß und Belastung im Haushalt oder am Arbeitsplatz. Zuvor, so klagen Väter und Mütter, müßten sie jedoch die Sprachbarrieren durchbrechen.
Denn wie jedes Fachgebiet, das auf sich hält, habe auch die »Mengenlehre« einen Wall aus fachidiotischen Sprachregelungen und mathematischen Geheimzeichen in die »Bildungswelt« gesetzt, der nahezu unüberwindbar sei. So müssen Kinder bereits zu Beginn des fünften Schuljahres die verschiedenen Formeln und deren »Definition« – so steht es in den klugen Büchern – lernen.
Dort heißt es dann z.B. $A \subseteq B$. Das bedeutet: A heißt Teilmenge von B, wenn jedes Element von A auch Element von B ist. Und weiter geht's: Wenn A Teilmenge von B ist, bezeichnet man B als Obermenge von A. Die Formel dazu lautet: $B \supseteq A$, wobei die beiden aufgeführten Schreibweisen $A \subseteq B$ und $B \supseteq A$ »gleichwertig« sind. Von hier ist es dann nur noch ein kurzer Schritt zu $S = A \cap B$, was gelesen wird: S = A geschnitten mit B, und nichts anderes bedeutet, als: Unter der Schnittmenge zweier Mengen A und B versteht man die Menge S jener Elemente, die zu A und zugleich zu B gehören. In logischer Fortsetzung ergibt sich so von selbst die Vereinigungsmenge $V = A \cup B$, dazu die Definition: Unter der Vereinigungsmenge zweier Mengen A und B versteht man die Menge V jener Elemente, die zu A oder auch zu B gehören. Endlich wird dann verraten, daß die »leere Menge« sich bei der »Mengenvereinigung« neutral verhält und, daß mit einer natürlichen Zahl die Anzahl der Elemente einer endlichen, nicht leeren Menge angegeben wird.
Wer das versteht, oder auch nur erahnt, ist selbst schuld. Unsere Kinder müssen es!?
Haben Eltern und Kinder diese noch ganz harmlosen Erkenntnisse verarbeitet, so werden sie Begriffe wie »Gegenoperator des Divisors« oder gar ein »multiplikativer Simplex« nicht mehr umwerfen. Sie gehören dann zum Kreis der Eingeweihten, zu dem unsere Politiker, die uns das Ganze eingebrockt haben, offensichtlich nicht gehören.

Minimieren

Wenn Politiker von »minimieren« sprechen, ist Vorsicht am Platze. Wer darunter die vor Jahren herausgebrachte Mode von kurzen Röckchen und Höschen (auch heiße Höschen genannt) versteht, muß umdenken. Optimisten meinten, nun werde endlich wieder etwas für den »Mann auf der Straße« getan. Die Umwelt wird schöner, menschlicher. Wer sieht nicht gern wohlgeformte Frauenbeine. Aber junge, gutgewachsene Dinger und vollsaftige Weibsbilder dank der Minimode in ihren sonstigen Dimensionen auch nur zu ahnen, verbürgt das nicht auch ein Stück »Lebensqualität«? Doch weit gefehlt.

Die Enttäuschung folgte auf dem Fuße. Denn die Politiker hatten ganz anderes im Sinn. Sie bedienten sich des Wortes »minimieren« nicht in bezug auf die Kleidung (Kürzung von Rock- und Höschenlänge) unserer »mündigen Bürger« weiblichen Geschlechts, sondern in dem Sinne, daß wir endlich begreifen müßten, es sei an der Zeit, unsere Ansprüche zurückzuschrauben. Natürlich hätten sie das auch ohne Gebrauch des Begriffs »minimieren« erklären können. Wer wüßte nicht, daß es auf Dauer so nicht weitergehen kann. Wachstum hat seine Grenzen. Die Zeiten Erhards sind vorbei. Man muß es nur sagen und begründen. Jedermann wird verstehen und die Vernünftigen werden es auch billigen.

Ministerialrat de luxe

Auch Journalisten haben gelegentlich lustige Ideen, z.B. was die Erfindung neuer Begriffe angeht. Hier gehört zweifellos die Namensgebung für einen herausgehobenen Ministerialrat, der im Gegensatz zur Masse nicht nach A 16, sondern nach B 3 (also besser) besoldet wird. Dabei muß man wissen, daß es in der Beamtenhierarchie seit Kaiser Wilhelms Zeiten noch immer das 3-Klassen-System – mittlerer Dienst, gehobener Dienst, höherer Dienst – gibt und innerhalb dieser Klassen Amtsbezeichnungen und dementsprechende besoldungsrechtliche Zuordnungen. Wie gesagt: Bei den Ministerialräten untescheidet man darüber hinaus zwischen Volks- und Luxusausgabe. Hier wird also sinnfällig ein Vergleich zur Autobranche gezogen, wo das gleiche Produkt (je nach PS, Ausstattung und Preis) unter LS, LSG, GT, GXL, SL, SLC, SE, GE usw. usw. angeboten wird. Und die Bezeichnung »de luxe« ist besonders in der Konsumgüterindustrie, vor allem bei Elektroherden, Fernsehgeräten usw., eine gebräuchliche (Qualitäts-) Bezeichnung.

Aus dieser Sicht wird nun möglicherweise der unbefangene Betrachter geneigt sein, die Qualitätsbezeichnungen der Konsumgüterindustrie auf die unterschiedliche Qualität der Ministerialräte zu übertragen. Und er wird sich sagen, wie fortschrittlich bereits die Beamtenbesoldung ausgerichtet ist, wenn sie Qualität = Leistung auch entsprechend honoriert.

Bei näherer Betrachtung sieht es jedoch ganz anders aus: Nicht Leistungsmerkmale bestimmen die besoldungsrechtliche Einstufung der Gattung »Ministerialräte«; vielmehr ist aufgrund entsprechender Gesetze lediglich festgelegt, daß ein gewisser Prozentsatz dieser auserlesenen Kaste von Ministerialräten den »de luxe«-Status (auch Ministerialrat zu Pferde genannt) erhält. Insoweit, und das erscheint in hohem Maße verdächtig, sind nicht Qualität und Leistung ausschlaggebend, sondern vornehmlich Dienstalter und das jeweils gefragte Parteibuch. Hier wird also der Unterschied zu unserer leistungsorientierten Wirtschaft offensichtlich:

Wer einen teuren Elektroherd »de luxe« kauft, weiß, daß der höhere Preis mehr Komfort und Qualität nicht nur verspricht, sondern in aller Regel auch gewährleistet. Mit nichtssagenden Versprechungen kann man sich am Markt nicht behaupten. Bei Ministerialräten ist das anders. Hier haben Proporz, Dienstalter, Parteibuch das Sagen. Auch die

Zugehörigkeit zu bestimmten Organisationen hat hohen Stellenwert. Schade eigentlich, daß in diesem Bereich die in der freien Wirtschaft unerläßlichen Qualitätsmerkmale ohne entscheidende Bedeutung sind.

In diesem Zusammenhang drängt sich die Frage auf, ob es nicht für uns alle besser wäre, wenn sich Beamte, Richter und sonstige leitende Angestellten in öffentlichen Körperschaften, Anstalten usw. einer parteipolitischen Enthaltung zu befleißigen hätten, weil im Interesse des Gesamtwohls eine objektive Amtswahrung von politischen Abhängigkeiten jeder Art frei sein sollte. Aber das sind wahrscheinlich wirklichkeitsfremde Vorstellungen.

Daß sich Ministerialräte trotz sinkender Geburtenzahlen und einer besorgniserregenden Bevölkerungsstatistik ständig weiter vermehren (nach einem Bericht der Süddeutschen Zeitung vom 5.4.1979 allein in Nordrhein-Westfalen innerhalb von 10 Jahren – 1968-1978 – um das Dreifache), gehört zu den weiteren Merkwürdigkeiten, denen der steuerzahlende Bürger fassungslos gegenübersteht. Immer weniger Bürger und immer mehr Ministerialräte , von dem ungeheuren Zuwachs in anderen Beamtenkategorien ganz zu schweigen; wer kann das noch mit den Regeln der Logik vereinbaren? Wahrscheinlich nur Ministerialräte de luxe, Ministerialdirigenten (eine Stufe höher), Ministerialdirektoren (noch eins höher), Staatssekretäre (schon Superklasse) und schließlich neben Ministern aller Art noch Staatsminister (eine Schöpfung eigener Art, gewissermaßen eine Volksausgabe der eigentlichen Minister).

Es wäre sicher reizvoll, wenn Statistiker – wozu haben wir ein Statistisches Bundesamt – einmal errechneten, in welchem Jahre unter Berücksichtigung des Geburtenschwunds und der fortschreitenden Beamteninflation der Zeitpunkt gekommen ist, wo es nur noch Beamte gibt. Angesichts der sich jetzt abzeichnenden Entwicklung ist zu befürchten, daß wir von diesem goldenen Zeitalter nicht mehr weit entfernt sind. Die Frage, wer dann noch die Gehälter der Staatsbediensteten aufbringt, könnte das Forschungs- und Wissenschaftsministerium beantworten, vorausgesetzt, daß es für diesen Forschungsauftrag noch Geld in der Kasse hat.

Minuswachstum

Es ist immer wieder in hohem Maße beeindruckend, wenn Politiker – selbst einschlägige Minister und Staatssekretäre – von »Minuswachstum« sprechen. Berücksichtigt man, daß minus »weniger« bedeutet oder »Minus« großgeschrieben soviel wie Verlust oder Fehlbetrag und mangelndes Wachstum, fällt es schwer, den Begriff »Minus« mit »Wachstum« in einem logischen Zusammenhang zu bringen.
Hier wird deutlich, zu welchen Höhenflügen Politiker fähig sind. Sie sagen, daß wir im Grunde wirtschaftlich am Ende sind (Minus), daß wir aber dennoch wachsen. Wer das nicht versteht, ist selbst schuld.

Mündige Bürger

Es war Willy Brandt, der diesen Begriff im Zusammenhang mit dem Ausspruch »mehr Demokratie wagen« geprägt hat. Bezieht man den Begriff »Mündig« auf seine rechtliche »Qualität«, so ist mündig jeder deutsche Staatsbürger, der das 18. Lebensjahr vollendet hat. Er kann Verträge abschließen (§§ 2, 104 ff. BGB), heiraten (§ 1 Ehegesetz), an Wahlen teilnehmen oder selbst gewählt werden (Art. 38 Abs. 2 Grundgesetz). Nur wenn es seine strafrechtliche Verantwortung betrifft, hat die Mündigkeit ihre Grenzen. Begeht der »mündige Bürger« etwa im Alter von 18 – 21 Jahren einen Sexualmord, so ist zunächst zu prüfen, ob er nach seiner sittlichen und geistigen Entwicklung zur Tatzeit noch einem Jugendlichen gleichstand (§§ 1, 105 Jugendgerichtsgesetz). Gegebenenfalls findet das mildere Jugendstrafrecht auf die Tat Anwendung. Die Strafmündigkeit eines volljährigen Bürgers ist also bis zum 21. Lebensjahr noch eingeschränkt. Selbst bei ein und derselben Tat, z.B. Eigentumsdelikten, können verschiedene Maßstäbe angewandt werden: bei der Bestrafung unter Umständen äußerste Milde nach dem Jugendgerichtsgesetz, während beim (zivilrechtlichen) Schadensersatz volle Verantwortlichkeit zwingend vorgeschrieben ist (§ 828 Abs. 2 BGB). Da kenne sich einer aus.
Die Frage, weshalb jemand mündig ist, an Wahlen teilzunehmen, selbst gewählt zu werden, aber unmündig, wenn es sich um die Begehung von Verbrechen handelt, wird – so ist zu fürchten – auch gutartigen Demokraten schwer begreifbar zu machen sein. Oder hilft insoweit der »mündige Bürger«?

Multilateral

Wer in gehobener Stimmung an einer Theke im Revier einen alten Stammgast fragt, was er von »multilateralen Vereinbarungen« halte, muß mit Unvorhergesehenem rechnen. Er reagiert zunächst einmal sauer. Auf die Versicherung, man gehöre nicht zu denen von der anderen Wellenlänge und habe lediglich auf die Bedeutung mehrseitiger Verträge zwischen Ost und West hinweisen wollen, läßt sich wieder vernünftig plaudern. Die nächste Runde ist fällig.
Die Hoffnung jedoch, nun endlich zu erfahren, welchen Stellenwert der Mann auf der Straße »multilateralen Verträgen« einräumt, erfüllt sich nicht. Er ist zwar bereit, »multilaterale Vereinbarungen« gutzuheißen, wenn er weiß, worum es geht, ansonsten aber bleibt ein Rest von Mißtrauen.
Gott sei Dank ist unsere Sprache nicht so arm, als daß sie »multilateral« (mehrseitig) und bilateral (zweiseitig) nicht mit eigenen Worten ausdrücken könnte. Weshalb es Politiker und Funktionäre nicht beherzigen, ist schwer zu deuten. Vielleicht glauben sie, ein klares Deutsch und eine klare Aussage schade ihrem Persönlichkeitsbild. Daß dies eine völlige Fehleinschätzung ist, wissen sie offensichtlich nicht. Ein Thekengespräch in einer Eckkneipe des Reviers könnte ihnen die Augen öffnen.

Multiplikatoren

Wer in einer Sitzung das erste Mal von dem Anliegen hört, die neuen Erkenntnisse, Vorhaben, Ideen usw. müssen im Interesse einer »optimalen Kommunikation« gezielt durch entsprechende »Multiplikatoren« verbreitet werden, ist verwirrt oder wird gar von Minderwertigkeitsgefühlen heimgesucht. Formulierungen dieser Art wirken gerade wegen ihrer Unverständlichkeit immer. An der Richtigkeit »multiplikatorischer« Vorhaben wird kaum jemand zweifeln. Dies wäre auch unklug und könnte den Vorwurf der Unwissenheit zur Folge haben. Auch spielt das im Unterbewußtsein schlummernde Gefühl, da wird schon etwas dran sein, eine Rolle. Also muß man es gutheißen, schon um nicht in den Verruf zu kommen, rückständig zu sein.

Wer sich im nachhinein selbstfragend erinnert, was es denn eigentlich mit Multiplikation und Multiplikatoren auf sich hat, ist in hohem Maße verunsichert. Er stellt mit Erstaunen fest, daß es sich bei der Multiplikation um eine bereits in der Volksschule (heute heißt es wohl Hauptschule) geübte Grundrechnungsart handelt, nämlich um die Vervielfältigung einer Zahl mit einer vorgegebenen Zahl, z.B. 2 × 2. Das wirkt beglückend und verwirrend zugleich.

Denn, so wird man sich fragen, was hat es mit Multiplikatoren zu tun, wenn beispielsweise keine abstrakte Zahl multipliziert wird, sondern der Absatz von »grüner Seife« durch Einschaltung von Multiplikatoren gesteigert werden soll. Da gilt es, tiefer zu schürfen.

Unsere Sprache überträgt nämlich auch reine Fachausdrücke seit langem in die Allgemeinsprache. Und so wird heute der Begriff Multiplikatoren weit über den mathematischen Bereich hinaus verwandt. Auch Menschen oder Gruppen werden als Multiplikatoren angesehen, die kraft ihres Amtes oder aufgrund ihrer Sachkunde geeignet sind, größeren Gruppen oder sogar einer breiten Öffentlichkeit Unverständliches verständlich zu machen.

Wenn dem so ist, werden wir wohl mit Multiplikatoren leben müssen, obwohl diese Bezeichnung außerhalb der Mathematik nicht gerade sprachliche Lustgefühle erweckt. Tröstlich nur, daß es Schlimmeres gibt.

Nachvollziehen

Es wird immer ein Geheimnis bleiben, weshalb stets irgend etwas, so jedenfalls nach den Reden unserer Polit- und Parteioberen (Funktionäre aller Art eingeschlossen), »nachvollzogen« werden muß. So müssen z.B. neue Erkenntnisse, Ideen und Vorstellungen, die irgendwie in das eigene Programm passen, schleunigst »nachvollzogen« werden. Dies bedeutet nicht mehr und nicht weniger, als daß man sich sinnvollen Neuerungen nicht verschließen darf, diese vielmehr mit allen Mitteln fördern sollte. Das leuchtet ein. Aber weshalb in Gottes Namen »nachvollziehen«? Genügt es nicht, daß man sich für eine neue, gute Sache verwendet und einsetzt? Nein, so wird von Polit- und Parteiprofis versichert, dies genüge eben nicht. Wenn nämlich etwas »nachzuvollziehen« sei, so komme es nur noch darauf an, das Vorgedachte und von maßgeblicher Seite für richtig Erachtete in die Tat umzusetzen. Kritisches Nachdenken sei dann völlig fehl am Platze. Schließlich müsse das, was höheren Orts für »nachvollziehbar« befunden werde, auch gefälligst »nachvollzogen« werden.

So vollziehen wir also weiter nach. Die da oben werden es schon wissen, was uns guttut. Vertrauen ist alles.

Naßzelle

Wer sich plötzlich in einem Ausschuß wiederfindet, der sich mit der Erstellung einer Schulungsstätte für Anwärter des öffentlichen Dienstes zu befassen hat, muß vieles lernen. Da wird ihm von Sachverständigen und Bürokraten mit beredten Worten dargelegt, daß von der Bauplanung und Baugestaltung her wirklich an alles gedacht sei, um eine Schulungseinrichtung von höchster Güte zu schaffen: Schulungsräume (voll klimatisiert natürlich), Seminarräume, Ruhezonen, »multivisuelle« Einrichtungen, Aula, Räume für »gruppendynamische« Unterhaltungen, Kegelbahnen, Schwimmhalle, »Freizeitgehege« usw. usw.
Wer, an seine eigene Ausbildung denkend, geringe Zweifel hegt, ob dies alles zu einem höheren Ausbildungsstand beitragen könnte, wird sich bildungspolitischen Höhenflügen gegenübersehen. Untergründige Zweifel regen sich erst, wenn im Ausschuß von der Ausgestaltung der »Naßzellen« die Rede ist. Älteren Zeitgenossen, die noch die »Segnungen« des »3. Reiches« miterlebt haben, überfällt ein ungutes Gefühl. Mehr noch: sie sind schockiert. Mit derartigen Einrichtungen hatte man schließlich nicht nur im »3. Reich«, sondern auch in anderen Diktaturen unbotmäßigen »Dissidenten« (Ungläubigen) durch Kaltwasserbehandlung »Mores« (Sitte, Anstand) gelehrt.
Eingedenk dieser trüben Erinnerungen läßt sich nur mit Freude feststellen, daß es sich bei den vorgesehenen »Naßzellen« lediglich um den Einbau von Bad, Dusche, WC in Einzelzimmern handelt. Wer könnte da noch Naßzellen in Frage stellen.

Neue Dimensionen

Wenn man den Politikern glauben darf, leben wir in einer Zeit, wo alles und jedes »neue Dimensionen« erreicht. Geht es beispielsweise darum, daß eierlegende Hühner in umweltfeindlichen Legebatterien zu immer neuen Höchstleistungen aktiviert werden, so werden »neue Dimensionen« in der Eierproduktion sichtbar. Werden Schüler und Schülerinnen im Rahmen des Sexualunterrichts mit den unterschiedlichen Praktiken der Fortpflanzungstechnik vertraut gemacht, wird von »neuen Dimensionen« im Bereich zwischenmenschlicher Beziehungen gesprochen. Und wenn Politiker den Geburtenrückgang (trotz Sexualunterricht oder gar deshalb geißeln, werden, so jedenfalls nach den Reden der Politiker, »neue Dimensionen« erkennbar. Auch ergeben sich immer »neue Dimensionen«, wenn Gesetze genau das Gegenteil von dem bewirken, was sich die Gesetzemacher davon erhofft haben. Auch weniger brisante Themen, die unsere Gesellschaftsordnung berühren, werden ständig und stets mit dem Anspruch versehen, es gelte, Zeichen für »neue Dimensionen« zu setzen. So sei auch das Fahrrad als Fortbewegungsmittel angesichts der Ölkrise von »neuer Dimension«, desgleichen der Ausbau von Fahrradwegen, die Energiegewinnung durch Windmühlen und der Einsatz von Goldhamstern (die bekanntlich aus »Trimm-Dich-Gründen« durch Jogging ständig Trommeln zum rotieren bringen, was sich in Energie umwandeln läßt), die Schaffung von Fußgängerzonen, die Errichtung von Seniorenheimen usw. usw.
Nun wäre wahrscheinlich zu Recht von »neuen Dimensionen« zu sprechen, wenn man an die sinnlose Verschwendung von Steuergeldern und an die unvermindert anhaltende Gesetzesflut denkt. Aber das gehört sich natürlich nicht.

Nulltarif

Will man dem Duden Glauben schenken, so handelt es sich bei einem Tarif um die unverbindliche Festlegung von Preis- bzw. Gebührensätzen für bestimmte Lieferungen und Leistungen. Diese Deutung entspricht auch den zwischen den Tarifvertragsparteien (Gewerkschaften und Arbeitgebervereinigungen) ausgehandelten Tarifverträgen. Der »Nulltarif« ist indes von anderer Größenordnung. Hier geht es darum, daß insbesondere sozialistische Jugendorganisationen und kommunistische Vereinigungen beispielsweise den Anspruch erheben, daß die Benutzung der öffentlichen Verkehrsmittel kostenlos (zum Nulltarif) erfolgen muß. Wer könnte dem widersprechen? Denn wer möchte nicht gern ohne Bezahlung mit Bahn, Bus, U-Bahn und Straßenbahn durch die Gegend fahren? Die Frage, auf wessen Kosten dies geschehen soll, bleibt indes unbeantwortet. Dafür gibt es schließlich den »Nulltarif«. Und das ist ja wohl eine ausreichende Begründung!?

Nullwachstum

Daß »Null« auch Wachstum sein kann, ist beeindruckend, wenn auch schwer verständlich. Nach Adam Riese ergab Null mit einer noch so hohen Zahl vervielfältigt 0, dieses Ergebnis war mathematisch unanfechtbar. Damit hat es jetzt ein Ende. Wir wachsen weiter, auch wenn es unter dem Strich nichts bringt.Aber wer weiß das schon? Daher ist »Nullwachstum« eine gute Sache. Und der kleine Mann frohlockt: »Ist das etwa nichts, wenn unsere Politiker aus Null auch noch etwas Wachstum machen?« Wir sind zwar am Ende, aber wachsen trotzdem. Wie sagte doch Kaiser Wilhelm, »wir gehen herrlichen Zeiten entgegen«. Und um mit Papa Heuß, dem ersten Bundespräsidenten zu sprechen, »nun nullwachstumt mal schön«!

Nun siegt man schön

Dieser Ausspruch des ersten Bundespräsidenten nach dem 2. Weltkrieg, »Papa Heuß« (er »regierte« von 1949 bis 1959), hat viele Nachahmer gefunden. Es war anläßlich eines Besuchs von Teodor Heuß bei einem Manöver der neuerstandenen Bundeswehr (früher Wehrmacht genannt), als er den jungen Soldaten den Rat erteilte: »Nun siegt mal schön!« Dabei ist zu bedenken, daß Heuß nie Soldat war. Auch seine Nachfolger (Lübke, Heinemann), von Scheel und Carstens abgesehen, hatten nicht das »Glück«, im Krieg ihre Haut zu Markte tragen zu müssen. So wird diese Aussage verständlich. Bundespräsident Heuß war ein schöngeistiger Mensch. Das Kriegshandwerk war ihm fremd. Er verkörperte das Gegenteil seines Vorgängers, des Gründers des »1000jährigen« Reiches, der als Gröfaz (= größter Feldherr aller Zeiten = Adolf Hitler) auch die größten Niederlagen in Siege umzudeuten wußte. So ändern sich die Zeiten! Auf der einen Seite »Heldentum und Heldentod«, auf der anderen Seite die humorige Bemerkung für Soldaten, die ja schließlich auch das Vaterland verteidigen sollen, »Nun siegt mal schön!« Nun gibt es weder schöne noch häßliche Siege. Aber schön wäre es wohl für alle Menschen, wenn die Länder dieser Erde endlich damit aufhörten, mit Milliarden aufzurüsten und Soldaten auszubilden, deren Hauptaufgabe im Ernstfall darin besteht, die zufällig auf der Gegenseite stehenden Soldaten (Präsidenten, Minister und hohe Politiker ausgeschlossen) umzubringen. Dabei weiß jedermann, daß diese sinnlos für Rüstung herausgeworfenen Milliarden ausreichen würden, allen Bürgern dieser Welt ein menschengerechtes Leben zu ermöglichen. Nur die hohen Politiker wissen es offensichtlich nicht, obwohl sie angeblich die Interessen ihrer Völker vertreten.
Die Parole »Nun siegt mal schön!« wird also weiterleben, auch wenn von »Papa Heuß» nur scherzhaft gemeint. Im Ernstfall nämlich wird sich nichts ändern. Wir müssen, wenn es die Politiker (nicht das Volk) wollen, weitersiegen und »auf dem Felde der Ehre« fallen. Der »Dank des Vaterlandes« ist gewiß, allerdings nur dann, wenn schön gesiegt worden ist.
Schade nur, daß es gegen diesen Unsinn und Unfug keine Bürgerinitiativen gibt. Oder leben irgendwo und in irgendeinem Lande Menschen, die statt Eigenheime, Farbfernseher, Waschmaschinen usw. Panzer, Kampfflugzeuge, Soldaten haben möchten? Auch Politiker werden das wohl nicht annehmen. Dies alles ändert aber offensichtlich nichts

daran, daß auch über alles Lob erhabene Demokraten ihren Soldaten das »Siegen« anempfehlen. Warum gibt es eigentlich nicht auch in der hohen Politik »Preisabsprachen« wie in der kapitalistischen Wirtschaft mit dem Ziel, den Rüstungswahnsinn zum Nutzen der Bürger aller Nationen ein für allemal zu beenden? Statt dessen macht man in Salt-Abkommen, die nichts bringen und beliefert die 3. Welt mit Waffen, um den Entwicklungsländern zu helfen, sich selbst umzubringen.

Öffentliche Hände

Es gibt kaum einen Finanzminister, ob im Bund oder in den Ländern, der nicht in hohem Maße beklagt, daß die immer unerträglicher werdenden Steuern auf ein erträgliches Maß herabgesetzt werden müßten. Was dem entgegenstehe, so wird versichert, seien die »öffentlichen Hände«, die für alles und jedes immer mehr Geld beanspruchten. Die Finanzminister sagen also nicht, daß sie immer mehr Geld dem Steuerzahler aus der Tasche ziehen wollen. Sie sind ja so bescheiden! Schuld daran hätten nur die »öffentlichen Hände«.

Was, fragt sich der gebeutelte Steuerzahler, habe ich mit den »öffentlichen Händen« zu tun! Ihm ist zwar geläufig, daß »öffentliche Häuser« aus vielerlei Gründen eine nützliche Einrichtung sein mögen. Er weiß in aller Regel auch, daß es eine Unzahl öffentlich rechtlicher Körperschaften gibt (Sozialversicherungsträger, Handwerkskammern usw.) und – wenn er literarisch interessiert ist – auch, was es mit den »Schmutzigen Händen« von Paul Sartre auf sich hat. Nur mit den »öffentlichen Händen«, die immer mehr Geld von ihm haben wollen, weiß er wenig anzufangen. Mißtrauen breitet sich aus. Daß er Steuern zahlen muß, und zwar in hohem Maße, ist ihm nicht fremd. Was ihn verunsichert, ist nur, daß nach den Reden der Finanzexperten nicht Bund, Länder und Gemeinden immer mehr Geld haben wollen (daran hat er sich gewöhnt), sondern die bösen »öffentlichen Hände« die Hand aufhalten. Daß Bund, Länder und Gemeinden begrifflich mit den sogenannten »öffentlichen Händen« im wesentlichen identisch sind, wird schamhaft verschwiegen. Dem Erfinder dieses Begriffes sollten die »öffentlichen Hände« ein Denkmal setzen.

Parteibuchbeamter

Dieser Begriff hat eine lange Geschichte. Schon in der Weimarer Zeit und noch mehr in der Nazizeit wußte jeder Einsichtige, daß eine hohe Stelle in der Beamten- und Staatshierarchie von der Mitgliedschaft in einer entsprechenden Partei abhing. Im 3. Reich war dies ziemlich einfach, weil es nur eine Partei gab: die NSDAP. Die Frage, bei welcher Partei man am besten Karriere machen konnte, stellte sich nicht. In den Nachkriegsjahren war dies schon wesentlich schwieriger. Es gab mehrere Parteien. Die Karrieremacher waren also schon genötigt, zur rechten Zeit das »richtige Parteibuch« zu erwerben. Hatten sie »richtig« gewählt, war ihnen ein höheres Amt mit Pensionsberechtigung sicher. Schade eigentlich, daß ohne das richtige Parteibuch (ob SPD, CDU, CSU, FDP usw.) höhere Posten – trotz hoher beruflicher Befähigung – in der Regel nicht erreichbar sind. Nun ist sicher etwas dran, daß ein Zuviel an Sachkunde den Blick für wichtige Entscheidungen trübt. Daher: Je höher das Amt, um so weniger ist Sachkunde gefragt. Um es noch deutlicher zu sagen: Wer sachkundig ist, ist im allgemeinen für höhere Positionen ungeeignet. Und wer nur bis 3.000,-- DM im Monat verdienen will, muß viele Prüfungen bestehen. Wer ein Mehr- oder Vielfaches davon verdienen will, ist von Leistungsnachweisen frei. Er muß nur das richtige Parteibuch haben und ist seiner »Bestallung« sicher. Nun wäre auch das noch zu ertragen, wenn dies nicht häufig dazu führen würde (und wohl auch muß), dem Parteibuchbeamten einen sachkundigen »Nichtparteibuchbeamten« zur Seite zu stellen (genauer: zu unterstellen), damit auch die dem Amt obliegenden Aufgaben erledigt werden können. Das erfordert zwar eine zusätzliche Planstelle; aber das ist wohl im Interesse der Sache ohne Belang, zumal Kostendenken im öffentlichen Dienst nur auf unterster Ebene eine Rolle spielt.

Pluralistische Gesellschaft

Wer ist nicht zutiefst beeindruckt, wenn im Parlament und auch sonst die »pluralistische Gesellschaftsordnung« entweder im negativen Sinne angeprangert oder aber als der »Weisheit letzter Schluß« gepriesen wird. Nur weiß eigentlich kaum jemand, worum es geht.

Fragt man Politiker, was es damit auf sich habe, erhält man die beruhigende Versicherung, es gehe dabei gar nicht um neue Erkenntnisse. Man wolle nur »deutlich« machen, wie wichtig es sei, die Vorstellungen unserer Gesellschaft über eine heile Arbeits- und Freizeitwelt mit der gesellschaftlichen Wirklichkeit in Einklang zu bringen. Das ist, wer könnte daran zweifeln, eine wichtige Sache. Dies um so mehr, als »Pluralismus« nach Duden u.a. auch als eine Gesellschaftsordnung zu deuten ist, die der Vielfalt der gesellschaftlichen Gruppen und Wertvorstellungen Rechnung trägt. Wer könnte das nicht gutheißen? Denn wo kämen wir hin, wenn nicht alle gesellschaftlichen Gruppen, vom Kaninchenzüchterverein bis hin zur Vereinigung gefallener Mädchen bei der politischen Meinungsbildung Berücksichtigung fänden? Das Leben hat seine Gefahren und ist von einer reichen Vielfalt. Wie schön, daß unsere Politiker dies erkannt haben und uns damit zu noch mehr Glückseligkeit verhelfen.

Politologe

Immer mehr Politologen bevölkern unser Land und haben dann und wann als Professoren Gelegenheit, im Fernsehen aufzutreten. Dabei entwickeln sie die beneidenswerte Gabe, nicht nur uns als Fernsehzuschauer zu belehren, sondern auch die Politiker, und selbst solche, die sogar etwas von Politik verstehen, was ja mitunter vorkommen soll.
Nun sind »Politologen« laut Wörterbuch Wissenschaftler auf dem Gebiet der Politologie, und Politologie ist die Wissenschaft von der Politik. Hier »beißt sich also die Katze in den Schwanz«. Unsicherheit breitet sich aus. Man weiß nicht so recht, worum es eigentlich geht. Schließlich kommt man dahinter, daß Politologen Menschen männlichen oder weiblichen Geschlechts sind, die Politik als Wissenschaft betreiben, also herauszufinden versuchen, welche Maßnahmen zur Führung, Erhaltung und Verwaltung eines Gemeinwesens sowie zur Wahrung der Interessen und Ziele im Verhältnis zu anderen Staaten notwendig sind. Da läßt sich aufatmen. Nur fragt man sich, zu welchem »Nutz und Frommen« dies geschieht, zumal durch ein solches Politologiestudium viele leistungsfähige und mit der Wirklichkeit nicht vertraute junge Leute von einem traditionellen Studium abgehalten werden. Denn, wie jedermann weiß, läßt sich Politik nicht erlernen, auf keinen Fall durch ein wissenschaftliches Studium. Man hat's oder man hat's nicht.
Sicher kann es hilfreich sein, wenn Politiker in ihren Jugendjahren ein ernsthaftes Studium mit Erfolg hinter sich gebracht haben. Und es ist gewiß nicht schädlich, wenn sie z.B. beide juristische Staatsexamen (Referendar und Assessor) mit überdurchschnittlichen Ergebnissen abgelegt haben. Auch muß es nicht unbedingt abträglich sein, wenn ein Landwirtschaftsminister Landwirtschaft, ein Wissenschaftsminister Philologie und ein Wirtschaftsminister Wirtschaftswissenschaften studiert hat, noch dazu, wenn er sich darüber hinaus in »freier Wildbahn« – also beispielsweise als Rechtsanwalt, als Leiter eines landwirtschaftlichen Betriebes, als Lehrer und Dozent oder als Betriebsleiter – bewährt hat. Auch Kanzler verdienen Achtung, wenn sie durch ein ernst zu nehmendes, erfolgreiches Hochschulstudium die damit verbundene Mühsal am eigenen Leibe erfahren haben. Sich im stillen Kämmerlein schwierige Sachkenntnisse anzueignen, erfordert Disziplin, Ausdauer und Zielstrebigkeit; es formt und prägt den Menschen, der später einmal hohe Verantwortung zu tragen und wichtige Entscheidungen zu treffen hat.

Allein der mühsame Weg einer volljuristischen Ausbildung – auch Bismarck, Goethe, Stresemann, Adenauer, Heinemann waren Juristen – kann segensreich sein, wobei es weniger auf die Anreicherung von Paragraphenkenntnissen ankommt, vielmehr auf die Erlernung logischen Denkens und die Fähigkeit, Sachverhalte zu erfassen und das Wesentliche vom Unwesentlichen unterscheiden zu lernen. Entsprechendes gilt natürlich auch für andere Fachgebiete, wobei keineswegs verkannt werden soll, daß es Naturtalente gibt, die dies alles nicht brauchen. Sie sind begnadete Einzelgänger von hohen Graden und haben Anspruch auf unser aller Anerkennung. Leise Zweifel regen sich allerdings dann, wenn in den einschlägigen Lebensläufen von Politikern als Berufsbezeichnung »Journalist« auftaucht. Da sind Berufe wie »Werkzeugmacher«, »Stahlwerker«, »Einzelhändler«, »Prokurist« oder »Abteilungsleiter« schon sympatischer. Und wer sich gar als »Politologe« ausweist, begegnet meist Mißtrauen. Diese Bedenken sind wahrscheinlich auch Grund dafür, daß »Politologen« nirgendwo – weder in Industrie, Wirtschaft, Verbänden oder Verwaltung – gefragt sind. Warum sie dennoch »produziert« werden, bleibt das Geheimnis unserer Bildungspolitiker. Sie können im Gegensatz zu Wirtschaftsunternehmen am Markt vorbeiproduzieren, weil sie weder Konkurse noch wirtschaftliche Nachteile zu befürchten haben. So werden also weiter Politologen ausgebildet, obwohl sie niemand haben will. Ihre Einsatzmöglichkeit beschränkt sich auf einschlägige Assistentenstellen an den Hochschulen zwecks Ausbildung neuer Politologen. So schließt sich der Teufelskreis. Denn was sollen Politologen, die niemand will und braucht und wo sollen sie hin, wenn auch die Hochschulen davon übersättigt sind? Sie gehen auf die Straße und protestieren gegen alles und jedes.

PR (Public Relations)

Es ist in unserer sozialen Marktwirtschaft, darüber gibt es keine Zweifel, ein berechtigtes Anliegen von Industrie, Wirtschaft und Handel, »Öffentlichkeitsarbeit« (PR = Public Relations) zu betreiben, d.h. über die unmittelbare Werbung für Erzeugnisse aller Art hinaus durch eine gekonnte Selbstdarstellung Vertrauen zu erwecken, Kontakte zu suchen und im Rahmen einer umfassenden Information den Konsumenten das Gefühl zu geben, gut beraten zu sein, wenn er sich für ein Erzeugnis dieser oder jener Firma entscheidet. Dies ist eine Sache, die in unsere leistungsorientierte soziale Marktwirtschaft paßt.

Indes breitet sich Mißbehagen aus, wenn diese in unserer freien Marktwirtschaft unerläßlichen werblichen Maßnahmen auch im »öffentlichen Bereich«, d.h. auf staatlicher und kommunaler Ebene unter Verschwendung von Steuergeldern Eingang finden, und zwar mit dem Ziel, die jeweils Regierenden an der Macht zu halten. So wird man vor jeder Wahl von den regierenden Parteien mit einer Flut von Broschüren beglückt, in denen nachzulesen ist, was die gutbezahlten Politiker alles für uns getan haben. Besonders störend empfinden es hartgebeutelte Steuerzahler, wenn in diesen Schriften die jeweils amtierenden Minister, Regierungspräsidenten, Oberbürgermeister usw. abgebildet sind. Nun haben wir ja seit Hitler Gott sei Dank den Personenkult abgelegt. Deshalb fragen sich immer mehr kritische Bürger, welchen Sinn es haben soll, daß alle möglichen Broschüren der Bundesregierung und der Länderregierungen, aber auch solche von Städten und Gemeinden, mit Konterfeis (Bildern) der jeweiligen Minister, Oberbürgermeister usw. versehen, nötig sein sollen. Wer kann schon noch der Meinung sein, es komme auf das äußere Erscheinungsbild eines Ministers, Regierungspräsidenten, Oberbürgermeisters usw. an. Sachverstand, Leistung, Bürgernähe, Bescheidenheit haben bei unseren Bürgern einen höheren Stellenwert. Und so stellt sich die Frage, ob die Politiker, die sich bei jeder passenden und unpassenden Gelegenheit in amtlichen Faltblättern und Heften, von Wahlplakaten ganz zu schweigen, in edler Pose von ihrer »Schokoladenseite« her abbilden lassen, wirklich glauben, damit ihre Unentbehrlichkeit beweisen zu können. Selbst wenn diese Rechnung aufginge – und die PR-Manager werden ja gute Gründe haben, dies anzunehmen –, dürfte eine solche Art der Selbstbeweihräucherung unter Einsatz von Steuergeldern kaum heiter stimmen. Damit soll nichts gegen eine umfassende Sachinformation unserer Bürger zu allen uns bewegenden Fragen gesagt werden. Das ist notwendig und nützlich. Aber Konterfeis von Ministern usw. überall und immer, muß das sein? Persil wirbt ja auch nicht mit dem Bild des Herrn Henkel. Im übrigen: es gibt so hübsche Fotomodelle.

Pragmatismus/Programmatik

Fremdwörter haben es in sich, Politiker und Funktionäre wissen davon. Sie kennen auch die Wirkung. Der sogenannte »kleine Mann« schätzt es, wenn die von ihm gewählten Vertreter mit geschliffenen Worten vollbrachte Wohltaten loben und Vorstellungen für die Zukunft anpreisen. Er weiß sich in guten Händen und in seiner Wahl bestätigt, wenn er von pragmatischen Notwendigkeiten und programmatischen Forderungen hört. Zwar sind die Unterschiede dieser fast gleichlautenden Begriffe nicht jedermann geläufig. Aber der so Angesprochene hat das Gefühl, so wird es wohl richtig sein. Denn pragmatisch zu handeln und programmatisch zu fordern, das ist ja schließlich etwas. Daß es dabei um zwei Paar Schuhe geht, interessiert nicht. Wer versucht, diese Unterschiede zur Sprache zu bringen, stößt meist auf Unverständnis und Mißtrauen. Daß sich pragmatisches Handeln mehr auf das jeweils Machbare erstreckt; programmatische Vorstellungen aber zukunftsweisend unverzichtbare Zielsetzungen bis hin zur Gesellschaftsveränderung anstreben, ist weitgehend unbekannt.

Daher wäre es sicher ehrlicher, im Klartext zu sagen: »Liebe Freunde, dies und dies ist machbar, vertretbar und durchsetzbar, aber dies und jenes müssen wir erst als unsere Zielvorstellung (= Programm) durchzusetzen versuchen. Haltet Ihr das für richtig, seid Ihr einverstanden, und billigt Ihr insoweit unser Vorgehen?«

Statt dessen wird in Pragmatismus und Programmatik »gemacht« und der »Mann auf der Straße«, auf den es schließlich ankommen sollte, ist verwirrt und im unklaren gelassen. Weshalb eigentlich?

Profilneurose

Es wäre unlauter zu behaupten, daß wir nicht alle mehr oder weniger »profilneurotisch« veranlagt sind, d.h., der Drang zu menschlicher Selbstbestätigung ist bei jedem vorhanden. Übertriebene Bemühungen hierzu, die z.T. Züge der Unverständlichkeit bis hin zur Lächerlichkeit annehmen, machen die eigentliche Profilneurose aus.

Wer das Glück oder Pech hat, an vielen Sitzungen teilnehmen zu müssen, wird Profilneurotikern immer wieder begegnen. Obwohl man mit ihnen vor und nach der Sitzung durchaus vernünftige Gespräche führen und auch über den Unfug vieler meist unnötiger Zusammenkünfte scherzen kann, gebärden sie sich in den Sitzungen urplötzlich »wie aus heiterem Himmel« als Fürsprecher und Verfechter von Thesen, die bei näherer Betrachtung nur »Schall und Rauch« sind. Ist man länger im Geschäft und weiß man etwas Bescheid, erkennt man, daß diese profilneurotischen Höhenflüge lediglich zum Nachweis dafür dienen, wie man sich wieder einmal für den eigenen »Verein« selbstlos eingesetzt hat. Man hat »auf den Putz gehauen« und denen da oben die Meinung gesagt. Und man kann sich im eigenen Hause mit Fug und Recht behaupten, rechtfertigen und Punkte sammeln. Die Wiederwahl ist gesichert.

So gesehen sollte man vielleicht auch hohen Politikern (Minister eingeschlossen) nicht verübeln, wenn sie sich ständig als »Profilneurotiker« gebärden. Da brauchen nur das Fernsehen, »Bildzeitung«, »Spiegel« oder »Stern« anzuklopfen, sie sind sofort bereit, die Hosen herunterzulassen und Profil zu zeigen, auch wenn die gestellten Fragen noch so schwachsinnig sind.

Proporz, konterkarieren

Der mit Fremdwörtern nur wenig vertraute Bürger ist in aller Regel beeindruckt, wenn Politiker und Funktionäre von der Notwendigkeit sprechen, der »Proporz« müsse auf jeden Fall gewahrt und nicht durch listige Manipulationen (= Machenschaften) »konterkariert« werden. Nun gibt es Politiker, die wissen, was sie sagen, aber es gibt auch »Schlitzohren«, bei denen das Wortgeklingel einen höheren Stellenwert hat als eine sachliche Information.
Wie dem auch sei:
Nur wenige Bürger wissen mit derartigen Redensarten etwas anzufangen. Es wäre müßig, den Kumpel im Revier darüber nach seiner Meinung zu fragen. Er wäre verunsichert und in hohem Maße argwöhnisch. Sicher mit Recht.
Wer nun selbstkritisch fragt, worum es denn eigentlich gehe, wird ernüchtert, weil »Proporz« lediglich die Verteilung von Ämtern nach Stärke der Parteien, Konfessionen usw. bedeutet und »konterkarieren« nur soviel, daß versucht wird, die eine oder andere unbequeme Besetzung eines Amtes zu hintertreiben. Da dies in politischem Raum an der Tagesordnung ist, wozu diese Vernebelungstaktik mit nicht jedermann verständlichen Begriffen? Warum sagt man nicht, daß beispielsweise die proporzbedingte Besetzung in Rundfunkräten nicht sachbezogen, sondern partei-, konfessionell- und gewerkschaftsbezogen erfolgt, und es sich nur daraus erklärt, daß sich die arbeitende Bevölkerung an Samstagen und Sonntagen (wo die Frau im Haushalt und der Mann im Beruf einmal Zeit haben) von den angebotenen Programmen häufig enttäuscht sieht. Wann werden diese, von jedem Konkurrenzdruck befreiten öffentlichrechtlichen Anstalten endlich verstehen, daß sie uns nicht politisch zu bevormunden, sondern objektiv zu unterrichten und vor allem nach des Tages Müh' und Arbeit zu entspannen und zu erheitern haben.
Offensichtlich haben dies die glänzend bezahlten Rundfunkintendanten noch nicht begriffen. Sie schweben über den Wassern. Vielleicht fürchten sie deshalb ein privates Fernsehen? Ist es wirklich so schädlich, wenn neben einem obrigkeitlich verordneten Programm auch die Wünsche der Fernsehzuschauer Berücksichtigung fänden?
Weshalb das undemokratisch sein soll, ist schwer zu begreifen. Schließlich haben wir (noch?) eine soziale Marktwirtschaft und Wettbewerb hebt das Geschäft. Warum nicht auch auf diesem Gebiet?

Quantifizieren

Während Begriffe, wie Qualifikation oder »sich qualifizieren müssen«, auch in unserer Umgangssprache von der Mehrheit unserer »mündigen Bürger« verstanden werden – sie verbinden damit in der Regel die Notwendigkeit, daß man, um vorwärts zu kommen, etwas können und leisten muß –, wissen sie im allgemeinen mit der schön klingenden Redewendung, dies oder jenes sei noch zu »quantifizieren«, nichts anzufangen. Um ehrlich zu sein: Wer vermag das schon, auch wenn sich Politiker, aus welchen Gründen auch immer, in zunehmendem Maße befleißigen, von der Notwendigkeit des Quantifizierens zu sprechen. Geschieht dies, breitet sich oft Ratlosigkeit aus. Wenn Politiker aber mit erhobener Stimme die Vorzüge neuer Reformen auf allen möglichen Gebieten (Steuer, Schule, Bildung, Solzialversicherung usw.) mit der Einschränkung verheißen, man müsse nur noch prüfen, wie dies zu quantifizieren sei, bleibt »kein Auge trocken«. Wer kommt schon auf die Idee, wegen dieses Begriffes im Duden nachzuschlagen, um herauszufinden, daß es dabei nur darum geht, etwas »in meßbaren Größen darzustellen«. Auch daraus läßt sich lernen: Man hüte sich davor, die Erklärungen hoher Politiker allzu wörtlich zu nehmen. Sie wissen ohnehin oft nicht, wovon sie sprechen, weil sie schließlich ihre Leute haben, die die Reden ausarbeiten. So wird weiterhin »quantifiziert« werden, auch wenn kaum jemand weiß, was es damit auf sich hat.

Rechte, Linke, Konservative, Liberale, Rote, Schwarze, Bunte, Grüne, rechts oder links von der Mitte usw. usw.

Obwohl unsere Parteienlandschaft z.Zt. hauptsächlich von drei Parteien (CDU/CSU, SPD, FDP) »bepflanzt« ist – oder gerade deshalb? –, werden ständig Variationen »gehandelt«. So gibt es, wenn man den Reden der Politiker trauen darf, selbst in den etablierten Parteien die unterschiedlichsten Gruppierungen: rechte oder linke Sozialdemokraten, demokratische Sozialisten, soziale Demokraten, rechte Christlich-Soziale, rechte oder linke Christdemokraten, rechte oder linke Liberale und Politiker aller Schattierungen rechts oder links von der Mitte. Dazu gesellen sich sogenannte Grüne oder Bunte, die den Umweltschutz auf ihre Fahnen geschrieben haben. Schließlich werden auch noch die Begriffe konservativ und liberal mehr oder weniger von allen Parteien als ureigenstes Gedankengut beansprucht. So nimmt es nicht wunder, daß im Hinblick auf den politischen Standort Eppler (SPD) mit Blüm (CDU), Schmidt (SPD) mit Dregger (CDU) und Strauß (CSU) mit Lambsdorf (FDP) verwechselt werden, von Genscher und Mischnik (beide FDP) ganz zu schweigen, weil es ihnen weder um links, rechts, liberal noch konservativ, sondern allein ums Überleben geht. Als Seiltänzer der Nation müssen sie mit Blick auf die 5%-Klausel stets darauf Bedacht nehmen, wie sie ihre Beteiligung an der Regierungsgewalt (als Zünglein an der Waage) mit Ministersesseln bewahren oder erreichen können. Kompliziert wird dies alles noch durch die »Grünen« oder »Bunten«, die uns weismachen wollen, daß Kernkraftwerke schädlich sind und der Genuß von natürlich gedüngtem grünen Salat mehr »Lebensqualität« verbürgt. Dieses Wirrwarr geht so weit, Helmut Schmidts einzigen Nachteil darin zu sehen, daß er nicht der richtigen Partei angehöre. Damit ist eigentlich alles gesagt: Die Linken in der CDU und die Rechten in der SPD stimmen nahezu überein. Sie dürfen es nur nicht sagen. Entsprechendes gilt für die Rechten von FDP und CDU/CSU und für die Linken in der SPD mit den linksorientierten Vertretern der FDP.

Einfacher erscheint demgegenüber die Unterscheidung von »Roten« und »Schwarzen«. Die Einordnung der »Schwarzen« ist verhältnismäßig leicht. Dabei handelt es sich keineswegs um »mündige Bürger« mit schwarzer Hautfarbe. Im Gegensatz zu den USA oder auch Großbritannien haben wir da keine. Als »Schwarze« werden vielmehr stramme Vertreter der CDU und CSU bezeichnet, wahrscheinlich abgeleitet von der in schwarz gehaltenen Amtstracht der Geistlichen, die von der Kanzel – obwohl es eigentlich nicht ihres Amtes ist – gelegentlich christdemokratisches Wohlverhalten anempfehlen.

Bei der Einstufung »rot« gibt es keine Schwierigkeiten. Da hat sich seit der Weimarer Republik nichts geändert. Alles, was sich links von der SPD oder der FDP angesiedelt hat, ist rot.

Der nüchterne Betrachter wird diese Verallgemeinerungen entweder mit Miß- oder Wohlbehagen zur Kenntnis nehmen. Er weiß: Die »Linken« von der CDU und die »Rechten« von der SPD sind in ihrer Grundhaltung deckungsgleich. Das ist nun einmal das Schicksal großer Volksparteien.

Wenn dennoch die in den Parlamenten vertretenen Parteien, insbesondere vor Wahlen, verkünden, es gäbe keine Alternative im Hinblick auf eine Koalition, kann man als »mündiger Bürger« und Wähler nur still vor sich hin weinen. Denn der vielgerühmte »mündige Bürger« wählt eine Partei, weil er das Gefühl hat, sie werde sich – in welcher Verbindung auch immer – für seine Anliegen im Rahmen des Möglichen einsetzen. Welche Koalition sie zu diesem Zweck eingeht oder eingehen muß, sollte eigentlich nicht Sache des Wählers, sondern der Gewählten sein.

Ressourcen

Fragen Sie den Mann im Revier (nicht am Klavier), was eine »Ressource« ist, kommt Erstaunliches zutage. Wer weiß schon noch, daß dieser Begriff in die politische Arena von dem früheren Wirtschaftsminister Friderichs eingeführt worden ist. Viele überkommt, wenn sie von Ressourcen hören, ein Gefühl der Lust, um nicht zu sagen der »Lüsternheit«, weil sie darunter neue Erkenntnisse asiatischer Sexpraktiken vermuten. Gibt man zu bedenken, daß hiervon der Wirtschaftsminister gesprochen habe, ficht sie dies nicht an. Immerhin, so meinen viele, sind Minister ständig unterwegs, vor allem auch in exotischen Ländern. Wer den irrenden Zweiflern klar zu machen versucht, daß Ressourcen nicht etwa »Lustobjekte« i.S. von Alice Schwarzer sind, sondern nur natürliche Produktionsmittel, Hilfsquellen, Reserven, aber auch Geldmittel, breitet sich Enttäuschung aus. Eigentlich schade, daß »Ressourcen« sowenig mit allzu menschlichen Neigungen zu tun haben. Dennoch kann es sich anscheinend kein Politiker leisten, nicht auf die Wichtigkeit von »Ressourcen« hinzuweisen, auch und gerade deshalb, weil es kaum jemand versteht.

Roß und Reiter

Wer die Parlamentsdebatten verfolgt, wird feststellen, daß häufig jemand von irgendwem übler Machenschaften und verurteilungswürdiger Mißgriffe beschuldigt wird. Die Vertreter der jeweils angegriffenen Parteien begeben sich dann in der Regel mit der (meist nicht ernst gemeinten) Forderung in die Arena, der Gegner möge »Roß und Reiter« nennen. Versucht man dahinterzukommen, was das ist, bleibt nur der Duden. Aber auch dort findet man keine Erklärung. Dort ist lediglich verzeichnet, daß Rösser Pferde eines edlen, feurigen Geschlechts sind und daß derjenige, der meint, auf einem hohen Roß zu sitzen, ein hochmütiger und bedauernswerter Zeitgenosse ist.

Mit der Aufforderung, nun aber endlich »Roß und Reiter« zu nennen, ist daher wenig anzufangen. Hier wird wieder einmal vor Augen geführt, zu welchen sprachlichen Höhenflügen unsere Parlamentarier fähig sind. Was bedeuten ihnen – sprachlich gesehen – schon Worte. Hauptsache ist, es kommt an. Und wenn jemand im Parlament auftritt und den Gegner auffordert, »Roß und Reiter« zu nennen, so kann er sich des Beifalls seiner Partei sicher sein, selbst wenn es nur ein »Windei« ist.

Wer »über den Zaun blickt«, weiß natürlich, daß die Forderung, »Roß und Reiter« zu nennen, darauf hinausläuft, Farbe zu bekennen. Und welcher Politiker will das schon? Akte der Selbstkastration sind selten, im übrigen auch schmerzhaft. Und nur im äußersten Notfalle, wenn es gar nicht anders geht, steigt auch einmal ein Politiker vom hohen Roß. Und wenn es sich wirklich einmal nicht umgehen läßt, »Roß und Reiter« zu nennen, dann nur im Rahmen des unbedingt Notwendigen und Beweisbaren.

Roter Teppich

Es vergeht kaum eine Woche, wo nicht Staatsgäste von hohem Rang (vornehmlich Präsidenten) in Bonn oder unsere hohen Repräsentanten (Bundespräsident, Bundeskanzler usw.) in fremden Ländern mit großem Zeremoniell empfangen werden. Der »rote Teppich«, auf Flugplätzen oder vor Amtssitzen hoher »Staatsfürsten« ausgerollt, spielt dabei eine ebenso wichtige Rolle wie das Abspielen der Nationalhymne und das Abschreiten von Ehrenformationen. Dies alles wiederholt sich dann noch einmal, wenn der Staatsgast auf dem Flugplatz verabschiedet wird. Steigt der Staatsgast in die Staatsmaschine, findet schon mit Blick auf das Fernsehen ein freundliches »Winke Winke« statt.

Als gebeutelter Steuerzahler fragt man sich natürlich, welch höheren Sinn das alles haben soll. Betrachtet man es unter vernünftigen Gesichtspunkten, läßt sich für diesen Aufwand kaum eine Erklärung finden, zumal derartige Empfangs- und Abschiedszeremonien ohne Rücksicht darauf zelebriert werden, ob die Besuche »nützlich« waren oder nicht.

So stellt sich die Frage:
Brauchen wir wirklich diesen Klimbim? Ist es vertretbar, daß unsere angeblich zeitlich so stark in Anspruch genommenen Politiker ihre kostbare Zeit mit diesen von Kaisern, Königen und Fürsten zum Zwecke der Selbstbeweihräucherung erfundenen Zeremonien verschwenden? Wem nützt das Abschreiten von Ehrenkompanien, das Abspielen von Nationalhymnen oder gar das Abfeuern von Salutschüssen, was wohl nur Staatsoberhäuptern vorbehalten ist, in Sonderfällen aber auch weniger Betuchten zuteil werden kann.
Nun läßt sich entgegenhalten, dies alles sei schon aus Gründen der Tradition und wegen des internationalen Brauchtums nicht zu umgehen. Warum eigentlich? Wäre es nicht sinnvoller, die Gelder für diesen kostspieligen Aufwand sozialen Zwecken zuzuführen? Gewiß sind Staatsbesuche notwendig. In der privaten Wirtschaft ist das nicht anders. Ohne persönliche Kontakte geht es nicht, und Geschäftsbesuche müssen sein. Dennoch würde kein Industrieboss, noch weniger ein kleiner Unternehmer, auf die Idee kommen, seinen Geschäftspartner mit rotem Teppich, Salutschüssen, Abschreiten einer vom Betrieb gestellten Ehrenformation oder gar mit dem Abspielen eines Liedes (wobei sich

der Karnevalsschlager: »Wer soll das bezahlen« anbieten könnte) zu empfangen. Die Antwort ist einfach. Der Unternehmer muß rechnen; er kann sich einen solchen Luxus nicht leisten, zumal derartige Ausgaben nach den strengen Regeln unserer Steuergesetzgebung nicht als Betriebsausgaben abgebucht werden können. Weshalb aber soll es im staatlichen Bereich, nur weil es auf Kosten der Steuerzahler geht, anders sein? Ein vernünftiger Grund hierfür ist nicht ersichtlich.

Daher wäre es vielleicht gar nicht so abwegig, die roten Teppiche einzurollen. Es tut zwar nicht weh, fremdes Geld (Steuergelder) unter dem Vorwand höherer Staatsinteressen auszugeben. Andererseits: Sind die hohen Staatsgäste und ihre hohen Gastgeber wirklich so sehenswert, daß man in Verzückung geraten könnte, wenn sie in ihren meist zerknitterten Anzügen, häufig noch außer Schritt, die Ehrenkompanie abschreiten?

Und was die Soldaten dieser Ehrenkompanie angeht: Könnte es nicht eine sinnvollere Verwendung für sie geben?

Sachzwang

Wenn von hohen Ministern, Staatsministern (= Staatssekretär de luxe) und parlamentarischen Staatssekretären im Bundestag, im Fernsehen und Funk verkündet wird, daß es gewisse »Sachzwänge« gäbe, denen man sich nicht entziehen könne, befallen Zuhörer und Fernseher Ehrfurcht und Zweifel. Zweifel deshalb, weil sie mit dieser Begründung (Sachzwang) kaum etwas anfangen können. Auch leuchtet ihnen nicht ein, weshalb Politiker vor ihrer Wahl oder ihrer Bestätigung in hohen Partei- und Staatsämtern viele anerkennenswerte Vorhaben als unverzichtbare Forderungen und hehre Ziele verkündet haben, nach ihrer Wahl wegen der Sachzwänge jedoch nichts mehr davon wissen wollen. So einfach ist das! Und wie beruhigend! Da haben wir doch vortreffliche uneigennützige und hochqualifizierte Partei- und Politvertreter, die gern unsere Interessen – wie versprochen – verfechten würden, aber unglückseligerweise wegen der Sachzwänge das Gegenteil von dem vertreten müssen, was sie uns vor ihrer Wahl als Glückseligkeit verheißen haben. Man sieht, mit Sachzwängen läßt sich alles machen. Da kann natürlich von »Umfallen« und »leeren Versprechungen« keine Rede sein. Schließlich sind die Gewählten rein wie Engel. Sie möchten ja gerne, nur die bösen Sachzwänge hindern sie an ihrem so hochwohllöblichen Tun.

Schreibtischtäter

Der Begriff »Schreibtischtäter« ist unserem Strafgesetzbuch fremd. Täter im Sinne unseres Strafrechts ist derjenige, der einen Straftatbestand verwirklicht, so z.B., wer eine fremde, bewegliche Sache wegnimmt (Diebstahl: § 242), einen Menschen tötet (Mord oder Totschlag: §§ 211, 212), eine Frau vergewaltigt (§ 233). Zu diesen Delikten kann natürlich auch angestiftet (§ 26) oder Beihilfe (§ 27) geleistet werden. Eine Schreibtischtäterschaft hingegen kennt unser Strafgesetz nicht.

Dieser Begriff wurde erfunden, als es nach dem Kriege und am Ende des 1000jährigen Reiches darum ging, auch diejenigen zur Verantwortung zu ziehen, die vom Schreibtisch aus die NS-Verbrechen, insbesondere die Vernichtung der Juden in teuflischer Weise geplant und gelenkt haben. Das ist rechtens, weil Täter nicht nur der ist, der selbst Hand anlegt, sondern auch derjenige, der mit Wissen und Wollen aller Tatumstände zum »Erfolg« beigetragen hat. So ist auch derjenige Täter, der die Straftat durch andere begeht (§ 25).

Daß unbeschadet dieser rechtlich einwandfreien Auslegung in der Vergangenheit auch armselige »Würstchen« unter die Räder gekommen sind, die in untergeordneter Position Güterwaggons zu dirigieren hatten, in denen zufällig auch Juden transportiert wurden, gehört zu den Ungereimtheiten einer Strafjustiz, die – aus welchen Gründen auch immer – auch politische Rücksichten zu nehmen hatte. Wenn schließlich selbst der Bundespräsident Lübke als »Schreibtischtäter« verdächtigt werden konnte, weil er im Krieg am Bau von Barracken mitgewirkt hat (wo möglicherweise auch Juden untergebracht waren), so beweist das die Unsinnigkeit dieser Begriffsbildung. Dabei ist es von untergeordneter Bedeutung, daß die »Schreibtischtäterschaft« Lübkes gezielt von der DDR in Gang gebracht worden war. Bedrückend nur, daß mit hohen Auflagen beglückte Zeitschriften diese Verunglimpfung ohne strafrechtliche Folgen, eben unter Zuhilfenahme dieses juristisch nicht qualifizierbaren Begriffs, fortführen konnten.

Angesichts eines solchen ungestraft gebliebenen Rufmordes war abzusehen, daß man sich dieses Begriffes auch ferner im politischen Alltag bedienen würde. Selbst hohe Politiker gebrauchen immer mehr diese unglückselige Vokabel, wenn es darum geht, politisch unbequeme Zeitgenossen herabzusetzen oder politisch mundtod zu machen. So ist z.B. Böll Schreibtischtäter in bezug auf den Terrorismus, Brandt im Hinblick auf linke

Aktivitäten an den Hochschulen und Strauß wegen neofaschistischer Umtriebe. Hier wird offenbar, wie mißverständlich dieser Begriff ist und welche Verwirrung er stiften kann.
Wer Täter ist, sagt unser Strafgesetzbuch. Wer »Schreibtischtäter« ist, nicht, weil es dessen nicht bedarf. Das sollten auch Politiker beherzigen.

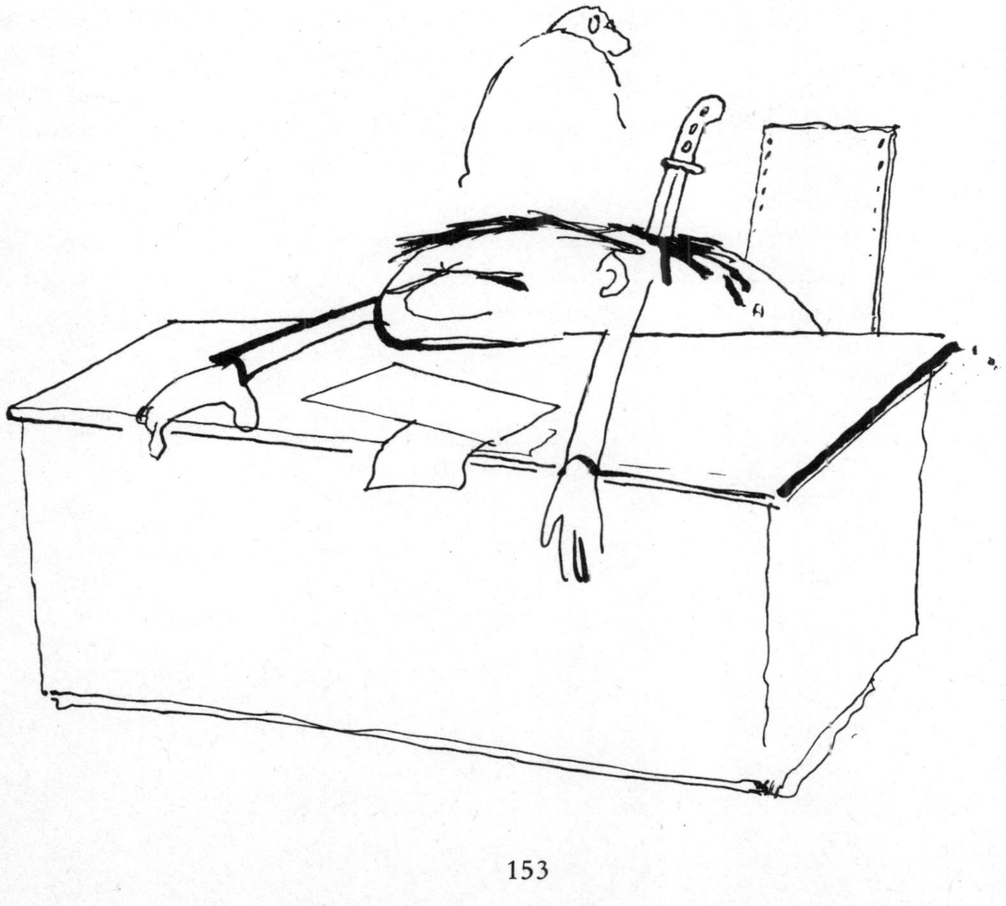

Sicherheitsrisiko

Es gehört zu den Ungereimtheiten unserer Politsprache, daß mit dem Ziel einer möglichst wirksamen Abwertung des politischen Gegners Begriffe gebraucht werden, die mit der Sache, um die es geht, nicht das Geringste gemein haben. Auf diese Weise zeichnen sich insbesondere Politiker aus, die »mangels Masse« Verleumdung und Beleidigung höher einschätzen als eine sachliche Auseinandersetzung. So gesehen ist auch die mit hohem Aufwand in Umlauf gesetzte Legende zu verstehen, es gäbe zur sozialliberalen Koalition keine Alternative, und ein durch Wahlen herbeigeführter »Machtwechsel« bedeute ein echtes Sicherheitsrisiko.

Derartige Formulierungen, auch wenn sie sich schön anhören, sind nicht nur dumm, sondern auch unverantwortlich. Schon die Bezeichnung »echt« ist jedem Einsichtigen verdächtig. Und von einem Sicherheitsrisiko zu sprechen, nur weil möglicherweise aufgrund demokratischer Wahlen eine andere Partei die Futternäpfe für sich beansprucht, entbehrt jeder Logik. Daß dies ein ganz normaler Vorgang im politischen Geschäft ist, wird wider besseres Wissen verschwiegen. Warum eigentlich? Schließlich können wir in einer ernstgemeinten und funktionierenden Demokratie nur vom Wechsel leben. Wenn selbst Adenauer, Erhard und Brandt gehen mußten, so war dies doch ein ganz natürlicher Vorgang. Weshalb soll es also ein Sicherheitsrisiko bedeuten, wenn morgen eine andere Partei oder eine andere Koalition das Sagen hat?

Sofas

Der mit modernen Abkürzungen weniger vertraute Bürger wird, was verständlich ist, unter einem Sofa eine Liegestatt verstehen, bei etwas ausschweifender Phantasie darunter allenfalls ein Lotterbett vermuten, wo Männlein und Weiblein in lüsterner Zügellosigkeit der Lust frönen. Die Ernüchterung folgt auf dem Fuße, wenn sich Behörden dieses Begriffes bemächtigen und ihn in entsprechenden Erlassen und Kommentaren amtlich »verbriefen«. Danach sind nämlich »Sofas« weder Sitzgelegenheiten noch Liegen oder Lotterbetten, sondern einzig und allein Sozialversicherungsfachangestellte, deren Tätigkeit vornehmlich darin besteht, die gesetzlichen Leistungen der Sozialversicherung festzustellen, eine Aufgabe, die nicht hoch genug eingeschätzt werden kann, weil es immer schwieriger wird, die sich ständig überschlagenden Gesetze, Verordnungen, Erlasse und Dienstanweisungen in die Tat umzusetzen. So werden trotz guten Willens auch die gutartigsten »Sofas« immer mehr von Angstträumen befallen. Falls sie nicht dickfällig sind, bleibt ihnen nur das Sofa des Psychiaters. Schade eigentlich, weil bei etwas mehr Einsicht der Verantwortlichen und Gesetzesmacher auch bei einer notwendigen Anpassung an geänderte Verhältnisse durchaus vernünftige und unbürokratische Lösungen denkbar erscheinen.

Soziales Netz

Es vergeht kaum eine Bundestagsdebatte oder Pressekonferenz des Bundesarbeitsministers, bei der nicht das angeblich eng geknüpfte Netz unserer sozialen Sicherheit in den höchsten Tönen gepriesen wird. Wer könnte schon dagegen sein? Wir alle sind für soziale Sicherheit. Und wer möchte schon bei Wechselfällen des Lebens (Krankheit, Mutterschaft, Unfall, Erwerbsunfähigkeit, Berufsunfähigkeit) und im Alter nicht hinreichend gesichert sein?
Andererseits wird, um nur ein Beispiel zu nennen, der durchaus einsichtige Altersrentner unsicher, wenn ihm angesichts leerer Kassen die Unwägbarkeiten des sogenannten Generationenvertrages vor Augen geführt werden. Natürlich könnten ihm die gewählten Vertreter und Repräsentanten sagen:
»Lieber Kollege, so geht das nicht weiter; Du mußt begreifen, daß alles seine Grenzen hat. Du kannst nicht mehr fordern, als die aktiven Arbeitnehmer erwirtschaften, und es ist sozial ungerechtfertigt, wenn ein Rentner »unter dem Strich« (Nettoeinkommen) in vielen Fällen mehr »verbraten« kann als sein noch im Arbeitsleben stehender Kollege.«
Aber welcher Politiker oder Sozialpolitiker hat schon den Mut, die Dinge beim Namen zu nennen. Statt dessen wird die Einmaligkeit unseres sogenannten »sozialen Netzes« gelobt. Dabei verschweigen die Parteien sorgfältig, daß dies alles finanziert werden muß. Auf welche Weise eine Finanzierung möglich ist, bleibt unausgesprochen. Schade eigentlich, weil unsere »mündigen Bürger« viel vernünftiger sind, als unsere Parteiführer annehmen. Es sind Frauen und Männer, die sich im täglichen Wettbewerb, an welcher Stelle auch immer, ständig haben bewähren müssen. Sie verdienen mehr Vertrauen und haben mehr Einsicht als manche Politprofis, die nur selten dem freien Leistungswettbewerb in unserer freiheitlichen Gesellschaftsordnung ausgesetzt waren. Sie wissen nämlich, daß alles schwer verdient werden muß und niemand mehr ausgeben kann, als er hat. Da sollte man Farbe bekennen. Ehrlichkeit überzeugt, Schlagworte vergehen.
Und wenn schon kluge Leute das Märchen vom Generationenvertrag in die Welt setzen, sollten sie auch die Ungereimtheiten unserer derzeitigen Gesellschaftsordnung aufzeigen. Da ist z.B. eine Familie mit mehreren Kindern. Die Frau kann nicht berufstätig sein, obwohl sie eine Unzahl von Berufen ausübt: Hausfrau, Kinderpflegerin, Näherin, Köchin, Erzieherin, Raumpflegerin usw. usw. Sie hat später einmal keinen eigenen

Rechtsanspruch auf Altersruhegeld, obwohl sie den sogenannten Generationenvertrag erfüllt hat, weil nämlich ihre Kinder einmal die Renten und Pensionen der Alten mitverdienen und aufbringen müssen.

Da geht es der Frau von nebenan schon besser. Sie hat keine Kinder; sie will auch keine. Ein süßer Pudel braucht schließlich auch seine Betreuung. Und im Alter steht nicht nur ihr, sondern auch ihrem Mann Pension oder Rente zu. Doppelverdienter also, auch im Rentenalter. Und wer bezahlt die Zeche? Natürlich die Familie mit Kindern, die sich alles verkneifen muß, während sich die kinderlosen Doppelverdiener alles und jedes leisten können.

Nun werden von sozialen Nöten verschonte Sozialpolitiker sicher auf die Segnungen des Kindergeldes hinweisen. Daß es sich hierbei um recht ungenügende Vergünstigungen handelt, die nicht mehr sind als Almosen, sollten bei etwas Nachdenken auch Sozialpolitiker, die die Errungenschaft unseres sozialen Netzes hochjubeln, begreifen. Und wenn neuerdings, sicher mit Recht, berufstätige Mütter Mutterschaftsgeld bekommen, nicht berufstätige Mütter kinderreicher Familien aber nicht, dürfte das soziale Netz wohl gerissen sein. Denn diese werden nämlich dafür bestraft, daß sie Kinder haben und den Generationenvertrag erfüllen.

Bedauerlicherweise, daß es keine Statistik darüber gibt, inwieweit unsere Volksvertreter, Minister, Staatssekretäre, Ministerpräsidenten usw. einen Beitrag zum Generationenvertrag und zur Bewahrung des sozialen Netzes leisten. Vielleicht bilden hier Scheel, Albrecht, Brandt, Kohl, Biedenkopf und einige andere eine Ausnahme. Aber allein bei Junggesellen wie Vogel und Rau (Ministerpräsidenten in Rheinland-Pfalz und Nordrhein-Westfalen) kommen Zweifel, ob Generationenvertrag und soziales Netz noch stimmen. Denn wer zahlt später die Pension von Vogel und Rau, von deren Höhe kinderreiche Familienväter und Mütter nur träumen können? Ihre Kinder sicher nicht, weil sie keine haben.

Auch fragt man sich als »mündiger Bürger«, ob es wirklich ein sozialer Fortschritt ist, wenn angesichts der derzeitigen Arbeitslosigkeit z.B. die Frau eines hochbezahlten Rundfunkintendanten noch ein hochbezahltes Staatsamt (mit Pensionsberechtigung natürlich) bekleidet. Sind wir trotz unseres über alle Maßen gesteigerten Bildungswahns wirklich so arm an fähigen Frauen und Männern, die nicht einen doppelverdienenden Ehegatten ersetzen könnten? Und muß gerade im öffentlichen Dienst das Doppelverdienertum und eine Doppelversorgung im Alter gewissermaßen beispielgebend praktiziert werden?

Soziale Symmetrie

Dieser, insbesondere von Sozialpolitikern, gern verwendete Begriff gibt wie so manches, was Politologen und Soziologen zu Wortschöpfungen beitragen, Rätsel auf. Während sich die Mehrheit unserer »mündigen Bürger« unter sozial noch etwas vorstellen kann (i.S. von gemeinnützig, wohltätig, hilfsbereit, menschlich und politisch sowie gesellschaftlich gesehen als Anspruch auf soziale Sicherheit), bereitet die begriffliche Verknüpfung mit »Symmetrie« Verständnisschwierigkeiten. Der Mann vor Ort, der unser Sozialprodukt miterarbeitet, und die Frau im Haushalt, die ohne eigenen Rentenanspruch den Generationenvertrag erfüllen, denken nüchterner. Sie wollen wissen, um was es geht. Mit sozialer Symmetrie können sie nichts anfangen. Denn wer vermag das schon? Und wer es mit Hilfe des Dudens versucht, ist auch nicht viel klüger. Danach bedeutet »Symmetrie« die harmonische Anordnung mehrerer Teile zueinander. Aber was ist daraus in Verbindung mit »sozial« (was jeder versteht und gutheißt) zu folgern?

Wer ernsthaft nachdenkt, fragt sich, ob unser bisheriger Sprachschatz nicht ausreicht, unser aller Anliegen schlicht in dem Sinne zu formulieren, daß zur Bewährung unseres Rechtsstaates ein Höchstmaß an sozialer Sicherheit denjenigen zukommen sollte, die das hierfür notwendige Sozialprodukt miterwirtschaften. Dazu gehören, was häufig vergessen wird, auch unsere Hausfrauen und Mütter, die Kinder großziehen und daher nicht berufstätig sein können. Während der Ruf nach gleicher Bezahlung für gleiche Arbeit ohne Unterschied der Geschlechter von hochverdienenden, in der Politik tätigen Frauen immer lauter wird (sicher mit Recht), findet die Mutter, die sich uneigennützig ihren Kindern widmet, weder ideell noch finanziell die notwendige Anerkennung. Meinen denn die Politiker wirklich, daß dies mit einer Erhöhung des Kindergeldes abgeltbar ist? Oder hat sich ein Parlamentarier schon einmal der Mühe unterzogen, die finanziellen Auswirkungen zu untersuchen, die sich bei einer Familie mit mehreren Kindern ergeben gegenüber denjenigen, die – weil ohne Kinder – nicht nur doppelt verdienen, sondern auch mit einer doppelten Altersversorgung beglückt werden?

Was soll daher das Gerede von der »sozialen Symmetrie«? Schaumschlägerei oder Vernebelungstaktik? Vielleicht auch die Lust, mit neuen, unbegreifbaren Begriffen den Wähler einzulullen? Auf den Begriff »Soziale Symmetrie« könnte bei etwas mehr sozialem Verständnis gut und gerne verzichtet werden.

Sozialpartner

Fragen Sie einmal den Kumpel in Bottrop, was er unter »Sozialpartnern« versteht. Er wird Sie ob dieser Frage nur mitleidig belächeln und sich sagen, wieder eine blödsinnige Frage von Soziologen oder Politologen, die nichts einbringt. Ihm genügt zu wissen, was es mit dem Ehepartner auf sich hat. Und das reicht ihm im allgemeinen. Da weiß er Bescheid. Er kennt die Spielregeln dieser Partnerschaft und ist nur erstaunt, wenn unverheiratete Ministerpräsidenten oder Ministerinnen von der Unterdrückung der Frau reden. Da hat er ganz andere Erfahrungen gemacht. Er weiß auch, daß diese Partnerschaft nach dem neuen Scheidungsrecht, das angeblich die Scheidung erleichtern sollte, die meisten Eheleute zu einer unauflöslichen Lebensgemeinschaft zwingt.

Nicht zuletzt deshalb begegnet er der Frage nach einer Sozialpartnerschaft mit Mißtrauen. Denn wer weiß schon, daß dieser Begriff mit der Wiedereinführung der Selbstverwaltung in der Sozialversicherung, die eine gleichberechtigte (paritätische) Zusammensetzung der Organe bei den Sozialversicherungsträgern gesetzlich festlegte, geprägt wurde. Auf diese Weise wurde der gesetzgeberischen Zielsetzung Rechnung getragen, daß künftig Arbeitnehmer und Arbeitgeber in den Selbstverwaltungsorganen der Sozialversicherungsträger (Rentenversicherung, Unfallversicherung, Krankenversicherung) zum Wohle der Versicherten partnerschaftlich und mit gleichem Stimmrecht zusammenarbeiten. Eine sicher gute Sache, so daß eigentlich nicht einzusehen ist, wenn auf diesem so wichtigen Gebiet unserer sozialen Sicherheit die Tätigkeit und das Engagement der beiden »Sozialpartner« (Arbeitgeber und Arbeitnehmer) mit neuen Begriffen beglückt werden soll. So bestehen Vorstellungen, auch in diesem Bereich nur noch von Tarifvertragsparteien zu sprechen, obwohl innerhalb der paritätischen sozialen Selbstverwaltung keine Tarife ausgehandelt werden, es vielmehr auf eine möglichst soziale und umfassende Anwendung der Sozialversicherungsgesetze unter Ausschöpfung aller vom Gesetz noch freigehaltenen Ermessensspielräume ankommt. Und insoweit sind die »Sozialpartner« noch immer zu hervorragenden Lösungen gekommen. Sie waren, Gott sei Dank, Partner und haben längst unter Beweis gestellt, daß sie willens und fähig sind, den sich ständig neu stellenden Anforderungen, gerade durch ihr sachbezogenes partnerschaftliches Verhältnis, gerecht zu werden. Warum soll das nicht auch weiterhin mit dem Begriff der Sozialpartnerschaft zum Ausdruck kommen?

Spektakulär

In den letzten Jahren gab es kaum eine Rede oder einen Leitartikel, worin nicht der Begriff »spektakulär« auftauchte. Dies muß im Zusammenhang mit politischen Aussagen Verwirrung auslösen, weil unter dem Hauptwort »Spektakel«, wovon wohl »spektakulär« abgeleitet ist, ein die Schaulust der Massen befriedigendes Theaterstück verstanden wird, wo mit viel Krach, Gepolter und Klamauk etwas in Szene gesetzt wird, das jeder Ernsthaftigkeit entbehrt. Der äußere Effekt, die Absicht, um jeden Preis Aufsehen zu erregen, ist das Ziel.

Betrachtet man unter dieser auch vom Duden gutgeheißenen Auslegung die Auslassungen von Politikern und Leitartiklern, gewinnt allerdings das Wort »spektakulär« – zumindest vordergründig – eine andere Bedeutung. Es wird nur noch i.S. von aufsehenerregend gebraucht und nicht mehr mit dem Geruch des Nichternstgemeinten und auf Klaumauk bedachten Spektakels verbunden. Man verwendet dieses Wort einfach deshalb, weil es gut klingt und dem Hörer und Leser den Eindruck vermittelt, daß insbesondere Politiker, die von spektakulären Entwicklungen, Ereignissen usw. usw. sprechen (oder schreiben), kluge Leute sein müssen.

Nachdenkliche Menschen (auf die es nicht ankommt, weil sie sich in einer aussichtslosen Minderheit befinden) werden wahrscheinlich anders reagieren. Sie werden in Anbetracht der ursprünglichen Bedeutung der Begriffe Spektakel und spektakulär schlußfolgern, daß sich im Grunde nichts geändert hat, und die als »spektakulär« bezeichneten Vorstellungen, Forderungen und Zielsetzungen unserer Politiker mit dem gleichsetzen, was im wahrsten Sinne des Wortes gemeint ist: Klamauk um jeden Preis. Ernsthaftigkeit und Wahrhaftigkeit werden im Interesse des Ganzen (?) auf dem Altar des Spektakulums geopfert.

Spendendarlehen

In Zusammenhang mit der Helaba (Hessischen Landesbank)-Affäre ließ der frühere Ministerpräsident Hessens, Richard Oswald, verlauten, bei gewissen fragwürdigen und dunklen finanziellen Zuwendungen in beträchtlicher Höhe habe es sich lediglich um »Spendendarlehen« gehandelt. Um nicht mißverstanden zu werden: Es geht nicht um eine politische Wertung derartiger Zuwendungen, von wem und für wen auch immer. Was nachdenklich oder gar fassungslos stimmte, war, diesen Begriff aus dem Munde eines hohen Politikers und Ministerpräsidenten zu hören. Denn trotz dieser faszinierenden Wortschöpfung war auch Normalbürgern – nicht nur sprachlich betrachtet – klar, daß sich Spende und Darlehen miteinander nicht vereinbaren lassen. Jeder Banklehrling (Verzeihung: Auszubildender) weiß, daß Darlehen (in der Regel selbstverständlich verzinslich) zurückzuzahlen sind, während Spenden eine verlorene finanzielle Gabe, meist zweckgebunden, bedeuten, was eine Rückforderung ausschließt. So gesehen lassen sich begrifflich Darlehen und Spende nicht miteinander vereinbaren. Nun soll man nicht leichtfertig aus unvereinbaren Gegensätzen auf unüberwindbare Ungereimtheiten schließen. Nicht zuletzt in der Liebe ziehen sich oft Gegensätze an, und die Liebenden vereinigen sich schließlich, zumindest auf Zeit, in seltener Harmonie.

Diese tiefschürfenden, psychologischen Erkenntnisse im menschlichen Bereich auf die Wortfindung »Spendendarlehen« zu übertragen, erscheint allerdings recht schwierig, zumal die oft unwägbaren, menschlichen Beziehungen zwischen Mann und Frau im finanziellen Bereich keine vergleichbare Betrachtung ermöglichen.

So wird es nach wie vor im Dunkeln bleiben, was »Spendendarlehen« sind. Nun ist nichts dagegen einzuwenden, daß jemand spendet oder Darlehen gibt. Verbindet man jedoch beide Begriffe, ist irgendetwas faul, es sei denn, man unterstellt, daß Politiker von Rang nicht mehr zwischen Spende und Darlehen zu unterscheiden vermögen. Und das wäre eine schlimme und für das Ansehen unserer Politiker abträgliche Schlußfolgerung.

Spontis, Spontansprayer

Wer weiß schon, was »Spontis« sind? Forscht man näher oder schürft man tiefer, wird man dahin belehrt, es handle sich um junge Menschen, die gegen und für alles zu jeder Zeit und bei jeder Gelegenheit demonstrieren. Da gibt es also beispielsweise junge Menschen, meist nicht ausgelastete Studenten, die für oder gegen alles demonstrieren. Warum auch nicht? Das Studium »generale« ist ohnehin nicht mehr gefragt und so bleibt hinreichend Zeit, für oder gegen etwas auf die Straße zu gehen.
Nur (wirklich nur?) im Falle Vietnam gingen die Uhren offenbar anders. Denn wer die Ho-Chi-Minh-Rufe noch in den Ohren hat, vermißt Demonstrationen für die jetzt im Südchinesischen Meer zu 1000en ertrinkenden Flüchtlinge aus Vietnam, vom Überfall auf Afghanistan ganz zu schweigen. Ist das nicht des Demonstrierens wert? In jüngster Zeit gibt es auch – die Entwicklung schreitet fort – Leute, deren Demonstrationsbedürfnis sich darin erschöpft, daß sie nachts mit Spraydosen ausgerüstet, Häuser und Wände mit schwachsinnigen, gelegentlich auch geistreichen und lustigen (was hoffen läßt) Parolen versehen. Sie sind sogenannte »Spontansprayer« und haben sich in letzter Zeit insbesondere leerer Plakatwände angenommen, die für die Europawahl errichtet worden waren. Das hat zwar gelegentlich bei den Ordnungsbehörden Unwillen ausgelöst, bei vielen Bürgern aber auch Interesse und Heiterkeit, weil eine Reihe der »Sprayergüsse« mehr Geist verrieten als die auf Personenkult getrimmten Plakate aller Parteien zusammengenommen. Vielleicht haben auf diese Weise die Spontansprayer sogar etwas Positives bewirkt?

Ständige Konferenz der Kultusminister

Kulturbeflissene, bildungshungrige oder durch Schulnöte ihrer Kinder geplagte Fernsehzuschauer verfolgen mit Erstaunen, Entzücken, Verwunderung oder gar Bewunderung die mit einer gewissen Regelmäßigkeit wiederkehrenden Sendungen über die »Ständige Konferenz der Kultusminister«. Es ist ihnen ein Rätsel und übersteigt ihr Vorstellungsvermögen, daß die 11 Kultusminister unserer 11 Länder »ständig«, d.h. dauernd und fortwährend »konferieren«. Der »Normalverbraucher« fragt sich in ernster Sorge, wie halten die Leute das aus.

Nun ist nichts gegen Konferenzen, Tagungen, Sitzungen und Kongresse zu sagen, zumal derartige Veranstaltungen, wie jedermann weiß, auch dem »Fernweh« unserer geplagten Politiker, Funktionäre und Manager Rechnung tragen. Schließlich wollen auch sie einmal Weib und Kind entfliehen, dem unkontrollierten Umtrunk am Abend und dem »echten Männergespräch« frönen und ansonsten das tun, was ihnen am heimischen Herd oder im beruflichen Alltag verwehrt ist.

Nun wird jeder vernünftige und weitsichtige Mensch Verständnis für diese gelegentliche Flucht vom Arbeitsplatz, vom Büro und vor häuslicher Enge aufbringen; schließlich werden die Konferenzorte auch nach ihrem Freizeitwert und nicht immer nach ihrer Zweckmäßigkeit ausgewählt. Auch das hat seine guten Gründe. Wer fern den Geschäften ist und in reizvoller Umgebung tagt, findet den notwendigen Abstand für neue schöpferische Leistungen. Und weshalb soll dies nicht auch auf unsere Kultusminister zutreffen?

So weit so gut.

Was jedoch bei der »Ständigen Konferenz der Kultusminister« bedrückt und zu ernsten Besorgnissen Anlaß gibt, ist, daß sie ständig, dauernd und fortwährend konferieren. Das muß, und jeder erfahrene Arbeitsmediziner wird dies bestätigen, zu ernsten Gesundheitsstörungen führen.

Vielleicht erklärt sich daraus

- der in unseren Landen ausgebrochene Bildungswahn und Bildungswirrwarr
- die immer neuen wechselnden Schulsysteme
- die Verunsicherung von Eltern und Schülern
- das unselige Leistungsdenken bereits im Kindergarten

- die fortschreitende Entfremdung der Lehrer von ihrer eigentlichen pädagogischen Aufgabe durch eine zeitraubende und unnütze Bürokratisierung
- die Einführung ständig neuer, angeblich fortschrittlicher Lehrmethoden
- eine nur noch »hochgebildeten« (?) Fachidioten verständliche Sprache in den Lehrbüchern
- ein völlig irriges Ausleseprinzip bei der Zulassung zu »numerus clausus«-Fächern (hier wird z.B. allen Ernstes unterstellt, daß ein Abiturient mit der Note 1 auch ein guter Chirurg oder Zahnarzt wird)
- das Anwachsen der Selbstmordrate in Schüler- und Studentenkreisen
- die Verängstigung der Lehrer
- der gnadenlose Konkurrenzkampf unter den Schülern wegen einer ebenso gnadenlosen Notenmaschinerie
- die Vernachlässigung des Deutsch- und Geschichtsunterrichts zugunsten der Sexualkunde
- die sinnlose Abiturientenflut unter Abwertung eines soliden Volks- und Mittelschulabschlusses
- die trotz »Mengenlehre« immer dürftiger werdenden Kenntnisse im Rechnen
- die überhandnehmende Bürokratisierung und »Sitzeritis« (so müssen Gesamtkonferenzen, Teilkonferenzen, Klassenkonferenzen, Fachkonferenzen und Zeugniskonferenzen abgehalten und in jeder Unterrichtsstunde eine Vielzahl von Vorschriften, Erlassen und Richtlinien beachtet werden)
- die Erfindung immer neuer Lehrpläne
  (zur Zeit sollen 500 Kommissionen damit betraut sein)
- der nur noch mit erheblichen Nachteilen für den Schüler mögliche Wechsel von einer Schule zur anderen (ganz zu schweigen von einem Wechsel von Land zu Land) und die ständige Abnahme des Bildungsniveaus trotz geringerer Klassenfrequenzen und ständig steigender Kosten.

Nun wäre es sicher verfehlt, diese unglückselige Entwicklung allein der »Ständigen Konferenz der Kultusminister« in die Schuhe zu schieben und hierfür das »ständige« Konferieren allein verantwortlich zu machen. Sie, die Kultusminister, sind ja auch nur Menschen und können wahrscheinlich nichts dafür, »ständig« konferieren zu müssen. Daher wäre vielleicht ein Verbot dieser »Ständigen Konferenz« ein Segen. Die Kultusminister fänden mehr Zeit, ihren Aufgaben nachzugehen und gelegentlich auch einmal die unmittelbar Betroffenen anzuhören. Denn die, die es angeht, Väter und Mütter von schulpflichtigen Kindern, haben unbeschadet des neuen »Sorgerechts« (früher »elterliche Gewalt«) nicht mehr und nicht weniger im Sinn, als ihren Kindern eine bestmögliche Ausbildung angedeihen zu lassen. Aber welcher Kultusminister denkt schon daran?

Zu besorgen ist, daß auch die anderen Fachminister von Bund und Ländern ebenfalls »Ständige Konferenzen« einrichten, so etwa eine ständige Konferenz der Innenminister, der Justizminister; der Arbeits- und Sozialminister, der Finanzminister, der Wirtschaftsminister, der Familienminister, der Gesundheitsminister, der Umweltminister, der Minister für Bundesangelegenheiten usw.

Die Folgen wären gemessen an den Erfahrungen mit der »Ständigen Konferenz der Kultusminister« nicht auszudenken. Da kann man nur hoffen, daß es die anderen Minister bei gelegentlichen Zusammenkünften belassen.

Stamokap

Der Mann auf der Straße und die Frau im Haushalt werden sich unter diesem Begriff kaum etwas vorstellen können. Um ehrlich zu sein: wer vermag das schon. Gespräche mit unbefangenen Frauen und Männern lassen darauf schließen, »Stamokap« könne aus dem »Indianischen« (wie Tomahawk) oder dem »Japanischen« (wie Karate oder so) abgeleitet sein. Kommt man mit Jusos (= Jungsozialisten) ins Gespräch, wird deutlich, daß es sich hierbei um eine Abkürzung handelt und darunter »Staatsmonopolistischer Kapitalismus« zu verstehen sei. Versucht man einzuwenden, daß das bei uns wohl nichts bedeute, weil Erscheinungsformen dieser Art nur in den sozialistischen Ländern des Ostblocks anzutreffen seien, macht sich mitleidiges Lächeln breit. Und man läßt sich herab zu erklären, daß es sich bei »Stamokap« um ein ausschließlich in den westlichen kapitalistischen Staaten anzutreffendes System handele, wo sich der Staat fest in den Händen privater Monopole befinde, die uns in übelster Weise ausbeuten.
Die bescheidene Rückfrage, inwieweit sich der angebliche Staatsmonopolistische Kapitalismus des Westens von dem Staatskapitalismus des Ostens unterscheide und ob es nicht doch ein Vorteil wäre, wenn sich im Westen jedermann zu jeder Zeit ein Auto kaufen könne, findet wenig Gegenliebe. Gerade dies, wird erwidert, sei Ausdruck einer kapitalistischen Ausbeutung. Da kenne sich einer aus, zumal die weitere Frage, weshalb sie sich denn nicht durch einen Übertritt in die DDR den fortschrittlichen sozialen Errungenschaften anschließen würden, einer Antwort nicht für würdig befunden wird. Vielleicht liegt es daran, daß sie selbst ein Auto ihr eigen nennen. Und das möchten sie ja schließlich behalten.
Erstaunlich nur, daß sich inzwischen auch ein hoher hanseatischer Bürgermeister für Stamokap-Ideen erwärmt hat. Da sind die Kumpels im Revier schon von anderem Format. Sie halten (so Ministerpräsident Rau) »Stamokap« für einen Pokal in der 2. Bundesliga.

Strahlemann

Um es vorwegzunehmen: Bei diesem Begriff handelt es sich keineswegs um eine neue Leuchtreklame für ein neues Superwaschmittel i.S. des »Weißen Riesen«, der »Frau Saubermann« oder des »Generals«, das endlich Glanz ins Eigenheim bringt. Es geht schlicht um Ernst Albrecht, der plötzlich durch eine nicht mehr aufklärbare und vom Parteiproporz nicht getragene, geheime Mehrheitsentscheidung zum Ministerpräsidenten von Niedersachsen gewählt und durch inzwischen stattgefundene Neuwahlen bestätigt wurde. Daß er trotz dieser an sich demokratischen und daher unzweifelhaften Mehrheitsentscheidung zum »Strahlemann« wurde, erscheint zunächst unverständlich, zumal schwer zu orten ist, wer mit welcher Zielsetzung diesen Begriff erfunden hat.
Sieht man Albrecht im Fernsehen, strahlt er als Landesvater (Ministerpräsident) das aus, was wir uns von einem hohen »Fürsten« erhoffen: er ist bescheiden, er hat eine kinderreiche Familie, er geifert nicht gegen Andersdenkende oder politische Gegner, er bleibt sachlich und objektiv auch in unangenehmen und schwierigen Fragen, er läßt sich nicht einbinden in zweckbedingte, parteibezogene Vorstellungen. Vielleicht hat ihm das zu diesem Titel verholfen, auch wenn er vom politischen Gegner gelegentlich abträglich gemeint ist.
Man kann nur hoffen, daß uns unbeschadet der Parteizugehörigkeit noch viele »Strahlemänner« beschieden sein mögen.

Strikte Einhaltung und volle Anwendung der Verträge

Im Zusammenhang mit den Ostverträgen taucht immer wieder die Redewendung auf, es müsse auf eine Geist und Buchstaben entsprechende strikte Einhaltung und volle Anwendung der vertraglichen Vereinbarungen Bedacht genommen und hierzu auch der Vertragspartner angehalten werden. Nun liegt es, jedenfalls juristisch gesehen, im Sinn und Wesen eines Vertrages, daß sich die Vertragsschließenden daran halten, und zwar in allen Punkten. Weshalb also das immer wieder laut verkündete Anliegen, auf eine strikte Einhaltung und volle Anwendung hinzuwirken? Soll das heißen, daß getroffene Vereinbarungen nicht, nicht strikt, nicht voll und entgegen Geist und Buchstaben angewandt werden? Wenn das der Fall wäre, liegt jedenfalls rechtlich gesehen, eine Vertragsverletzung vor, die entsprechende Folgen nach sich ziehen müßte. Der davon betroffene Vertragspartner hat das Recht, die Einhaltung des Vertrages zu fordern und kann sein Recht gerichtlich durchsetzen. indem er auf Erfüllung klagt, möglicherweise auf Schadenersatz, oder aber er kündigt den Vertrag wegen Wegfalls der Geschäftsgrundlage bzw. macht von dem normalerweise in jedem Vertrag vorgesehenen Kündigungsrecht Gebrauch. So jedenfalls im Zivilrecht.

Bei Staatsverträgen scheinen indes andere Spielregeln zu gelten. Es wird anscheinend von vornherein eingeplant, daß der Vertragspartner nicht unbedingt die vertraglichen Abmachungen einhält. Oder man sieht es als einen besonderen Höhenflug vertraglicher Treue an, wenn sich die Partner strikt und voll danach richten, was sie vertraglich festgelegt haben, obwohl dies eigentlich selbstverständlich sein sollte.

Nun ist nicht zu leugnen, daß – auch im zivilrechtlichen Bereich – Verträge unterschiedliche Auslegungen in Einzelfragen zulassen. Das muß dann außergerichtlich oder nötigenfalls gerichtlich geklärt werden.

Bei Staatsverträgen, die schon von der Tragweite her einen wesentlich höheren Rang einnehmen, sieht das offenbar ganz anders aus. Hier wird, und das ist das Betrübliche, nicht im gleichen Sinne verfahren. Man unterscheidet zwischen Anwendung, nicht strikter Einhaltung und einer nicht vollen Anwendung des Vereinbarten. Da kenne sich einer aus, zumal man als Normalbürger geneigt ist anzunehmen, daß Staatsverträge von hoher Bedeutung auch qualitativ, nicht zuletzt durch deren sorgfältig intensive Vorbereitung in den Ministerialbürokratien, an Genauigkeit und Klarheit nichts zu wünschen übriglassen.

Es muß daher zutiefst traurig stimmen, wenn so selbstverständliche Dinge wie die Einhaltung von Verträgen (pacta sunt servanda) zwar für jeden Handwerksmeister verbindlich sind, bei internationalen Verträgen hingegen andere Maßstäbe gelten sollen. Sind Staaten »Schlitzohren«?

Supranational

Neben Begriffen, wie »bilateral« und »multilateral«, wird in Parlamenten, Parteiveranstaltungen und Kongressen auch von supranationalen Notwendigkeiten, Einsichten, Forderungen usw. gesprochen. Das wirkt, und darauf kommt es an, auch wenn sich kein vernünftiger Mensch etwas darunter vorstellen kann. Politiker der Mittelklasse sind am Stammtisch in vorgerückter Stunde gelegentlich ehrlich genug zu bekennen, daß auch sie sich zuweilen dieses Begriffes bedienen, allein schon deshalb, weil dies ein gewisses Etwas der großen weiten Welt verrät. Man ist schließlich wer, wenn man vom supranationalen »Dingsbums« redet. Das schlägt ein, wertet auf und bringt Erfolg, auch wenn unklar bleibt, was es damit auf sich hat. Der Erfolg macht lüstern und man folgert messerscharf, wenn das so gut ankommt, muß ja wohl etwas dran sein. Wer allerdings, neugierig geworden, feststellen muß, daß unter »supranational« im wesentlichen nur »überstaatliches« Recht verstanden wird, ist meist enttäuscht, was jedoch Politiker nicht hindern kann, weiterhin von den Segnungen supranationaler Errungenschaften zu sprechen. Es klingt ja so schön und wertet auf.

Swing

Welcher gutartige Bürger ist nicht in hohem Maße beeindruckt, wenn Minister (vornehmlich Wirtschaftsminister) dem »Swing« besondere Aufmerksamkeit schenken. Schließlich sind auch sie Menschen, die ihre Freude daran haben, im Swingrhythmus Partner des anderen Geschlechts über die Tanzfläche zu bewegen, wobei es völlig dahingestellt sein kann, ob der Tanz – wie gelegentlich behauptet – ausschließlich zur Vorbereitung des Geschlechtsverkehrs dient. So streng sollte man nicht sein, sind doch die Freude an der Bewegung und allein die Lust an der Freude nicht gering zu achten.

Mit ganz anderen Dingen muß man sich leider auseinandersetzen, wenn Wirtschaftspolitiker von »Swing« sprechen. Da wird es kriminell, weil sie unter »Swing« etwas ganz anderes verstehen, als das, was uns vorschwebt und wovon wir noch gelegentlich träumen. Da ist keine Rede mehr davon, daß Swing (= schwingen) im Grunde die rhythmische Verschiebung, die die Monotonie des geraden Taktes aufhebt und ihm eine schwingende Bewegung verleiht, bedeutet. Im Gegenteil: Wenn der Wirtschaftsminister oder die Vertreter der Regierung von Swing sprechen, geht es um ganz handfeste wirtschaftliche Interessen, nämlich um Kreditgrenzen bei zweiseitigen Handelsverträgen.

Um ehrlich zu sein: Diese dem Tanz abholde Auslegung ist dem Duden entnommen. Sie zu verstehen, ist schwer. Nur so viel ist klar geworden, daß die Wirtschaftsminister, wenn sie Handelsverträge aushecken, nicht zu tanzen pflegen. Schade eigentlich! Denn wer den früheren Wirtschaftsminister Friderichs anläßlich froher Feste kennenzulernen die Ehre hatte, kam nicht umhin, ihm hohe tänzerische Fähigkeiten zu bescheinigen. Was jedoch unter »wirtschaftlichem Swing« zu verstehen ist, bleibt weiter im Dunkeln und auch die Mehrzahl unserer Bürger weiß nicht so recht, was es damit auf sich hat. Aber das ist ja auch nicht wichtig. Hauptsache »Swing« – das hört jeder gern. Und wenn Politiker dies für gut halten, kann schließlich kein vernünftiger Mensch widersprechen.

Tag der Heimat
Tag des Baumes
Tag der Milch
Woche der behinderten Kinder
Woche der Brüderlichkeit
Jahr des Kindes
Europatag

Und vieles andere mehr wird uns als erinnerungswürdig ins Gedächtnis gerufen mit der Aufforderung, dafür etwas zu tun. Wer wäre dazu nicht gewillt? Aber so fragen gebeutelte Steuerzahler, was sollen und wem dienen eigentlich diese meist aufwendigen Veranstaltungen?
Außerdem: Verbirgt sich hinter solch hochgestochenen Aufrufen nicht die ganze Armut unseres politischen Alltags? Müssen besondere Tage, Wochen oder Jahre festgelegt werden, um Anliegen Gehör zu verschaffen, die unser tägliches Brot sein sollten. Besonders beklemmend ist, wenn »Heimat« und »Kind« für besonders erinnerungswürdig angesehen werden. Hier hört doch wohl die Gemütlichkeit auf. Will man sich in der Tat auf diese primitive Weise ein Alibi verschaffen? Soll es genügen, sich einmal im Jahr der »Heimat« zu erinnern, und soll es ausreichen, sich ein Jahr lang dessen bewußt zu sein, daß unsere Kinder höchstes Gut sind. Wie arm sind eigentlich Politiker, wenn ihnen da nichts Besseres einfällt.

Sie werden uns, falls nicht bereits geschehen, vielleicht auch noch

den Tag der Kartoffel,
den Tag des Pferdes,
den Tag des Hundes,
den Tag der Katze,
den Tag des Umweltschutzes und vielleicht gar
den Tag des außerehelichen Beischlafs

verheißen.

Daß es zu allem Überfluß, getreu unserem föderalistischen Staatsaufbau, auch noch »Sondertage« der einzelnen Bundesländer gibt, beweist ein Erlaß des Sozialministeriums Nordrhein-Westfalen von 1979, und zwar am 29.8.1979 einen Tag des Kindes in Form eines schulfreien Kinderfesttages zu begehen, was nach Pressemeldungen die Schulbehörden der Städte und Gemeinden, soweit sie davon überhaupt Kenntnis erhielten, in heillose Verwirrung gestürzt haben soll.

Talsohle

Es gehört zu den immer wieder bemühten Begriffen unserer Parlamentarier, insbesondere von Vertretern der Regierungsparteien, daß sie uns mit freudvollem Augenaufschlag ein hohes Maß an Wohlergehen verheißen, wenn erst einmal die »Talsohle« durchschritten sei. Leider sagen sie nicht, wie man aus der Talsohle, d.h. dem wirtschaftlichen Tiefstand, herauskommen kann. Das ist aber, so meinen die Parteistrategen, auch gar nicht so wichtig. Denn wer eine Talsohle signalisiert, weiß natürlich, daß es nach Durchschreitung derselben wieder aufwärtsgeht. Dies erinnert an einen Wanderer, der sich den mühseligen Aufstieg zu einem Gipfel mit dem Gedanken »versüßt«, daß ihm nach Erreichung des Gipfels das Glück eines weniger beschwerlichen Abstiegs winkt. Unsere Politiker sind schon pfiffige Leute. Indem sie uns, mit allem Ernst versteht sich, die Talsohle als Endpunkt eines wirtschaftlichen Niederganges beschreiben, erwecken sie zugleich die Hoffnung, nun sei das Schlimmste überstanden. Dies ist insbesondere vor Wahlen wichtig, wenn die üblichen Wahlgeschenke nicht ausreichen, ungünstige wirtschaftliche Entwicklungen als Erfolge darzustellen.

Tendenzwende

Welcher verantwortliche Politiker kann es sich leisten, nicht von »Tendenzwende« zu sprechen. Das ist doch etwas, auch wenn sich der Bürger darunter kaum etwas vorstellen kann.
Denn je unklarer politische Aussagen formuliert werden, um so besser für alle Beteiligten. Der Politiker legt sich nicht fest, besitzt nötigenfalls ein Alibi, und der Bürger ist befriedigt, weil er mit Wende nur eine Entwicklung zum Besseren versteht. Daß Tendenz (= Strömung, allgemeine Grundstimmung) in Verbindung mit Wende auch eine Hinwendung (Umschlagen) ins Negative bedeuten kann, bleibt unbeachtet. So wird »Tendenzwende« mehr und mehr zum Zauberwort, etwa in dem Sinne, daß es schlimmer nicht mehr kommen könne. Neben Politikern von Rang machen gelegentlich auch hohe Staatsfunktionäre (z.T. mit dem Titel eines Präsidenten bedacht) in »Tendenzwende«. Ein hervorragender Vertreter dieser Gattung ist beispielsweise der Präsident der Bundesanstalt für Arbeit, dem offensichtlich feste Sendezeiten im Fernsehen eingeräumt sind. Vergleiche zu Sommerauers »Wort am Sonntag« drängen sich auf. Das bezieht sich nicht nur auf die barocken Erscheinungsbilder dieser gehobenen Fernsehstars. Auch vom Inhalt her bieten sie immer das Gleiche: das Hoffen auf die Erlösung. So wird jeder Silberstreif am Horizont zur Tendenzwende i.S. des Besseren.
Im übrigen: Tendenzwende gibt es im Sprachgebrauch der Politiker vornehmlich im Bereich der Wirtschafts-, Finanz- und Sozialpolitik. Vertraut man den Verlautbarungen des Presseinformationsamtes der Bundesregierung, sind Tendenzwenden ausschließlich im positiven Sinne zu sehen. Alles und jedes wird besser. Auch wenn es im Moment trübe aussieht, die Tendenzwende wendet alles zum Besseren, man muß nur mithelfen, daß die Regierenden an der Macht bleiben. Sie sind ja so uneigennützig und nur auf unser aller Wohl bedacht.

Timing

Das sogenannte »Timing«, ein aus dem Englischen entlehnter Begriff, hat bei Werbemanagern, deren Hilfe sich zunehmend auch Politiker bedienen, hohen Stellenwert, insbesondere wenn es darum geht, Politiker und deren Politik ins rechte Licht zu rücken. Denn stärker als im kaufmännischen Bereich spielt in der Politik die Bestimmung und Wahl des für einen beabsichtigten Effekt günstigsten Zeitpunkt (= Timing) eine überragende Rolle.

So wäre es, vom Timing her gesehen, beispielsweise unsinnig, nach einer gewonnenen Wahl die vorher versprochenen Glückseligkeiten mit neuen Werbeaktionen zu erläutern. Dies wäre nicht nur falsch »getimt«, sondern auch lebensgefährlich. Für diejenigen, die die Wahl gewonnen haben, beginnt nämlich anschließend die Zeit des totalen Vergessens. Und dazu gehört das große Schweigen, das sich jeder werbemäßigen Aufbereitung entzieht. Demgegenüber liegt die hohe Zeit des »Timings« vor Wahlen, wo es darauf ankommt, die Wähler für sich zu gewinnen. Und da ist jedes Mittel recht: So werden die eigenen Leistungen (auch wenn nicht vorhanden) hochgespielt, längst verjährte Skandale aufgewärmt, der politische Gegner herabgewürdigt, uneinlösbare Versprechen gemacht, völlig abwegige Wahlvoraussagen in die Welt gesetzt und der »Untergang des Abendlandes« an die Wand gemalt, falls der Wähler nicht der richtigen, d.h. der eigenen Partei seine Stimme gibt. Dies alles muß, um erfolgreich zu sein, so rechtzeitig in Szene gesetzt werden, daß der verwirrte Wähler gar nicht mehr anders kann, als »falsch« zu wählen. Das ist »Timing«.

Transformation

Wer gelegentlich Gast bei politischen Veranstaltungen (Funk und Fernsehen eingeschlossen) ist, wird in zunehmendem Maße von der Notwendigkeit einer »optimalen Transformation« hören. Wem noch Physikkenntnisse aus der Schulzeit in Erinnerung geblieben sind, vermutet, daß Transformation etwas mit Elektrizität, nämlich der Umformung von Wechselspannungen, zu tun hat. Da sich politische Veranstaltungen nicht mit physikalischen Gesetzen zu befassen pflegen, wird deutlich, wie klug doch unsere Politiker und Funktionäre sind. Sie sprechen von Transformation, was den Eindruck des Wissenschaftlichen erweckt und einen hohen Kenntnisreichtum verrät, und meinen im Grunde nichts anderes, als daß es an der Zeit sei, sich wieder einmal um 180° zu drehen, was insbesondere vor Wahlen wichtig ist. Da kann man nicht ohne weiteres sagen, man wolle den Sozialismus, den Konservatismus, den Liberalismus oder den nicht künstlich gedüngten Spinat um jeden Preis. Der wählende Bürger bevorzugt Wachstum, Wohlstand, soziale Sicherheit, den Abbau staatlicher Reglementierung und leistungsfeindlicher Steuern, die Einführung vernunftsmäßigen Handelns auch in Behörden, die Abschaffung filzokratischer »Selbstbedienungsläden«, die Beseitigung von ungerechtfertigten Steuervorteilen und Pensionsansprüchen (insbesondere von Parlamentariern), die Eindämmung des Parteibuchbeamtentums, die Förderung von Familien mit Kindern usw. usw. Das wissen natürlich auch unsere Politiker.

Nicht zuletzt deshalb transformieren sie alles und jedes, weil sie erkannt haben, daß die Masse der Wählenden ohnehin nicht weiß, was es damit auf sich hat. Die Wähler sagen sich, wenn die schon so etwas Tolles, wie »Transformation« vorhaben, können wir nicht abseits stehen.

Daher ist »Transformation« für Politiker so etwas Schönes. Dennoch sollte eine kleine Ergänzung zum Hintersinn dieses Ausspruchs erlaubt sein. So ist im Duden nachzulesen, »Transformation« könne auch die Umstellung sexueller Triebe in andere Regungen bedeuten. Aber das wollen unsere Politiker doch wohl nicht?!

Transparenz

Wer könnte nicht in Verzückung geraten, wenn Politiker und Funktionäre das hohe Lied der »Transparenz« singen, d.h. für mehr Durchsichtigkeit, Verständlichkeit, Erkenntnisfähigkeit in Politik und Gesellschaft eintreten? Das ist in der Tat eine gute Sache.
Im politischen Alltag sieht das jedoch etwas anders aus. Von »Transparenz« i.S. einer Aufhellung und Offenlegung politischer Tatbestände und beklagenswerter Nebenerscheinungen kann leider kaum die Rede sein.
Man denke nur an die Formulierungen in Parteiprogrammen. Wer kann das schon, von den Verfassern abgesehen, noch verstehen? Politische und sprachliche »Eiertänze« werden in einer Weise zum harmonischen Konzert vereinigt, daß jeder unbefangene und des Lesens und Schreibens kundige Bürger uneingeschränkt »ja« sagen kann. Mit »Transparenz« hat das natürlich wenig zu tun.
Eine ähnliche »hochgradige Transparenz« ist bei den zahlreichen »Parlamentarischen Untersuchungsausschüssen« festzustellen. Denn auch hier geht es nicht um Transparenz, d.h. die Aufhellung und Offenlegung skandalöser Zustände, sondern hauptsächlich darum, eine Beschmutzung des eigenen Nestes mit allen Mitteln zu vermeiden und möglichst dem politischen Gegner ein Ei ins Nest zu legen. Die Ergebnisse sind entsprechend: Während die einen Verfehlungen hohen Grades feststellen, sind die anderen der Meinung, daß ins Zwielicht geratene Parlamentarier oder hohe Beamte sich »um das Vaterland verdient gemacht« haben. Es kommt eben immer auf den Standpunkt an und nicht auf »Transparenz«.

Und ich sage das mit allem Ernst...

Bedienen sich Politiker im Parlament dieser oft bemühten Redewendung, gerät man als nüchterner und vorurteilsfreier Zuhörer in hilflose Bedrängnis. Man ist verstört. Denn als Bürger und Wähler »hier und heute in diesem Lande« geht man davon aus, daß die Volksvertreter die Anliegen ihrer Bürger bzw. die von den Parteien verkündeten und durch entsprechende Wählerstimmen gutgeheißenen Ziele selbstverständlich ernsthaft verfolgen. Daher muß es verwirren, wenn ein Abgeordneter betont, daß er dies oder jenes »mit allem Ernst« sage. Was soll's? Wir haben ja Herrn X, Y oder Z bzw. eine bestimmte Partei in dem Glauben gewählt, sie würde ernsthaft die gegebenen Versprechen einzulösen versuchen. Schließlich stand nicht die Wahl von »Scherzbolden«, sondern von Volksvertretern an, wobei es sicher nicht geringzuachten ist, wenn sie Sinn für Humor haben und auch im politischen Alltagsgeschäft gelegentlich über sich selbst lächeln. Was stört, ist der erhobene Zeigefinger mit dem Hinweis: »Und ich sage das mit allem Ernst!« Wozu dieser Unfug? Wissen sie nicht – das ist natürlich auch eine Frage der Intelligenz –, daß es ihrem Ansehen nützlicher wäre, wenn sie einfacher und verständlicher redeten und auf so einfallslose Wortgebilde verzichteten? Ähnliches gilt für Redewendungen, wie »und ich sage das mit allem Nachdruck« oder »und ich sage das aus innerster Überzeugung«.

Hier offenbart sich die gleiche sprachliche Entgleisung wie bei Politikern, die in wortreichen Höhenflügen von mehr »Demokratie«, »mehr Lebensqualität«, »mehr sozialer Symmetrie« u.a. schwärmen.

Verbeamtung

Dieses unglückselige Wort findet immer mehr Eingang in den Sprachschatz von Vertretern in Beamtenorganisationen, die in den Parlamenten sitzen und dort als auf Zeit beurlaubte Beamte den Löwenanteil der Mandate innehaben.
Daß Beamte dafür sind, immer mehr Beamte zu erzeugen, weil dies nach den verrückten Stellenplänen der öffentlichen Hand, dem Parkinsonschen Gesetz entsprechend, auch höhere besoldungsrechtliche Eingruppierungen nach sich zieht, ist verständlich. Wer nur 50 Beamte unter sich hat, wird geringer eingestuft als derjenige, der auf eine stattliche Zahl von 100, 200 oder gar von 500 Beamten herabblicken kann. Also muß verbeamtet, d.h. es müssen immer mehr Beamtenstellen geschaffen werden. Schließlich kommen auf so und soviel Assistenten, so und soviel Sekretäre, auf so und soviel Sekretäre, so und soviel Obersekretäre, auf so und soviel Obersekretäre so und soviel Hauptsekretäre usw. usw. Dieses Zahlenspiel setzt sich dann fort vom Inspektor bis zum Ministerialdirektor.
Erfreulicherweise gibt es auch Parlamentarier, die, weil nicht Beamte, meinen, daß eine uferlose Verbeamtung nicht der Weisheit letzter Schluß sei. Sie wagen also daran zu zweifeln, ob es notwendig ist, die Postzustellung, den Eisenbahndienst, die Feststellung von Sozialversicherungsrenten, die Ausstellung von Reisepässen usw. unbedingt von mit Hoheitsrechten ausgestatteten Beamten wahrnehmen zu lassen.
Es gibt, Gott sei Dank, sogar gelegentlich einsichtige Politiker, die meinen, daß sich viele sogenannte öffentliche Aufgaben viel besser und kostengünstiger durch Privatfirmen erledigen ließen. Aber wer glaubt schon daran? Die in den einschlägigen Gremien sitzenden (wenn auch auf Zeit beurlaubten) Beamten, ob im Bundestag, in den Länderparlamenten oder Kommunen, werden kraft ihrer Überzahl schon dafür sorgen, daß weiter verbeamtet wird.
Schade eigentlich, daß es noch kein Gesetz gibt, das Beamten (als Vertreter der Exekutive) verbietet, auch Parlamentarier (als Vertreter der Legislative) zu sein. Wie ist das eigentlich noch mit dem Grundsatz der Gewalteinteilung vereinbar? Oder sind Selbstbedienungsläden auch im politischen Bereich »in«? Die Parlamentarier beschließen ihre eigenen Diätenerhöhungen und die in den Parlamenten überrepräsentierten Beamten über die Anhebung ihrer Besoldungsstellen und den Ausbau schwachsinniger Stellenpläne.

Verhältnismäßigkeit der Mittel

Es gibt kaum einen Bereich, wo Politiker nicht von der gebotenen »Verhältnismäßigkeit der Mittel« sprechen. Wenn es z.B. darum geht, die Totengräber unserer Demokratie abzuwehren, so darf dies selbstverständlich nur mit der Einschränkung geschehen, wie es die »Verhältnismäßigkeit der Mittel« unbedingt notwendig erscheinen läßt.
Werden also beispielsweise im Bau befindliche Kernkraftwerke mit Steinen und Molotowcocktails »beglückt«, dürfen sich die Hüter der Ordnung, d.h. unsere unterbezahlten Polizisten, nur mit Plastikschilden gegen rechtwidrige und tödliche Angriffe schützen. Versuchen sie, diesen Angriffen entgegenzutreten, müssen sie sich den Vorwurf gefallen lassen, mit »unverhältnismäßigen Mitteln« vorgegangen zu sein. Dabei spielt es keine Rolle, wenn später festgestellt wird, daß weit mehr Polizisten verletzt worden sind, als die angeblich aus rein »ideellen« Beweggründen »aufmüpfigen« Demonstranten. Linke oder rechte Demonstranten sind Demokraten, Polizisten, die die Demokratie verteidigen, sind Bullen und müssen sich den Vorwurf gefallen lassen, das Gebot der »Verhältnismäßigkeit der Mittel« mißachtet zu haben.
Und das geht noch weiter! Wird man auf der Straße von einem Terroristen, der die Brieftasche verlangt, nur mit einem Messer angegriffen, darf man sich auch nur mit einem Messer verteidigen. Schießt man ihn nieder, da kein Messer zur Hand ist, macht man sich des Totschlags schuldig, weil es an der »Verhältnismäßigkeit der Mittel« mangelt.
Da ist unser unpolitisches Strafgesetzbuch doch eindeutiger. Dort wird unter Notwehr diejenige Verteidigung verstanden, die notwendig ist, um einen gegenwärtigen rechtswidrigen Angriff von sich oder einem anderen abzuwehren. Dieser Paragraph besteht seit fast 80 Jahren, ohne daß es so hochgestochener Begriffe wie »Verhältnismäßigkeit der Mittel« bedurfte. Und dieser Paragraph hat den Sinn, daß nicht in erster Linie der in Notwehr handelnde Angegriffene als Täter angeklagt wird, sondern der die Rechtsordnung mißachtende Angreifer. Warum soll das eigentlich nur noch bedingt gelten?
Um Irrtümern vorzubeugen: Auch die geltende Rechtsordnung gestattet es nicht, »mit Kanonen auf Spatzen zu schießen«.

Verschlagwortung

Wer als sorgloser und gutartiger Bürger erstmals mit diesem tollen Wortungetüm überfallen wird, meint, ihn »treffe der Schlag«, also im Gegensatz zu Apel, den früheren Finanz- und heutigen Verteidigungsminister, der wegen der unerwarteten Kritik an seinen Steuergesetzen glaubte, ihn »trete ein Pferd«.
Nun mag es bei Apel noch Gründe gegeben haben, die einen »Pferdetritt« verständlich erscheinen lassen, weil sein noch so gut gemeintes »Steuerpaket« nicht das hielt, was es versprach, und die arg gezausten Steuerpflichtigen ihren Mißmut entsprechend von sich zu geben wußten.
Demgegenüber erscheint die »Verschlagwortung« weniger tragisch, wenn auch unbegreiflich. Wer sich bei Werbeagenturen umsieht, erfährt, daß es sich hierbei um einen ganz normalen Vorgang handelt, nämlich um die Umsetzung hochgestochener und z.T. unverständlicher politischer Ziele in eine Form, die auch der einfache Bürger verstehen kann, selbst wenn es von der Sache her nicht ganz stimmt. Wichtig nur, »es geht ein«.
Nun weiß man endlich, was von Schlagworten, wie »Freiheit statt Sozialismus«, »mehr Demokratie wagen«, »Sicherheitsrisiko«, »mehr Lebensqualität«, »Berufsverbot«, »Entspannung durch Annäherung« usw., zu halten ist. »Verschlagwortung« ist die Lösung. Ob es der Sache nützt, ist nicht so wichtig. Der Zweck heiligt die Mittel.

Verursacherprinzip und Umweltschutz

Der Bundesbürger erstickt im Wohlstandsmüll, die Industrie verpestet Luft und Wasser, Lärm macht uns krank, höchstgefährliche chemische Substanzen, z.T. auf zentralen Müllabladeplätzen gelagert, haben die Sprengkraft von Zeitbomben. Angesichts dieser bedrohlichen Situation wurde das »Verursacherprinzip« erfunden, worunter sich leider nur wenige etwas vorstellen können. Das ist schade. Nun ist zuzugeben, daß dieser Begriff nicht hinreichend das zum Ausdruck bringt, was gemeint ist. Es sollen nämlich diejenigen, die uns und unsere Umwelt – aus welchen Gründen auch immer – gefährden, d.h., die die Gefahren verursachen, auch für deren Beseitigung Sorge tragen. Das ist im Grunde ein selbstverständliches rechtliches Gebot, das im Grundsatz schon im Bürgerlichen Gesetzbuch aus dem Jahre 1900 verankert ist.
Nun läßt sich einwenden, daß es in unserer modernen, auf ständiges Wachstum ausgerichteten Gesellschaft ohne Risiken nicht geht. Wer könnte das, von fanatischen Umweltschützern abgesehen, nicht verstehen. Ein Leben ohne Risiken gibt es nicht. Auch ein Abwägen des Notwendigen mit dem noch Vertretbaren verdient Beachtung. Jedenfalls dürfte die Mehrheit der Bürger die Versorgung mit Wärme und elektrischem Strom durch Kernkraftwerke (trotz der möglicherweise damit verbundenen Gefahren) für angenehmer halten, als bei Kerzenlicht und offenem Kamin zu frieren. Zudem, wer möchte die sonstigen vielen Annehmlichkeiten unseres Lebens, die uns, wenn auch durch nicht immer ungefährliche Technologien ermöglicht, missen (angefangen vom Schaumbad bis hin zur Verwendung hochgiftiger Spritzmittel für Ziergärten), vorausgesetzt, daß das Verursacherprinzip zur Anwendung kommt.
Was immer wieder Erstaunen auslöst, ist die Tatsache, daß beispielsweise die chemische Industrie hochgradige Giftstoffe, selbstverständlich zu Nutz und Frommen unserer Gesellschaft, herzustellen in der Lage ist, hingegen die dabei anfallenden Nebenprodukte oder Restbestände nicht wieder in harmlose Ausgangsstoffe zurückverwandeln kann. Jedenfalls fragt sich der unbefangene Betrachter, wenn diese hochintelligenten Leute so tolle Sachen erfinden und herstellen können, weshalb ist es ihnen nicht möglich, z.B. die auf Halden in Fässern gelagerten Giftstoffe wieder in ihre ungefährliche Ursprungsform zurückzuveredeln oder unschädlich zu machen. Und warum soll es eigentlich nicht möglich sein, z.B. einen aus Äpfeln gebrannten Schnaps, weil der Alkoholverbrauch sinkt

und die Naturfanatiker Oberwasser (nicht Feuerwasser) haben, in rotbäckige Äpfel, zumindest aber in alkoholfreies Apfelmus zurückzuverwandeln? Das mögen sicher wirklichkeitsfremde Vorstellungen sein. Aber nachdem unsere Wissenschaftler imstande sind, Atombomben herzustellen und Spaziergänge auf dem Mond zu ermöglichen, weshalb eigentlich nicht auch dies? Vielleicht könnte unser Forschungsminister oder der Entwicklungshilfeminister (da wäre doch wirklich etwas Vernünftiges zu entwickeln) einmal darüber nachdenken.

Nun gibt es im Bereich des Umweltschutzes auch weniger brisante Themen, die den Bürgern, und das sollte man nicht gering achten, auf den Nägeln brennen. Da ist beispielsweise an die Umweltverschmutzung durch Hundefäkalien zu denken. Wer das Glück oder Pech hat, ein besonders günstig gelegenes Grundstück zu haben, was die »süßen Vierbeiner« in zunehmendem Maße dazu verleitet, ihren Verdauungsprozeß gerade dort zu vollenden, wird kaum Anlaß zur Freude haben. Noch weniger darüber, wenn er kraft Gemeindeordnung unter Androhung entsprechender Bußgelder verpflichtet wird, die Gehwege rein zu halten. Da der Ausdruck »Buße« ohnehin schockiert (weshalb soll man eigentlich »büßen«, wenn fremde Hunde die Bürgersteige verunreinigen), liegt es nahe, die zuständigen Minister zu fragen, was sie eigentlich zur Lösung dieses – im Verhältnis zur »Entsorgung« des Atommülls – verhältnismäßig einfachen Problems getan haben.

Antwort: natürlich nichts, obwohl ein »mündiger Bürger« sowohl die Gesundheitsministerin als auch den Innenminister auf die Gesundheitsgefahren und die Störung der öffentlichen Ordnung wegen der zunehmenden Verschmutzung mit Hundefäkalien (täglich fallen 300 Tonnen an) aufmerksam gemacht und der Bundesregierung sogar einen Gesetzesvorschlag unterbreitet hatte. Und obwohl sich dieser Gesetzesvorschlag haargenau an das ansonsten hochgejubelte Verursacherprinzip anlehnte, blieb jede Reaktion der Ministerialen aus. Schade eigentlich. Denn offensichtlich wurde höheren Ortes verkannt, daß der Gesetzentwurf nicht nur mehr »Lebensqualität« versprach, sondern auch den oft bemühten Gedanken der Selbstverwaltung (die unmittelbar Beteiligten regeln öffentliche Angelegenheiten, wenn auch unter staatlicher Aufsicht, selbst) und listigerweise auch die Freude unserer Bürger an Vereinigungen und schönen Uniformen in weiser Einsicht berücksichtigte, wie der folgende Wortlaut (er lehnt sich streng an die sonstigen Gesetzesvorlagen der Bundesregierung an) verdeutlicht:

»Begründung zum Entwurf des Gesetzes zum Schutze der Bevölkerung vor Hundefäkalien (Hundeexkrementen)

Die Bundesregierung hat mit großer Sorge die zunehmende Verschmutzung der Straßen und Gehwege durch Hundeexkremente beobachtet; sie sieht darin nicht nur eine Gefahr für die Gesundheit der Bevölkerung, sondern auch eine Beeinträchtigung der persönlichen Freiheit der Passanten und Spaziergänger. Entsprechend der Regierungserklärung aus dem Jahre 1972, die dem mündigen Bürger mehr Lebensqualität (und nicht mehr Fäkalien) in Aussicht stellte, hält es die Bundesregierung für geboten, den anliegenden Gesetzesentwurf Bundestag und Bundesrat zur baldmöglichen Annahme zu empfehlen.

Entwurf

§ 1

Die Halter von Hunden werden auf regionaler Basis (Kreise, kreisfreie Städte) in Hundehalter-Genossenschaften zusammengeschlossen, die sich zur Koordinierung ihrer Aufgaben auf Landes- und Bundesebene in Dachverbänden organisieren.

§ 2

Aufgabe dieser Genossenschaften ist es, Straßen und Wege von Hundefäkalien freizuhalten.

§ 3

Die Hundehalter-Genossenschaften sind Körperschaften des öffentlichen Rechts, die sich selbst verwalten und unterhalten. Sie unterliegen der Aufsicht des Bundesministers für Gesundheit und des Bundesministers des Innern.

§ 4

Mitglied der Genossenschaft im Sinne des § 1 ist jeder Hundehalter. Die Mitgliedschaft beginnt kraft Gesetzes mit der Anschaffung eines Hundes.

§ 5

Die Mitglieder dieser Genossenschaft wählen aus ihrer Mitte einen Vorstand, der für die Wahrnehmung der sich aus § 2 ergebenden Aufgabe verantwortlich ist. Zu diesem Zweck ist er berechtigt, die Hundehalter anteilig je nach den zu bildenden Fäkalienbezirken, Fäkalienoberbezirken und Fäkalienhauptbezirken zur Beseitigung der Hundeexkremente zu verpflichten oder hauptamtlich Fäkalienbeseitiger anzustellen. Hundehalter, die sich ihrer Sachleistungspflicht entziehen, können mit einem Bußgeld bis zu 10.000,-- DM belegt werden.
Über die Reinhaltung der Fäkalienbezirke wacht der Vorstand, der sich hierzu hauptamtlicher Fäkalien-Aufsichtsbeamter bedienen kann. Diese müssen ein Hochschulstudium mit Erfolg abgeschlossen und eine Staatsprüfung über Umweltschutz abgelegt haben.

§ 6

Sowohl die ehrenamtlichen als auch die hauptamtlichen Fäkalienbeseitiger sind zum Tragen einer Uniform mit entsprechenden Dienstgradabzeichen (Fäkalienmeister, Fäkalienobermeister, Fäkalienrat, Fäkaliendirektor) berechtigt. Näheres hierüber bestimmt der Bundesminister des Innern. Entsprechendes gilt für die Fäkalienbeseitigungsgeräte und deren Kennzeichnung. Sie müssen den einschlägigen DIN-Normen und Sicherheitsvorschriften entsprechen.

§ 7

Alle durch die Wahrnehmung der gesetzlichen Aufgaben entstehenden Kosten sind je zur Hälfte von den Hundesteuerbehörden und den Hundehaltern aufzubringen. Der von den Hundehaltern aufzubringende Anteil ist durch Pflichtmitgliedsbeiträge zu erheben, die je nach Größe des Hundes (z.B. Bernhardiner Tarifklasse 10, Zwergpinscher Tarifklasse 0,5) gestaffelt werden können.

§ 8

Dieses Gesetz gilt auch im Lande Berlin.«

Weshalb dieser durchaus einleuchtende, vernünftige und »verursacherprinzipsgerechte« Gesetzesentwurf keine Gegenliebe fand, ist leicht zu erklären. Streitet man sich schon bei der Entsorgung von Atommüll darüber, wer zuständig ist (Bund oder Länder), ergeben sich bei der Beseitigung von Hundedreck noch vielfältigere Zuständigkeitsfragen, weil sich insoweit auch noch ureigenste Kompetenzen der Gemeinden ergeben. Dies erhellt schon daraus, daß z.B. die Bundeshauptstadt Bonn der Überflutung mit Hundekot durch drastische Erhöhung der Hundesteuern beizukommen versucht, während andere Städte und Gemeinden, »hundefreundlicher gestimmt«, die Aufstellung von Hundeklos bevorzugen, wenn auch mit recht zweifelhaftem Erfolg. So konnten zwar einige Hunde für die Benutzung der Hundeklos interessiert werden, aber das Toilettenpapier blieb unbenutzt und auch Verwechselungen mit den Sandkästen für spielende Kinder waren trotz ausreichender Beschriftung an der Tagesordnung. So müssen also auch weiterhin täglich ca. 300 Tonnen Hundekot umweltmäßig verkraftet werden, zumal auch die »Grünen« offensichtlich keine Lust verspüren, mit entsprechenden Bürgerinitiativen der Misere zu Leibe zu rücken.
Und was ebenso betrübt, ist, daß selbst die »dritte Gewalt« anscheinend von der Umweltverschmutzung durch süße Vierbeiner kapituliert hat. So hat ein hoher Senat des Oberlandesgerichts Celle mit höchstrichterlichem Scharfsinn festgestellt, daß das Abfallbeseitigungsgesetz auf Hundefäkalien keine Anwendung finden könne, weil es hierfür noch keine Abfallbeseitigungsanlagen gäbe. Und, so befanden die hohen Richter, sei daher der den Hundehaltern wegen Umweltverschmutzung erteilte Bußgeldbescheid aufzuheben.
Was die hohen Richter ansonsten noch an Merkwürdigkeiten von sich gegeben haben, verdient sicher, vor allem wenn man dies im Verhältnis zu Umweltproblemen bei der friedlichen Nutzung der Kernenergie sieht, zweifellos Beachtung. So meinten die hohen Richter in ihrer Urteilsbegründung u.a.:

Es könne dahingestellt bleiben, ob die Hundehalterin noch Besitz oder Gewahrsam an dem Hundekot gehabt habe, nachdem der Rauhhaardackel bereits seine Notdurft verrichtet hatte und ob insoweit noch ein Besitzwillen der Besitzerin rechtlich bedeutsam sei. Auch sei die Einordnung tierischer Fäkalien unter dem Begriff »Abfall« unmöglich und Hundekot mit Sicherheit kein Dung, weil sonst auch Taubendreck als solcher angesehen werden müsse.

Schließlich sei zu bedenken, daß es auch Fälle gäbe, in denen der Hund nicht nur zum

Kotausscheiden ausgeführt werde und der Hundehalter von dem plötzlichen Bedürfnis seines Hundes überrascht werden könne. Zwar sei es verboten, auf öffentlichen Straßen Papier und Obstreste, Scherben und sonstige Abfälle wegzuwerfen, brennbare, fettlösende und seifenhaltige, unreine und übelriechende Flüssigkeiten und Fäkalien auszugießen, diese kasuistische Regelung aber auf Hundesch... nicht zutreffe, weil es sich bei dem »Ablagern von Fäkalien durch den Hund« nicht um ein Fäkalienausgießen, wegwerfen usw. handele.

Zu hoffen bleibt, daß in wesentlich wichtigeren Fragen des Umweltschutzes Gerichte nicht zu ähnlich humorigen Entscheidungen kommen.
Man sieht, weder die Exekutive noch die Rechtsprechung möchten sich mit den Hundehaltern anlegen. Vielleicht spielt dabei auch eine Rolle, daß sowohl hohe Richter als auch Regierungsvertreter so süße Vierbeiner in ihren Familienverband aufgenommen haben und sie es unter ihrer Würde erachten, beim Ausführen ihrer »Lebensgefährten« ständig mit einem Eimer Sand, Kehrschaufel und Hundeklopapier hinterher zu traben. Und noch eines könnte schließlich insbesondere die Regierung davon abhalten, trotz besseren Wissens einzuschreiten:
Nach neuesten Schätzungen gibt es in der Bundesrepublik über 4 Mio. Hunde, d.h. nahezu 12 Mio. hundefreundliche Wähler (Hundehalter und Ehepartner oder Lebensgefährten und erwachsene Kinder), die zu verärgern sich keine politische Partei leisten kann. So werden wir also weiter in die »Sch....« treten müssen. Umweltschutz und Verursacherprinzip bleiben auf der Strecke.

*

Wahlplattform

Ursprünglich war es nur die FDP (damals noch ohne Pünktchen), die vor Wahlen eine sogenannte Wahlplattform verkündete. Später zogen alle Parteien nach. Die Annahme, es könne sich hierbei um den Bau von Plattformen handeln, wie sie beispielsweise auf Bohrinseln, Leuchttürmen, Hochöfen, Industrieanlagen anzutreffen sind und von wo aus dann die Wahlprogramme ausposaunt würden, ist irrig. Politiker auf hohen Podesten, die mit markiger Stimme Neues verkünden, waren nicht zu sehen. Das ist gut so, auch im Interesse der Unfallverhütung. Denn welcher Politiker ist schon schwindelfrei. So möchten auch die Parteistrategen diesen Begriff mehr im übertragenen Sinne verstanden wissen. Aber auch das löst Zweifel aus. Folgt man den Vorstellungen der Parteizentralen, so geht es darum, der sogenannten Basis eine Orientierungshilfe für den Wahlkampf zu geben. Es gilt, dem Wahlvolk Versprechungen schmackhaft zu machen, deren Erfüllung vom Wahlsieg gerade dieser Partei abhängt. Da es kaum einen Wähler gibt, der die Programme der Parteien kennt, was auch schwierig ist, weil sie sich ohnehin kaum voneinander unterscheiden, lag die Erfindung von Wahlplattformen nahe.
Kritische Betrachter könnten zwar auf die Idee kommen, bei Wahlplattformen an Plattheiten zu denken. Aber das ist wohl ein abwegiger Gedanke. Daß die in Wahlplattformen gemachten Versprechungen nach der Wahl schnell vergessen sind, ist schließlich Voraussetzung dafür, vor der nächsten Wahl eine neue Wahlplattform aus dem Hut zu zaubern.

B Muster einer Begrüßungsansprache für Politveranstaltungen aller Art

- Sehr geehrter Herr... (je nach Anwesenheit: Minister, Oberbürgermeister, Regierungspräsident, Staatssekretär usw.)...
- liebe Parteifreunde... (gegebenenfalls auch Genossinnen und Genossen)
- liebe Kolleginnen und Kollegen...
- liebe Gäste...
- meine sehr verehrten Damen und Herren...
- und nicht zuletzt meine Damen und Herren von Presse, Funk und Fernsehen...

Es erfüllt uns alle, meine politischen Freunde und mich, mit großer Freude, daß Sie es sich trotz ihrer vielen Terminverpflichtungen nicht haben nehmen lassen, an unseren heutigen Beratungen und Diskussionen (wenn auch nur als geduldiger Zuhörer – Anmerkung des Verfassers) teilzunehmen. Wir wissen das schon deshalb besonders zu schätzen, weil Sie aus diesem Grunde sogar Ihren Arbeitsurlaub unterbrochen, Arbeitsessen versäumt und Arbeitsbesuche abgesagt haben. Es bewegt uns jedenfalls zutiefst, daß Sie unbeschadet relevanter Entscheidungen im bilateralen, multilateralen und supranationalen Bereich und der vielfältigen Assoziierungsvorhaben, an denen Sie mehr oder weniger beteiligt sind (meist weniger = Anmerkung des Verfassers) den Weg zu uns gefunden haben (der Dank des Vaterlandes ist Ihnen gewiß = Anmerkung des Verfassers). Besonderer Dank aber gilt den Frauen und Männern an der Basis, die zwar von Diäten verschont, aber nicht zuletzt deshalb ohne elitäre Eiertänze besonders prädestiniert erscheinen, das programmatisch oder pragmatisch zu artikulieren, was in der uns eigenen aufgeschlossenen Atmosphäre im Interesse einer höheren Effizienz zur weiteren Verdeutlichung der uns allen am Herzen liegenden Probleme beitragen könnte, sei es im Bereich der Emanzipation, der verschulten Berufsausbildung, der Eindämmung faschistoider und der Förderung umweltfreundlicher Aktivitäten, der Innovation und Infrastruktur, ganz zu schweigen von der Entwicklung neuer Vorstellungen zur Humanisierung der Arbeitswelt, von mehr Lebensqualität, einer engeren Knüpfung des sozialen Netzes, einer noch ausgewogeneren sozialen Symmetrie und einer kreativen Intensivierung der Kommunikation. Dies alles setzt natürlich die Manifestation zielgruppenspezifizierter Postulate voraus.

Aber, meine lieben Freunde, dies sind selbstverständlich nur Teilaspekte, die ich hier, ohne den Beratungen vorgreifen zu wollen, nur kurz anreißen konnte. Aber eines lassen Sie mich noch mit allem Ernst hinzufügen:
Auf die Gewichtung und eine enge Kooperation unter Ausklammerung jeglicher Konfrontation, die nur dem Gegner nutzt, kommt es an. Spektakuläre Alleingänge sind fehl am Platze. Integration, Flexibilität und Harmonisierung sind das Gebot der Stunde und es gilt, permanent Flagge zu zeigen. Die Talsohle liegt hinter uns, eine Tendenzwende zeichnet sich ab, nun kommt es nur noch auf ein optimales Timing und eine transparente Transformation ohne Frustration an. Wenn wir, meine Freunde, dies beherzigen und all das progressiv und konzentriert nachvollziehen, festschreiben, quantifizieren, qualifizieren, maximieren und minimieren, was den Weg vom Minuswachstum zum Nullwachstum freimacht, wird uns der Erfolg sicher sein, zum Nutzen unserer pluralistischen Gesellschaft und unserer mündigen (und unmündigen = Anmerkung des Verfassers) Bürger hier und heute in diesem Lande. In diesem Sinne, meine lieben Freunde, werden wir unbeirrt den Weg der Entspannung durch Annäherung in allen Lebensbereichen, Administration eingeschlossen, gehen und alles abfedern, was meist durch Sachzwänge bedingt, infolge eskalierender Ausuferungen im Interesse unserer sozialen Sicherheit der Korrektur bedarf. Und in diesem Sinne, meine Freunde, werden wir uns auch im Interesse einer optimalen Relevanz ohne Irritation nicht scheuen, ein Alternativszenarium zu konzipieren. Ich danke für Ihre Aufmerksamkeit.

Das Wort hat nun...

Es folgen Grußworte und Grußbotschaften...

Zunächst der Vertreter der Stadt (Oberbürgermeister, Bürgermeister oder Stadtdirektor), in deren Mauern die Veranstaltung stattfindet...

Nunmehr folgen streng nach Rang und Namen geordnet Minister (falls anwesend), Präsidenten und Vorsitzende aller Art, Vertreter zahlreicher Organisationen usw. ...

Den Abschluß bildet die Verlesung von Grußbotschaften, wobei insbesondere solchen von verwandten Organisationen des Auslandes ein hoher Stellenwert beizumessen ist...

C Gesetzeritis
Gesetze, Verordnungen, Erlasse über alles

Was im alten Ägypten die Mäuseplage, in biblischer Zeit die Heuschreckenplage war, ist in unserer Zeit, jedenfalls in der Bundesrepublik Deutschland, die Gesetzesplage. Sie hat – im Gegensatz zu den verbalen Beteuerungen unserer Gesetzemacher und Spitzenpolitiker – atemberaubende Züge angenommen.

Was da alles gesetzlich geregelt und dem sogenannten »mündigen Bürger« verordnet wird, verspürt der von den angeblichen Segnungen dieser »Gesetzeritis« beglückte Bürger erst dann, wenn er selbst betroffen ist. Aber dann ist es meist zu spät. Er resigniert, weil er weder die Gesetzes- und Verordnungstexte versteht, noch in der Lage ist, die zahlreichen komplizierten Fragebögen – von einer hochbezahlten Ministerialbürokratie ausgeheckt – auszufüllen. Folge: Er verzichtet, weil er es sich nicht leisten kann, hierfür Sachverständige in Anspruch zu nehmen, es sei denn, er hat das Glück, einen nebenverdienenden Beamten gegen ein tragbares Salär auf seiner Seite zu wissen.

Um nicht mißverstanden zu werden: Ordnung muß sein. Man kann es aber auch übertreiben.

Im folgenden einige Beispiele aus der Gesetzes- und Verordnungsflut der jüngsten Zeit. So wurde in Gesetzes- und Verordnungsblättern u.a. verkündet:

Im Bundesgesetzblatt

Verordnung über die Gewährung von Vergütungen an Erzeugerorganisationen zum Ausgleich von Kosten für die Entnahme von Marktordnungswaren aus dem Handel im Rahmen der gemeinsamen Marktorganisation für Fischereierzeugnisse (Rücknahmevergütungs-Verordnung Fischereierzeugnisse) vom 18.4.1977.

Verordnung über Fruchtsaft, konzentrierten Fruchtsaft und getrockneten Fruchtsaft (Fruchtsaftverordnung) vom 25.11.1977.

§ 1 Begriffsbestimmungen:

(1) Fruchtsaft ist der mittels mechanischer Verfahren aus Früchten gewonnene, gärfähige, aber nicht gegorene Saft, der die charakteristische Farbe, das charakteristische Aroma

und den charakteristischen Geschmack der Säfte der Früchte hat, von denen er stammt.

(3) Konzentrierter Fruchtsaft ist das aus Fruchtsaft durch physikalisches Abtrennen eines bestimmten Teils des natürlichen Wassergehalts hergestellte Erzeugnis.

(5) Getrockneter Fruchtsaft ist das aus Fruchtsaft durch physikalisches Abtrennen nahezu des gesamten natürlichen Wassergehalts hergestellte Erzeugnis.

Es folgen weitere 8 §§.

Verordnung über Fruchtnektar und Fruchtsirup vom 8.12.1977

§ 1 Begriffsbestimmungen:

(1) Fruchtnektar ist das nicht gegorene aber gärfähige, durch Zusatz von Wasser und Zucker zu Fruchtsaft, konzentriertem Fruchtsaft, Fruchtmark, konzentriertem Fruchtmark oder einem Gemisch dieser Erzeugnisse hergestellte Erzeugnis, das mindestens den in der Anlage festgelegten Gehalt an Fruchtsaft oder Fruchtmark und an Gesamtsäure aufweist.

(2) Fruchtsirup ist eine dickflüssige Zubereitung, die aus Fruchtsaft, aus konzentriertem Fruchtsaft oder aus Früchten unter Verwendung von Zuckerarten mit oder ohne Aufkochen hergestellt wird. Er darf höchstens 68 Gewichtshundertteile Zucker, berechnet als Invertzucker, enthalten und muß mindestens 65 Gewichtshundertteile lösliche Trockenmasse aufweisen.

Es folgen weitere 7 §§.

Vierte Verordnung zur Änderung der Verordnung über Ausnahmen von Vorschriften der Verordnung über die Beförderung gefährlicher Güter auf der Straße vom 20.1.1976.

Vierte Verordnung zur Änderung der Verordnung zur vorübergehenden Verordnung über die Beförderung gefährlicher Güter auf dem Rhein vom 15.3.1976.

Verordnung über die Körung von Bullen vom 20.8.1979

Hier einige Auszüge:

§ 1:

Das Mindestalter eines Bullen für die Körung beträgt ein Jahr.

§ 2:

(1) Der Zuchtwert eines Bullen wird mit Hilfe wirtschaftlich wichtiger, der Zuchtrichtung entsprechender Leistungsmerkmale unter Berücksichtigung der Merkmale der äußeren Erscheinung festgestellt. Dabei werden je nach der Zuchtrichtung des Bullen mindestens die Zuchtwertteile Milchleistung oder Fleischleistung oder beide Zuchtwertteile festgestellt. Der Zuchtwertteil Milchleistung umfaßt mindestens das Leistungsmerkmal Fettmenge, der Zuchttwertteil Fleischleistung mindestens die Leistungsmerkmale Gewichtszunahme und Fleischanteil. Die Leistungsmerkmale werden in Leistungsprüfungen ermittelt.

(2) Zur Feststellung der Zuchtwertteile werden die einzelnen Leistungsmerkmale nach ihrer sich aus dem Zuchtprogramm ergebenden Bedeutung für die Wirtschaftlichkeit der Nachkommen gewichtet. Die Zuchtwertteile werden in einem Index zusammengefaßt. Die äußere Erscheinung wird mit Noten bewertet.

(3) Anlage 1 enthält Grundsätze für die Durchführung der Leistungsprüfungen, Anlage 2 Grundsätze für die Feststellung des Zuchtwertes.

§ 3:

(1) Ein Bulle erfüllt die Anforderungen hinsichtlich seines Zuchtwertes, wenn er

1. hinsichtlich der im Index zusammengefaßten Zuchtwertteile nach dem Punktsystem der Anlage 2 Nr. 1.1

a) bei Bullen der Zuchtrichtung Milch oder der Zuchtrichtung Fleisch mindestens 110 Punkte,

b) bei Bullen der Zuchtrichtung Fleisch mindestens 65 Punkte und

2. hinsichtlich der äußeren Erscheinung nach dem Notensystem der Anlage 2 Nr. 2 mindestens die Note 4

erreicht.

(2) Bei der Feststellung des Zuchtwertes muß hinsichtlich der Milchleistung und der Fleischleistung die Mindestgenauigkeit nach Anlage 2 Nr. 14 erreicht werden. Kann diese Mindestgenauigkeit hinsichtlich der Milchleistung wegen geringerer Tierzahl der Population nicht erreicht werden, so kann die zuständige Behörde zulassen, daß der Zuchtwertteil Milchleistung der Bullenmutter ausreicht.

§ 4:

Bei der Feststellung des Zuchtwertes von Bullen, die nicht im Geltungsbereich dieser Verordnung aufgezogen worden sind, kann die zuständige Behörde auf Antrag von der Feststellung des Zuchtwertteils Fleischleistung absehen.

Es folgen weitere §§. Darüber hinaus als Anlagen die »Grundsätze für die Durchführung der Leistungsprüfungen« und die »Grundsätze für Feststellung des Zuchtwertes« bestehend aus ca. 50 Abschnitten (= 4 engbedruckte Seiten).

Was den nichtbullenzüchtenden Normalbürger in Erstaunen versetzt, ist, daß auch bei vierbeinigen Bullen das äußere Erscheinungsbild eine Rolle spielt und darüber hinaus die Milchleistung als Zuchtwertteil von Bedeutung ist. Zum Glück erfährt man später aus den umfangreichen »Grundsätzen für die Durchführung der Leistungsprüfungen«, daß nicht die Milchleistung des Bullen, sondern die seiner weiblichen Vorfahren oder seiner Töchter gemeint ist. Auf die übrigen seitenfüllenden Prüfungs- und Bewertungsvorschriften muß leider aus Raummangel verzichtet werden. Nur soviel: Für Bullen (in den Vorschriften als Probanden bezeichnet) gibt es – im Gegensatz zu den Noten in unseren allgemeinbildenden Schulen – eine Notenskala von 9–1, angefangen von ausgezeichnet bis sehr gut. Hoffentlich erfahren unsere Kultusminister nichts davon.
Was dem Bullen recht ist, muß natürlich auch den Ebern (= männliche Schweine) den Hengsten (= männliche Pferde) und den Schafböcken billig sein. So gibt es im gleichen Gesetzblatt eine

Verordnung über die Körung von Ebern

eine

Verordnung über die Körung von Hengsten

und eine

Verordnung über die Körung von Schafböcken

Auch diese mit zahlreichen §§ bestückten Verordnungen enthalten mehrseitige Anlagen, die sich mit den »Grundsätzen für die Durchführung der Leistungsprüfungen« und den »Grundsätzen für die Feststellung des Zuchtwertes« befassen.

Was auffällt, ist das recht unterschiedliche Körungsalter. Während bei Bullen das Mindestalter 1 Jahr, bei Hengsten 2 Jahre beträgt, dürfen Eber und Schafböcke schon mit 5 Monaten!

Was glücklich macht, ist, daß der Gesetzgeber auch bei diesen Vierbeinern von Müttern, Schwestern, Vätern, Großvätern und Töchtern spricht und auch die sonstigen Vorfahren gebührend würdigt. Auch ist gutzuheißen, daß die Notenskala von 9–1 mit Ausnahme bei Hengsten – überall gleich ist, ebenso daß die Würdigung der Erscheinung eine Rolle spielt.

Daß es im übrigen beim Prüf- und Feststellungsverfahren Unterschiede geben muß, ergibt sich – im wahrsten Sinne des Wortes – aus der Natur der Sache. Schließlich kann man einen körungsfreudigen Schafbock nicht mit einem vielleicht frustrierten Bullen vergleichen.

So gibt es je nach Tierart Milchleistungsprüfungen (natürlich bezogen auf weibliche Vorfahren, Mütter, Schwestern und Töchter), Stationsprüfungen, Feldprüfungen, Fleischleistungsprüfungen, Geschwisterprüfungen, Turnierprüfungen (hiervon sind Bullen, Eber und Schafböcke ausgeschlossen, was eigentlich traurig stimmt), Eigenleistungsprüfungen, Zuchtleistungsprüfungen usw. Man kann nur hoffen, daß die Probanden dies alles verstehen und die Prüfungen ungeschoren bestehen.

Bemerkenswert erscheint auch, daß die Laktionsleistung und, insbesondere bei Bockmüttern, die Population von Bedeutung ist.

Im Gesetz- und Verordnungsblatt Nordrhein-Westfalen

Verordnung über die Zuständigkeiten nach den Verordnungen zur Ausführung der Verordnung über die Schädlingsbekämpfung mit hochgiftigen Stoffen vom 14.9.1977

Verordnung zur Aufhebung der Verordnung über die Aufhebung der Hofeigenschaft vom 21.6.1976

Verordnung über die Aufhebung der Verordnung über Zuständigkeiten nach der Einhufer-Einfuhrverordnung vom 16.11.1976

Dreizehnte Verordnung zur Änderung der Zweiten Ausführungsverordnung zum Gesetz zur Ausführung des Bundessozialhilfegesetzes vom 3.11.1976

Verordnung zur Übertragung der Zuständigkeit des Finanzministers für die Kürzung der Anwärterbezüge der Beamten auf Widerruf im Vorbereitungsdienst der Finanzverwaltung des Landes Nordrhein-Westfalen vom 11.7.1975

Verordnung über die Beseitigung von Stroh außerhalb von Abfallbeseitigungsanlagen (Strohverordnung) vom 8.7.1974

§ 1:

Stroh, das auf landwirtschaftlich genutzten Grundstücken als Abfall anfällt, darf außerhalb von Abfallbeseitigungsanlagen (§ 4 Abs. 1 AbfG) auf solchen Grundstücken beseitigt werden. Das gilt nicht, soweit Stroh einem Beseitigungspflichtigen nach § 3 Abs. 1 AbfG aufgrund des Anschluß- und Benutzungszwanges als Abfall zu überlassen ist.

Für die Art und Weise der Beseitigung von Stroh außerhalb von Abfallbeseitigungsanlagen gelten die Vorschriften der §§ 2 und 3;

(diese bestehen aus insgesamt 5 Absätzen und 12 Unterpunkten nebst weiteren 5 Unterunter-Punkten über Mindestabstände. Im Einzelfall können jedoch weitergehende Anforderungen gestellt werden. Zuständig ist die örtliche Ordnungsbehörde).

§ 4:

Sonstige öffentlich- rechtliche Vorschriften, insbesondere über zusätzliche Genehmigungserfordernisse oder besondere Anforderungen...
bleiben unberührt.

§ 5:

Diese Verordnung tritt am Tage nach ihrer Verkündung in Kraft.

(Und nun lese man und staune: Sie tritt am 31. Dezember 1975 außer Kraft).

Wurde hier leeres Stroh gedroschen?
Durch VO vom 25.7.1975 (also rd. 5 Monate vor außer Krafttreten der VO) ist dann § 3 der VO nochmals dahingehend geändert worden, daß der Abstand zwischen Schwaden nicht mindestens 8 m, sondern mindestens 4 m betragen müsse.

Am 15.7.1976 ist dann die

Verordnung über die Beseitigung pflanzlicher Abfälle außerhalb von Abfallbeseitigungsanlagen (Pflanzen-Abfall-Verordnung) ergangen.

Diese VO behandelt wiederum die Verbrennung von Stroh, das aus landwirtschaftlich genutzten Grundstücken als Abfall anfällt, zusätzlich über Schlagabraum (Überreste, die beim Holzfällen anfallen) sowie Kleingartenabfällen.
Der Grundsatz, der diese Vorschrift beherrscht, ist in § 1 aufgezeigt: »Pflanzliche Rückstände sollen, wenn sie nicht anderweitig verwertbar sind, nach Möglichkeit dem Boden durch Ausbreiten und Liegenlassen, Einarbeiten, Kompostieren oder ähnliche Verfahren, unter Umständen nach Zerkleinerung, wieder zugeführt werden (Verrotten), Geruchsbelästigungen dürfen nicht auftreten.

Wenn verbrannt wird, sind Gefahren, Belästigungen, das Übergreifen des Feuers und so weiter zu vermeiden, »den Tieren ist die Fluchtmöglichkeit offenzuhalten« (§ 3 Abs. 2 letzter Halbsatz).

Im übrigen wird vorgeschrieben, an welchen Tagen und Tageszeiten verbrannt werden darf, wie das Material geschichtet und gestapelt werden muß, welche Abstände einzuhalten sind, oder welches Verhalten bei bestimmten Windrichtungen und Witterungslagen zu beachten ist.

Dies alles wird jedoch noch kompliziert durch sonstige öffentlich-rechtliche Vorschriften, die nach § 2 Abs. 3 unberührt bleiben.

Verordnung über die Rahmenrichtlinien für die Aufstellung kommunaler Weiterbildungsentwicklungspläne vom 6.12.1976

§ 1 S. 2 dieser VO lautet:

»Ziel der Weiterbildungsentwicklungsplanung ist die Deckung des Weiterbildungsbedarfs im Sinne von § 3 und 4 Abs. 1 1.WbG«.

Die §§ tragen z.B. folgende Überschriften:

§ 2 Planungsträger
§ 3 Planungsbereich
§ 4 Planungsbeteiligte
§ 5 Planungszeitraum
§ 8 Abstimmung der Weiterbildungsentwicklungsplanung mit den Planungen der Einrichtungen der Weiterbildung in anderer Trägerschaft
§ 13 Prüfung der Weiterbildungsentwicklungspläne durch den Regierungspräsidenten

Im Ministerialblatt Nordrhein-Westfalen

Unter dem 12.1.1977 gibt der Minister für Arbeit, Gesundheit und Soziales des Landes Nordrhein-Westfalen in Übereinstimmung mit dem Bundesminister für Arbeit und Soziales eine 3 Varianten behandelnde, in 3 Absätze untergliederte und 21 halbseitige Zeilen umfassende Stellungnahme per *Runderlaß* bekannt, der folgende Überschrift trägt:

»Übernahme der Fahr- und Transportkosten während der Durchführung einer Badekur bei Verlegung eines versicherten Beschädigten (Anm.: nach dem BVG) von einer Kureinrichtung in ein Krankenhaus zur Behandlung schädigungsunabhängiger Erkrankungen«

Runderlaß des Innenministers des Landes Nordrhein-Westfalen vom 22.3.1977 betr.: »Belohnung für die Bergung und Sicherung von Wasserleichen«

1. Wer eine im Wasser treibende Leiche oder Teile davon an Land bringt, erhält eine Belohnung von DM 50,--.

2. Wer eine im Wasser treibende Leiche oder Teile davon zwar nicht an Land bringt, aber durch Festmachen am Ufer, an Bollwerken oder durch ähnliche Maßnahmen vor dem Abtreiben sichert und die Polizei benachrichtigt, erhält eine Belohnung, die je nach dem Grad der Mühewaltung mit 25,-- bis 50,-- DM zu bemessen ist.

3. Waren an der Bergung oder Sicherung mehrere Personen beteiligt, so ist die Belohnung nach dem Maß ihrer Mühewaltung zu verteilen.

4. Erfolgt die Bergung oder Sicherung unter besonders schwierigen oder gefährlichen Umständen, kann die Belohnung bis zu einem Höchstbetrag von DM 100,-- erhöht werden.

Darüber hinaus gibt es aber noch weitere lustige Verordnungen, so z.B. die

»Bekanntmachung einer bindenden Festsetzung von Entgelten für die Herstellung von Rosenkränzen in Heimarbeit vom 10. April 1978« oder: »Bekanntmachung einer bindenden Festsetzung über Urlaub für die mit der Herstellung von Rosenkränzen und Gebetsketten in Heimarbeit Beschäftigten vom 10. April 1978« oder die »Bekanntmachung einer bindenden Festsetzung von Entgelten für die mit Weißstickerei, Handklöppelei, Filetstopfen und Tülldurchzugsarbeiten in Heimarbeit Beschäftigten vom 22. Februar 1978«. Zwei ganze Seiten des Bundesanzeigers werden benötigt, um die Einzelheiten der Fleißarbeit des aus sieben Mitgliedern bestehenden »Heimarbeitsausschusses für Weißstickerei, Handklöppelei, Filetstopfen und Tülldurchzugsarbeiten« bekanntzumachen. Man erfährt dann beispielsweise, daß das Grundentgeld beim Filetstopfen für 1000 Stopflöcher 5,07 Mark beträgt, wobei die Bewertung der Stopflöcher nach der jeweiligen Stichart erfolgt; so zählen bei Wellenstichen vier Löcher als ein Stopfloch, beim Grätenstich dagegen genügen bereits drei Löcher! Und schließlich gibt es einen

Runderlaß vom 28.6.1967 über Richtlinien für die Gewährung von Zuschüssen zur Anschaffung von Milchanwärmgeräten in Schulen aus Mitteln der Umlage zur Förderung der Milchwirtschaft.

Ziffer 1: Zweck der Förderungsmaßnahme

»Durch die Gewährung von Zuschüssen soll den Schulen die Anschaffung von Geräten erleichtert werden, mit denen die Schulmilch, die zu einer gesunden körperlichen Entwicklung der Jugend und zur Stützung ihrer geistigen Aufnahmefähigkeit beiträgt, in der kälteren Jahreszeit angewärmt werden kann«.

(Anm.: Nun gibt es sogar »Schulmilch«. Bisher kannte man im wesentlichen nur Kuhmilch, Ziegenmilch und Muttermilch.)

Dieser Runderlaß des Ministers für Ernährung, Landwirtschaft und Forsten vom 28.6.1967 hatte eine Lebensdauer von knapp 10 Jahren, bevor er durch Rderl. vom 14.1.1977 aufgehoben wurde.

Um Irrtümern vorzubeugen:
Wenn das Gesetz- und Verordnungsblatt und das Ministerialblatt von Nordrhein-Westfalen hier häufiger zitiert wird, so ist das rein zufällig. Ähnliche und noch groteskere Gesetze, Verordnungen und Erlasse finden Sie natürlich auch in Gesetz- und Verordnungsblättern der übrigen Länder, die des Bundes eingeschlossen.
Und wenn Sie ein humoriger Mensch sind, bestellen Sie eine solche Gesetzes- und Verordnungssammlung. Sie werden bei jeder Neuerscheinung herzlich lachen können. Selbst der »Strahlemann« aus Niedersachsen, Ernst Albrecht, hat offensichtlich den Verordnungswahn nicht eindämmen können. So gibt es doch tatsächlich in der 2. Januarnummer 1979 des Niedersächsischen Ministerialblattes vom Minister des Innern detaillierte Anweisungen, wie »fortan« bei Ehe- und Altersjubiläen zu verfahren ist. So sollen, diesem Erlaß zufolge, *) z.B. Ehepaare zum 50-, 60-, 65- und 70-jährigen Ehejubiläum eine Glückwunschurkunde und eine Ehrengabe erhalten. Darüber hinaus wird verordnet, daß Altersjubilare zum 100. Geburtstag dasselbe und für jeden weiteren Geburtstag nur noch Glückwünsche erhalten. Unter Ziffer 1.2 wird, damit nicht etwa ein Unbefugter zu der Ehrung kommt, präzise festgelegt, wer dafür in Frage kommt. Einmal muß, was einigermaßen verständlich ist, der Jubilar seinen Wohnsitz in Niedersachsen haben. Zum anderen – pensionierte Gastarbeiter sind ausgeschlossen – muß er Deutscher im Sinne des Grundgesetzes sein. Und schließlich muß er – man lese und staune – »einer Ehrung würdig sein«. Erfüllt eine Hundertjährige diese Anforderungen und wird ein Ehepaar zum 70. Hochzeitstag diesen Kriterien gerecht, dann geht dennoch keineswegs alles schon seinen Gang. Denn ein Rechtsanspruch auf Glückwunschurkunde, Ehrengabe und Geldgeschenk besteht natürlich keineswegs.

*) hier folgt der Verfasser den Ausführungen von Hans-Peter Sattler in der HAZ vom 16.1.1979

Auch das behördliche Verfahren für die Ehrung ist in dem Runderlaß genau festgelegt. Glückwünsche zum 70jährigen Ehejubiläum sowie zum 100. und jedem weiteren Geburtstag unterzeichnet der Ministerpräsident selber, läßt sie aber durch die Bezirksregierung, den Kreis oder die Gemeinde überreichen. Die Glückwünsche zu den anderen Jubiläen unterschreibt nur noch der Regierungspräsident im Namen der Landesregierung. Von besonderem Feingefühl zeugt die nachfolgende Vorschrift: »Wird ein Geldgeschenk ausgehändigt, so ist zum Ausdruck zu bringen, daß es sich um eine Gabe der Landesregierung handelt«.
Das Verfahren kommt, wie könnte es anders sein, natürlich nur auf Antrag in Gang (wobei der Runderlaß offen läßt, wer eigentlich den Antrag zu stellen hat). Die Anträge für Ehrungen, bei denen der Regierungschef selber unterzeichnet, sind spätestens drei Wochen vor dem Jubiläumstag auf dem Dienstweg vorzulegen. Unter der Ziffer 2.4 stellt der Erlaß fest, daß eine Ehrung nur dann sinnvoll sei, wenn sie am Festtag erfolge, und zieht daraus als überraschende Konsequenz die Anweisung, die »Anträge schnell zu bearbeiten« – als ob ein Bürger nicht ohnehin davon ausgehen könnte, daß jedes seiner Anliegen schnell bearbeitet wird.
Der Jubilar, bei dem schließlich der amtlicherseits bestellte Gratulant erscheint, sollte sich allerdings vor dem Irrglauben hüten, ausgerechnet für ihn sei eine besonders hübsche Ehrengabe ausgesucht worden. Denn der Erlaß bestimmt nicht nur, daß als Ehrengabe ein handgemalter Wandteller mit Blumenmotiven zu überreichen ist, sondern legt auch gleich genau das jeweilige Motiv fest: beim 50-jährigen Ehejubiläum ziert eine Rose den Teller, beim 60jährigen eine Nelke, beim 65jährigen ein Veilchen und beim 70jährigen ein Güldenkraut. Nur zum 100. Geburtstag schmückt den Teller ein ganzer Blumenstrauß.
Ist es vermessen zu fragen, ob man als stark gebeutelter Steuerzahler über soviel Unfug lachen oder weinen soll?

D Abkürzungsperversionen oder »Hätten Sie's gewußt?«

In der ersten Hälfte dieses Jahrhunderts waren Abkürzungen noch einigermaßen verständlich. So wußten die vielgerühmten »mündigen Bürger« noch, daß unter »BGB« das Bürgerliche Gesetzbuch, unter »StGB« das Strafgesetzbuch und unter »HGB« das Handelsgesetzbuch gemeint war, nur um einige Beispiele zu nennen. Das hat sich geändert, seitdem unsere Gesetze und Verordnungen immer weitschweifigere Bezeichnungen haben. Die Kunst, ein Gesetz, eine Verordnung oder einen Begriff sinnvoll und verständlich abzukürzen, scheint genauso verlorengegangen zu sein, wie die Fähigkeit, klare und überschaubare Gesetze und Verordnungen zu machen. Oder wissen Sie, was sich unter folgenden Abkürzungen verbirgt:

AGBAFöGNW
AuslGVwV/AANW
AVOzScHFG
BliWaG
CPIVO
DVOzöbVerm-IngBO
HdlStatG
GrEStUFG
KOVO
NOVO
LTierKBG
SchMG
VKZVKG

Die Auflösung finden Sie auf der nächsten Seite

AGBAFöGNW	Ausführungsgesetz (des Landes NRW) zum Bundesausbildungsförderungsgesetz
AuslGVwV/AANW	Ausführungsanweisung (des Landes NRW) zur allgemeinen Verwaltungsvorschrift zur Ausführung des Ausländergesetzes
AVOzSchFG	Verordnung zur Ermittlung der Zahl der Lehrstellen, die zur Deckung des normalen Unterrichtsbedarfs an öffentlichen Schulen erforderlich sind
BliWaG	Gesetz über den Vertrieb von Blindenwaren
CPlVO	Campingplatzverordnung
DVOzöbVerm-IngBO	Verordnung zur Durchführung der Berufsordnung für die öffentlich bestellten Vermessungsingenieure in Nordrhein-Westfalen
HdlStatG	Gesetz über die Statistik im Handel und Gaststättengewerbe vom 10.11.1978
GrEStUFG	Gesetz über Grunderwerbsteuerbefreiung bei Änderung der Unternehmensform
KOVO	Kurorteverordnung
NOVO	Verordnung über Nachbarorte (Nachbarorteverordnung)
LTierKBG	Gesetz zur Ausführung des Gesetzes über die Beseitigung von Tierkörpern, Tierkörperteilen und tierischen Erzeugnissen – Landestierkörperbeseitigungsgesetz –
SchMG	Schulmitwirkungsgesetz
VKZVKG	Gesetz über die kommualen Versorgungskassen und Zusatzversorgungskassen im Lande NW

E Nachlese

Nur ein Teil von Begriffen und Aussagen im Polit-, Partei- und Behördenchinesisch, denen sich unsere Bürger alltäglich gegenübersehen, konnte hier abgehandelt werden. Dabei wurde versucht, nicht nur sprachliche Ungereimtheiten aufzuzeigen, sondern auch kritische Anmerkungen zu machen.

Bezweckt wurde nur dies: den Finger auf eine Wunde zu legen, die uns alle schmerzt, nämlich die Überforderung mit immer neuen, nur schwer deutbaren sprachlichen Ungereimtheiten. Daß klare und jedermann verständliche Aussagen nicht unbedingt schädlich sein müssen, sollten auch Politiker, Funktionäre und Ministeriale einsehen.

Wenn dieses nicht ganz ernst gemeinte »Wörterbuch« der fortschreitenden Entmündigung durch Wörter entgegenwirkt, wäre viel erreicht.

Daß manches überzogen oder übertrieben dargestellt worden ist, war »lüsterne« Absicht.

Übrigens: kein vernünftiger Mensch verlangt eine Eindeutschung von inzwischen allgemein verständlichen Fremdwörtern oder die Beseitigung von längst in die Umgangssprache eingegangenen und geläufigen Begriffen. Auch der Verfasser hat sich gelegentlich beim Gebrauch von Fremdwörtern ertappt, glaubt aber im Rahmen des »Zumutbaren« geblieben zu sein. Unverzichtbar bleibt: Der Normalbürger, die Frau im Haushalt, die hartarbeitenden Menschen vor Ort, haben ein Recht darauf, zu erfahren, worum es geht. Das gilt auch für solche Gesetze, die jeder Normalbürger zu beachten hat, so z.B. die Gesetze auf dem Gebiete des Steuerrechts, der Sozialversicherung, des Verkehrsrechts, des Familienrechts, des Mietrechts und des Arbeitsrechts.

Und wenn der Verfasser eingangs zum Ausdruck gebracht hat, daß ihn die Menschen im Revier besonders beeindruckt und nachdenklich gestimmt haben, so ist das kein leeres Wort. Sie waren es, die ihn mit ihrer Unbefangenheit, ihrem Humor, ihrer offenen Kritik, ihrem angeborenen Mutterwitz und ihrer unverbildeten mit Klugheit gepaarten Natürlichkeit ermutigt haben, dies zu Papier zu bringen.